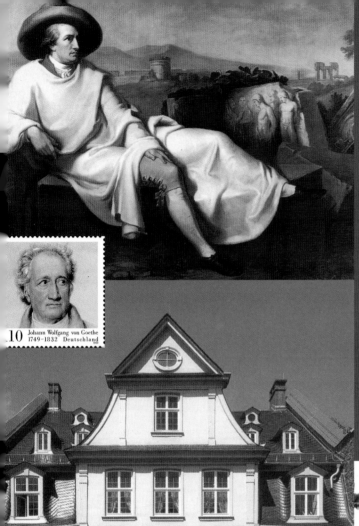

우표에 담긴

괴테 이야기

신차식 지음

OETHE STORY in Briefmarken

Philatelie

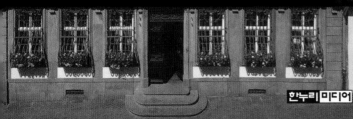

한누리 미디어

우취 관련 60년 인생에서 괴테와 관련한 자료들

우표를 알게 된 것은 1957년 한국외국어대학 독일어과에 입학한 뒤 첫 여름방학 때 고향 경북 문경 소재의 천주교회에 새로 부임하신 독일 신부님을 뵙고부터였다. 그때부터 교리를 배울 기회도 얻었고 성경을 열심히 공부한 뒤 영세를 받았다. 이어 독일인과 펜팔하며 인연을 맺었고 우취(郵趣)도 이해하면서 독일에 대한 관심도 커져 유학을 하고픈 생각까지 갖게 되었다.

펜팔로 인연이 되었던 벡슬러/Wexler 선생의 도움으로 마침내 독일 정부의 초청으로 장학금을 받게 되어, 1963년 9월 독일 유학의 꿈이 이루어졌다. 1960년대 초반은 한국의 경제사정이 매우 어려워 장학생으로 초청을 받은 것은 대단한 영광이었다. 한국인 광부와 간호사들이 독일로 진출하던 시기였다.

괴테/Goethe에 대한 관심과 우취 자료를 수집한 지도 반세기가 흘렀다. 교수가 되기까지 우표를 수집하면서 인적 교류를 많이 할 수 있었다. 여러 차례 독일 방문을 통하여 많은 이들과 만날 기회를 갖기도 했다.

1984년에는 교황 요한바오로 2세의 방한 때 번역위원으로 봉사할 수 있었고, 1987년에는 독일 초청을 받아 출국한 뒤 바티칸에서 교황을 알현할 수 있었던 일은 정말로 대단한 영광이었다.

1990년대에는 금속활자의 선구자인 구텐베르크의 고향 마인츠대학에서 연구차 머물고 있었는데 마침 1999년 괴테 탄생 250주년을 맞아 괴테의 도시 바이마르/Weimar가 유럽문화의 수도로 지정된다는 신문기사를 읽게 되었다. 이때 한국·독일간에 괴테 탄

생 250주년 기념 공동우표(옴니버스 우표) 발행 계획을 세웠고, 어렵사리 기념우표를 발행하였다.

전문적으로 우표를 수집하기 시작한 것은 한국외국어대학 독일어과에 입학한 뒤 그 해 여름방학에 고향 문경에서 독일인 신부님을 뵙고부터니까 우표와 인연을 맺은 것도 60년이 넘었다.

1988년 서울 올림픽이 개최되던 해 독일문화원에서 한·독 친선 우표전시회도 열렸다(위 사진). 본서《우표에 담긴 괴테 이야기》에 실려 있는 내용 중 대부분은 국내외 우표 관련 전문지 등에 실렸던 자료들이다. 이 자료들을 연도에 맞게 순차적으로 정리했으며, 특히 괴테와 관련한 우표로 해서 만나게 된 유명인사들과의 소중한 추억도 함께 실었다.

우취 관련 60년 인생에서 괴테와 관련한 자료를 그의 탄생 270주년을 기념하여 엮게 된 것을 더 없는 보람으로 여기면서 흩어져 보관되었던 우취 자료가 한 권의 책으로 출간되기까지 수고해 주신 『한누리미디어』편집진과 대표 김재엽 박사께도 고마운 마음을 담아 본다.

2019년 8월 28일

글쓴이 **신 차 식**

Den verehrten
Achtzehn
Frankfurter Festfreunden
am 28. August
1831.
verpflichtet JWGoethe

Den verehrten
Achtzehn
Frankfurter Festfreunden
am 28. August
1831.
verpflichtet JWGoethe

• 괴테가 1831년 8월 28일 그의 생일날 18명의 축하객에게 남긴 마지막 친필 첫 페이지. 아래부분은 활자로 필사한 것임.
  (자료제공자 : 프랑크푸르트 괴테 박물관장)

Großes, redliches Bemühen
Emsig still sich fördern mag;
Jahre kommen, Jahre fliehen
Freudig tritt es auf zum Tag.

Künste so und Wissenschaften
Wurden ruhig-ernst genährt,
Bis die ewig Musterhaften
Endlich aller Welt gehört.

자료제공자 프랑크푸르트 괴테 박물관장과 함께

GOETHE INSTITUT DER PRÄSIDENT

Helene-Weber-Allee 1 · D-80 637 München
Postfach 19 04 19 · D-80 604 München
Telefon 0 89/1 59 21-0
Internet: zv@goethe.de

Goethe-Institut · Postfach 19 04 19 · D-80 604 München

Aktenzeichen

Durchwahl 1 59 21-2 28

Herrn Professor
Dr. phil. Shin, Cha Shik
10-463 Sinrimbon-Dong
Kwanak-Ku
Seoul 151- 029
Korea

München, 24.07.2000

Sehr geehrter Herr Professor Shin,

haben sie vielen Dank für Ihren freundlichen Brief mit den reichlichen Beigaben, den
mir Herr Schmelter kürzlich überreicht hat. Dass unser verehrter Dichterfürst
anlässlich seines 250. Geburtstags in einer graphisch so anregenden Form auch in
Ihrem Land Ehrung fand, noch dazu durch ein Medium, das eine so große
Verbreitung findet, wie eine Briefmarke, hat uns mit Freude und großem Stolz erfüllt.
Ein sichtbareres Zeichen für die guten Beziehungen zwischen unseren beiden
Staaten ist kaum vorstellbar. Erst kürzlich hatte ich Gelegenheit hierüber bei seiner
Deutschlandreise mit Staatspräsident Kim Dae-Jung zu sprechen. Für Ihren ganz
persönlichen Beitrag zu dieser schönen Geste der Republik Korea möchte ich Ihnen
unseren tiefen Dank aussprechen wie auch für das Engagement und die Kompetenz,
mit dem Sie sich seit nunmehr fast vierzig Jahren dem deutsch-koreanischen
Austausch widmen. Ihr ausdrucksstarkes Gedicht, das Sie freundlicherweise Ihrem
Schreiben beigelegt haben, ist ein lebendiger Beweis dafür, wie bereichernd und
wichtig es ist, zwischen den Menschen Brücken zu bauen. Als eine kleine Geste
unseres Dankes erlaube ich mir, Ihnen anbei eine kleine Erinnerung aus Meißen zu
übersenden.

Mit herzlichen Grüßen

Hilmar Hoffmann

Anlage

Präsidium: Prof. Dr. h.c. Hilmar Hoffmann (Präsident), Prof. Dr. Peter Wapnewski (Vize-Präsident), Dr. Eva Marie von Münch (Vize-Präsidentin),
Dr. Hans-Bodo Bertram, Prof. Dr. Dr. h.c. Manfred Bierwisch, Volker Doppelfeld, Prof. Dr. Dr. h.c. Jochen Abr. Frowein, M.C.L., Marion Haase,
Prof. Dr. Werner Knopp, Dr. Andreas Pauldrach, Heinrich Sievers, Roswitha Waßmuth.

독일연방공화국 문화원 총재 힐마 호프만

존경하는 신 교수님,

쉬멜터 주한 독일문화원장이 전해 주신 우편물에 대하여 먼저 감사드립니다.

우리 모두가 받드는 시성 괴테의 탄생 250주년을 맞이하여 한국과 독일 양국이 공동으로 하나의 기념 우표를 발행한 것이 매스컴을 통하여 각광을 받게 되어 긍지를 갖게 되었습니다.

최근에 저는 문화계 대표로서 독일을 국빈 방문하신 김대중 대한민국 대통령을 뵙고 대화할 기회가 있었습니다.

신 교수님께서 직접 책임지고 우표발행에 기여해 주신 노고에 대하여 깊은 감사를 드립니다.

신 교수님이 40년 가까이 한국과 독일 두 나라간의 문화교류에 기여한 데 대하여 강력한 표현으로 쓰신 독일어 시는 사람들 사이에 문화의 가교를 놓는 표징입니다.

2000. 7. 24

Der Präsident
der
Bundesrepublik Deutschland

Berlin, den 8. August 2002

Herrn

Professor Dr. Cha-Shik Shin

Shinrimbon-Dong 10-463

Kwanak-Ku

Seoul 151-852

Korea

Sehr geehrter Herr Professor Shin,

für Ihren Brief vom 27. Juni 2002 und die Briefmarken, die Sie mir über die deutsche Botschaft in Seoul haben zukommen lassen, danke ich Ihnen.

Wie Sie wissen, bin auch ich ein begeisterter Philatelist, so dass ich Ihr Geschenk der Goethe-Marken sehr zu schätzen weiß.

Über Ihren Entwurf einer Sondermarke anlässlich meines Besuches in Korea habe ich mich sehr gefreut. Anliegend übersende ich Ihnen den Bogen, wie von Ihnen gewünscht, signiert zurück.

Ich wünsche Ihrer Initiative Erfolg und verbleibe

mit freundlichen Grüßen

Ihr

독일연방공화국 대통령 요하네스 라우

존경하는 신 교수님께

귀하의 2002년 6월 27일자 서신을 주한독일대사관을 경유하여 보내주신 데 대하여 감사드립니다. 귀하가 아시는 바와 같이 본인도 열성적으로 우표를 수집하는 우취인입니다. 그러므로 신 교수님께서 보내주신 괴테 탄생 250주년 기념 우표 선물은 아주 가치 있는 것으로 알고 있습니다.

귀하가 도안해 주신 본인의 한국방문 기념우표에 대하여도 매우 기쁘게 생각합니다. 귀하가 부탁하셨던 방문기념 우표에도 사인을 하여 동봉합니다.

뜻하시는 일의 성공을 기원합니다.

2002년 8월 8일

Berlin, den 17.Februar 2004

Herrn

Professor Dr. Chasik Shin

German Department

Dankook University

10-463 Sinrimbon-don, Kwanak-ku

Seoul 151-852

Republik Korea

Sehr geehrter Herr Professor Shin,

Botschafter Geier hat mir eine Reihe wunderbarer koreanischer Briefmarken und Ersttagsbriefe zugesandt und mir mitgeteilt, dass sie von Ihnen stammen. Haben Sie ganz herzlichen Dank dafür.

Im August 2001 haben Sie mir Ihren Entwurf einer Sondermarke geschickt, die aus Anlass meines Besuches in Korea erscheinen sollte. Ich freue mich sehr darüber, dass Ihre Initiative Erfolg hatte und verbleibe

mit freundlichen Grüßen

Ihr

독일연방공화국 대통령 요하네스 라우

존경하는 신 교수님,

가이어/Geier 주한 독일대사가 저에게 여러가지 아름다운 한국 우표와 초일봉투 FDC 를 보내주셨는데 이 우취자료들이 모두 신 교수님이 선물하신 것이라고 알려 왔습니다. 이에 대하여 기뻐하며 감사드립니다.

2001년 8월 저에게 교수님께서 도안하신 우표도 보내주셨고, 저의 방한을 계기로 한 국에서 기념우표 발행을 추진해 주신 데 대하여 기쁨을 금할 수 없습니다.

2004년 2월 17일

HORST KÖHLER

Berlin, den 1. Juni 2015

Herrn
Professor (em.) Dr. Chashik Shin
German Department Dankook University
I-Park Apt. 108-2201
Gaebong-2dong, Guro-gu
Seoul, 152-700 Korea

Sehr geehrter Herr Professor Shin,

ich habe mich sehr gefreut, Sie anlässlich des gemeinsamen Empfangs des Deutschen Botschafters und ADeKOs in Seoul wiederzusehen. Mit dem Geschenk des Briefmarkengedenkbandes haben Sie mir eine wirkliche Freude gemacht. Ich bin dankbar, dass es Menschen wie Sie gibt, die so eifrige und tatkräftige Zeugen der großen Freundschaft Koreas und Deutschlands sind. Ich wünsche Ihnen weiterhin viel Schaffenskraft und von Herzen alles Gute.

Mit besten Grüßen
Ihr

Horst Köhler

전 독일연방공화국 대통령 홀스트 쾰러

존경하는 신 교수님께

주한독일대사관과 독일동문회 공동 행사를 맞아 공동리셉션장에서 교수님을 다시 만날 수 있었던 것을 매우 기쁘게 생각합니다.

교수님께서 선물로 주신 우표책에 대하여 무척 기뻤습니다.

본인은 한국과 독일의 친선을 위하여 교수님과 같이 열성적이고 활동적인 사람들이 있다는 것에 감사하는 마음을 갖게 됩니다.

본인은 귀하께서 계속적인 창의력을 발휘할 수 있기를 진심으로 기원합니다.

2015년 6월 1일 베를린에서

Die Bundeskanzlerin
der Bundesrepublik Deutschland

Zu den Festtagen habe ich viele Grüße und Aufmerksamkeiten erhalten, über die ich mich sehr gefreut habe.

Ich danke Ihnen, dass auch Sie an mich gedacht haben, und erwidere Ihre guten Wünsche für das Jahr 2009 ganz herzlich.

Angela Merkel

Berlin, zum Jahreswechsel 2008/2009

독일연방공화국 총리 앙겔라 메르켈

 본인은 축제일을 맞아 많은 축하 인사와 관심을 받았습니다.
 이에 본인은 대단히 기뻤습니다.
 저를 기억해 주신 데 대하여 2009년 새해를 맞이하여 새해 인사를 담아 답신을 드립니다.

베를린 2009년 새해를 맞으며

Bodo A. v. Kutzleben

Karl-Lachmann-Str. 5
D - 60435 Frankfurt a.M.
Tel: 0 69 – 53 13 16
E-Mail: BodovonKutzleben@t-online.de

Bodo A. v. Kutzleben ❖ Karl-Lachmann-Str. 5 ❖ 60435 Frankfurt a.M

Herrn
Prof. Dr. C. (Berno) SHIN
Seoul / Südkorea
Per E-Mail

Mittwoch, 26. Juni 2019

Lieber Berno,

zuerst möchte ich Dir und Deiner Frau für die Gastfreundschaft vorige Woche bei Euch zu Hause in Seoul sehr herzlich danken. Es war wie immer, wunderbare Stunden mit Euch gemeinsam in Korea.

Auch dass ich an Deinem neuen Buch *„Goethe Story in Briefmarken"* mit einigen Ideen mithelfen konnte, das freut mich sehr. Hier zeigt sich, auch nach über zweihundert Jahren verbindet der Dichterfürst Johann Wolfgang von Goethe immer noch Welten und Menschen. Wenn man durch Seoul geht, all über all sieht man den Namen „LOTTE". Goethe ist bei euch einfach überall anzutreffen.

Goethe verbindet nicht nur die Menschen, sondern er gibt euch auch in Korea die Hoffnung, dass aus dem *„Unbekannten Datum"* einmal ein bekanntes Datum der Wiedervereinigung euerer zwei Koreas wird.

Sicherlich freuen sich auch viele Philatelisten und Philatelistinnen in Deutschland über dein Buch, das ja mit dem Medium Briefmarke Goethes Geschichte und vieles mehr erzählt.

In diesem Sinne verbleibe ich und wünsche Dir auf der diesjährigen Buchmesse in Frankfurt am Main, übrigens der Geburtsstadt von Goethe, alles Gute und viel Erfolg mit diesem schönen Buch,

Dein Freund

프랑크푸르트 우취전문가 보도 폰 쿠츠레벤

친애하는 친구 베르노에게

우선 지난 주일 서울 친구 집에서 손님에 대한 친절한 대접을 받게 되어 진심으로 감사합니다.

한국에서 예전처럼 함께 며칠간 좋은 시간들을 보낼 수 있었지요.

새 책으로 발행될《우표에 담긴 괴테 이야기》를 위한 몇 가지 조언을 할 수 있었던 것은 나를 아주 기쁘게 했습니다.

시성 괴테가 탄생 200년이 지난 후에도 세계와 인간들을 연결해 주는 징표가 됩니다. 괴테는 사람들을 서로 연결해 줄 뿐만 아니라 한 번은 한국에도 '알 수 없는 그날' 남북한이 통일되는 그날도 오리라는 희망을 제공할 것입니다.

독일 우취인들에게도 새로 발행되는 책《우표에 담긴 괴테 이야기》가 많은 얘깃거리가 될 것입니다.

마침 시성 괴테의 고향인 마인 강변의 프랑크푸르트에서 개최되는 국제도서전에 출품될 예정인 이 아름다운 책이 좋은 결실이 있기를 기원하면서 이만 줄입니다.

프랑크푸르트
2019년 6월 26일

당신의 친구
보도 폰 쿠츠레벤 올림

◀ 한누리미디어 편집실에서 본서 편집에 조언을 하고(2019. 7. 19). 시계방향으로 보도 폰 쿠츠레벤, 김재엽 대표, 저자

지 에른스트 신부/ P. Ernst Siebertz OSB

　지 신부님과의 첫 만남은 필자가 1957년 대구 대륜고를 졸업하고 한국외국어대학 독어과에 입학한 후 첫 여름방학 때로서 나의 고향 문경(가은)에서 신부님이 부임하신 후 바로 얼마 되지 않은 때였다. 성당을 처음 가본 날이기도 하다. 독일어 회화를 배우고 싶다고 했더니 성당에 다니라고 말씀하셨다.

　에른스트 신부님은 27세에 독일에서 사제 서품을 받고 선교차 한반도로 파견되신 분이었다. 그분은 북한 원산 베네딕트 수도원으로 파견되었으나 1950년 6.25 한국전쟁으로 본국으로 강제 추방되어 독일에서 휴양 후 선교를 위해 신앙의 자유가 보장되는 한국의 경북 왜관 베네딕트 수도원으로 파견된 사제였다. 마침내 독일어 회화 선생님과 아는 분으로 나는 방학이 끝나고 상경하여 가톨릭 교리를 공부한 후 세례도 받게 되었

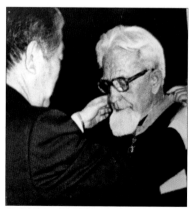

우리나라 보사부 장관으로부터 훈장을 수여 받는 지 에른스트 신부

다. 우표를 수집하기 시작한 것도 바로 이때로 회상된다.

　독일 우표 수집이 동기가 되었으며 독일 펜팔과 인연을 맺게 된 것도 이 무렵이었다. 대학졸업을 1년 앞둔 시기에 가정사정이 갑자기 어려워졌을 때 도움을 주신 분이 바로 에른스트 신부님이었고, 용기를 주시고 대학을 무사히 졸업하게 되고 병역의무를 마칠 수 있었다. 그리고 나의 펜팔로서 뮌헨에 살던 벡슬러/ F. Wexler 선생이 독일 유학을 할 수 있도록 신부님과 함께 도와주셨다.

H. Herrn
Pater Ernst Siebertz OSB St. Ottilien
aus Dankbarkeit gewidmet
Prof. Dr. SHIN C. S. Berno

훈장 수여식을 마치고

1960년대는 가정 형편도 매우 어려웠다. 지 신부님은 나의 잊지 못할 은인이다. 독일 유학을 마치고 교수가 된 후 그분께서 몸소 실천하는 사랑의 모습을 직접 보고는 은혜를 꼭 갚아야겠다는 생각을 하게 되었다. 특히 지 신부님께서 인간 사회로부터 소외되어 생활하는 나병환자들을 돕는 모습들을 보곤 더욱 그랬다.

지 신부님은 독일 정부로부터 십자훈장을 받게 되었다. 이분은 오직 한국인을 위하여 사랑을 실천하셨기에 필자가 앞장서 우리 정부 당국에 훈장추서를 제안하였다. 그리고 제3회 세계보건의 날에 보사부장관으로부터 훈장을 받으셨다.

한국인들도 도움에 감사할 줄 아는 사람이라는 점에서 이 훈장추서로 증언했던 일을 더 없는 보람으로 여기면서 다시 한 번 고마운 마음을 담아 신부님 영전에 이 책을 바친다.

2019. 8.

저자 신 차 식

'우표에 담긴 괴테 이야기' 출판을 축하드립니다

사단법인 한국우취연합 회장 라 제 안

독일은 세계에서 가장 부유한 나라 가운데 하나로 축구의 나라, 히틀러, 나치 정도로만 기억하고 있지만 우리나라와는 깊은 인연을 맺고 있다.

우리나라의 초기 산업화 과정에서 차관을 제공하였으며, 아우토반이 경부고속도로의 모델이 되었고, 경제부흥기에 광부와 간호사가 간 나라로서 우리와는 밀접한 나라다.

독일은 자동차 왕국으로 알려져 있지만 우취 또한 선진국이다. 자동차 우표를 비롯한 수많은 우표를 발행하고 있으며, 특히 아스테릭스 만화우표는 유명하다.

또한 국제우취연맹의 회원국으로서 1930년도에 세계우표전시회를 개최한 이래 9년에 한 번씩 세계우표전시회를 개최하고 있다.

저자인 신차식 교수는 고려대학교에서 박사학위를 취득하시고 공주사범대학과 단국대학교에서 교수로 정년퇴직하신 후 현재 단국대학교 명예교수이시다. 한국외국어대학 재학시절부터 우표를 수집해 오셨는데 최근까지 반 세기 이상 괴테 기념우표를 모으고 계시다. 한국우취연합 회원으로서 우취사랑이 남다른 독일우표 전문가이자 권위자이기도 한데, 이렇게 수집한 괴테 관련 우표를 1999년 3월 26일부터 16일간 예술의 전당에서 괴테 탄생 250주년을 맞아 괴테우표전시회를 개최하기도 했다.

아울러 괴테 탄생 250주년 기념우표가 동일한 디자인으로 한국과 독일에서 공동발행되었다. 이는 신 교수님께서 양국 정부를 설득한 덕택으로 성사된 것이다. 또한 교수님의 노고에 힘입어 '독일통일 26주년' 과 '우표의 날' 을 기념하여 한독우취문화교류회와 독일 MOENUS우취회가 공동으로 2016년 10월 1일부터 3일간 독일 프랑크푸르트에서 한국-독일 친선우표전시회 겸 한반도 통일을 기원하는 우표전시회도 개최되었다.

금년(2019년)에는 괴테 탄생 270주년을 기념하여 지난 60여 년간 수집한 우표를 모아 『우표에 담긴 괴테 이야기』라는 제목으로 출판하심을 축하드리며, 본 도서가 우취를 사랑하고 독일우표에 관심이 있는 모든 분들에게 좋은 지침서가 되기를 기대한다.

차례/ Inhaltsverzeichnis

Contents

차례/ Inhaltsverzeichnis

Contents

▌일러두기

본서는 독일통이며 우취전문가이신 신차식 박사님께서 우리나라와 독일을 오가며 60여 년 간 활동해 온 우취활동, 특히 세계적인 문호 괴테와 관련한 우취활동을 위주로 집대성하여 엮었다. 우표와 관련한 국내 잡지 『우표』를 비롯한 국내외 잡지에 발표한 원고들을 가급적 당시 시점에 준하여 기술한 대로 재수록하였다. 또한 부록으로 처리할 부분도 우선 괴테와 관련한 자료들은 해당 텍스트에 이어 배치하였다.

아울러 우표와 관련된 내용으로서 교황과 관련된 것과 독일 통일이나 괴테와 밀접한 사람, 이를테면 실러와 같은 대시인들은 참고삼아 게재하였다. 독자들께 많은 읽을거리가 되기를 기대한다.

독일 문학/Deutsche Literatur
─괴테와 실러를 중심으로─

독일 문학에서 괴테와 실러가 차지하는 비중은 실로 지대하다. 특히 괴테는 1749년 8월 28일 프랑크푸르트에서 탄생하여 1832년 바이마르에서 83년의 생애를 마칠 때까지 참으로 많은 작품을 남겼으며 그의 삶과 사상을 통해 독일 고전주의를 주도하면서 세계 정신사에 큰 영향을 미친 거성으로 남아 있기에 우표에 비친 독일 문학의 단면을 고찰하면서 테마 10선을 골라 보았다.

〈독일 1949〉

1949년 괴테 탄생 200주년 기념으로 여러 종류의 우표가 발행되었다. 독일에서는 아주 특별한 경우 외에는 소형 시트를 발행하지 않는다.

이 기념시트의 괴테 초상화는 화가 율리우스 세버스(Julius Sevas, 1804~1837)의 작품으로 아주 귀한 소형 시트이다.

〈이태리 1999〉

┃ 괴테의 이태리 여행

괴테 탄생 250주년 기념으로 이태리에서 발행된 우표로 요한 하인리히 빌헬름 티슈바인(Johann Heinrich Wilhelm Tischbein, 1751~1829)의 이태리 여행을 디자인으로 하였다. 독일에서는 괴테 탄생 200주년을 맞아 같은 그림이 우표로 발행된 바 있다.

원화는 괴테의 출생지 프랑크푸르트 미술관에 전시되어 있다.

〈독일 1999〉

독일이 낳은 시성 괴테 탄생 250주년을 맞이하여 우리나라와 공동으로 슈틸러(Stieler)의 괴테 초상을 기본으로 같은 날 (8월 12일) 발행되었다.

▌실러(Friedrich Schiller, 1759~1805)

프리드리히 실러는 네카(Nec-kar) 강변의 소도시 마르바하(Marbach)에서 태어났다. 실러보다 10년 먼저 출생한 부유했던 괴테에 비해 가난한 가정에서 성장하였고 괴테가 시, 소설 등을 많이 남긴 데 비하여 실러는 주로 희곡을 남겼다. 유명한 〈빌헬름 텔(W.Tell)〉은 바로 그의 작품이다. 그의 시 〈환희의 찬가, An die Freude〉는 악성 베토벤이 작곡했다.

〈독일 1961〉

▌괴테 탄생 250주년 기념

1999년은 세계적인 문호 요한 볼프강 폰 괴테(1749~1832)의 탄생 250주년이 되는 뜻 깊은 해였다. 괴테는 〈젊은 베르테르의 슬픔〉, 〈파우스트〉 등 많은 위대한 작품을 남겼다. 그는 작가로서 뿐만 아니라 자연 과학자, 그리

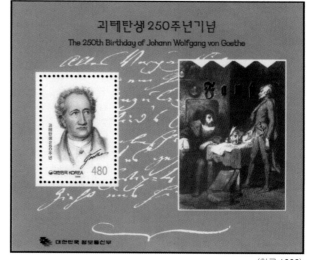

〈한국 1999〉

고 정치가로서 활동하는 등 커다란 업적과 함께 전인적인 삶과 사상을 통해 독일 고전주의를 주도하면서 세계 정신사에 큰 영향을 미친 거성으로 남아 있다. 대한민국과 독일연방공화국에서는 괴테 탄생 250주년을 기념하는 뜻에서 공동 우표를 발행하였다. 요셉 칼 슈틸러(Joseph Karl Stieler, 1781~1858)의 괴테 초상을 기본으로 디자인되었으며 소형 시트에는 '파우스트' 장면과 시트의 배경에는 "영원히 여성적인 것이 우리를 이끈다"는 파우스트의 마지막 구절이 보이고 있다. 2003년은 한독수교 120주년이 되는 해로서 두 나라 간의 문화교류가 더욱 활발해지기를 기대해 본다.

괴테와 실러 동상 (Goethe-und Schiller denkmal)

〈독일 1997〉

괴테와 실러는 독일 고전문학의 쌍벽을 이루는 작가이다.

독일 고전문학의 꽃을 피운 곳은 바이마르(Weimar)로서 이 동상은 시내 중심 광장에 위치한 국립극장 앞에 우뚝 서 있으며 서로 간의 우정을 잘 나타내고 있다.

이 두 사람은 예나(Jena)에서 우정을 맺었고, 그들은 문화의 선각자로 존경을 받고 있으며, 사후에도 이곳의 지하 묘지에 나란히 영원한 휴식 속에 잠들고 있다.

헤르만 헤세 (Hermann Hesse, 1877~1962)

〈독일 2002〉

2002년 7월에 헤르만 헤세 탄생 125주년 기념 우표가 발행되었다.

헤세는 1877년 바텐부르템베르크주 슈투트가르트 부근의 소도시 칼브(Calw)에서 태어났다. 1946년 그의 대표작 〈유리알 유희〉로 노벨문학상과 괴테문학상을 받은 작가로서 괴테의 영향을 많이 받은 작가로 알려져 있다. 그의 대표작 중의 하나인 〈데미안〉은 우리나라에서도 많이 읽혀지는 작품이다. 헤세는 미술에도 조예가 깊었던 지극한 평화주의자였다.

바이마르(Weimar) 1100년 유럽문화 수도

〈독일 1999〉

1999년엔 1100년의 긴 역사를 가진 괴테의 도시 바이마르가 유럽의 문화 수도로 지정되었으며 이를 기념하는 우표가 6월 14일 발행되었다. 고전주의 시대 바이마르에 살았고 빛을 밝혔던 괴테, 실러, 빌란트(Christoph Martin Wieland, 1733~1813) 그리고 헤르더(Johann Gottfried Herder, 1744~1803) 등 4인의 얼굴을 디자인으로 하고 국립극장을 배경으로 하였다.

▍그림 형제(Brüder Grimm)의 신데렐라

독일 낭만주의 문학에서 빼놓을 수 없는 야코프 그림(Jacob Grimm, 1785~1859)과 빌헬름 그림(Wilhelm Grimm, 1786~1864) 형제는 동화 수집으로 유명하다.

이 우표는 그 중 대표작인 〈신데렐라〉 4장 세트 중 하나로 왕자가 신데렐라에게 구혼하는 장면을 담고 있다. 우리나라의 〈콩쥐팥쥐〉와 유사하다.

〈독일 1965〉

▍그릴파르처 (Franz Grillparzer, 1791~1872)

그릴파르처는 오스트리아 최대의 극작가로 불리우는 존재로서, 그의 공적은 단지 빈(Wien)과 부르크극장에 그치지 않고 전체 독일 문학사에서 최고봉의 하나로 간주되는 작가이다.

일찍이 레싱(Lessing, Gotthold Ephraim, 1729~1781),

〈서거 75주년 기념, 오스트리아 1947〉

칸트, 실러 등의 영향을 받고 괴테하고도 연락이 있었으나 새로운 시대의 냉철한 사실적인 경향과 빈 사람의 특유한 비더마이어적 사상을 아울러 지녔다.

대표작은 〈사포〉(Sappo, 1819), 〈바다의 물결〉, 〈사랑의 물결〉(Des Meeres und der Liebe Wellen, 1840) 등이다.

괴테의 생애와 작품에 대하여
Johann Wolfgang von Goethe in der Philatelie
- sein Leben und seine Werke -

1. 괴테의 청소년시대

요한 볼프강 폰 괴테(Johann Wolfgang von Goethe, 1749~1832)는 일찍이 독일의 질풍노도(Sturm & Drang) 운동을 이끌어서 독일 문학사상 하나의 새로운 전기를 만들었으며 그 후 여러 단계를 거쳐 발전을 거듭하면서 독일 문학사에 전무한 황금시대를 이룩하였다. 그리하여 프랑스를 비롯한 유럽 각국에 비해 낙후된 감이 있었던 독일문학이 그를 계기로 하여 단연 세계문학의 영도적인 위치를 차지하게 되었던 것인데, 그것은 마침 그 시대의 사조가 독일민족과 독일의 특성을 요구하게끔 변천된 데도 원인이 있었다. 1749년 8월 28일 마인 강변의 프랑크푸르트(Frankfurt)에서 독일의 시성 괴테는 탄생했다. 그리고 1949년 괴테 탄생 200주년 기념우표가 발행되었다.(그림 1)

왕실 고문관의 칭호를 가지고 있는 아버지 요한 괴테는 진지하고 교양있는 북독일 고유의 기질을 소유하고 있었으며, 그 반면 명랑하고 예술을 즐기는 어머니 엘리자베트는 남독일에서 들어온 유서 있는 문벌의 후손이었다. 어려서부터 총명한 괴테는 17세 때에 이미 고대 및 근대 각 국어를 비롯하여 역사, 문학, 신학, 정치학, 법학에서 자연 과학에 이르기까지 통달하였고, 음악에서는 피아노, 첼로, 회화에서는 수채화에 능통할 뿐만 아니라 승마, 무술, 무용에까지 뛰어났다고 한다.

괴테가 16세 되던 해의 가을, 아버지의 뜻에 따라 법학을 공부하기 위하여 라이프치히(Leipzig)대학으로 유학하게 되었다. 그러나 그는 전공과목에 몰두하기보다는 오히려 문학예술 방면에 더 흥미를 가졌다. 그리고 그 당시에는 매우 화려한 대도시인 라이프

(그림 1) 괴테 탄생 200주년 기념 등기 실체

치히에서 사교계에 드나들면서 사치와 멋을 배웠으며 상당히 분방한 학생 생활을 즐길 수 있었다. 그 결과로 술집의 처녀 카타리나(Katharina)에게 열렬한 사랑을 하기도 하고 서정시 습작을 내기도 했다.

그러나 너무나도 격렬하게 넘쳐흐르는 젊음과 정열의 마음은 그의 사랑을 파탄에 이르게 한 것이다. 거기에 대한 정신적인 타격과 방종하였던 학생 생활의 여독으로 쇠약한 괴테는 19세 되던 생일날 고향인 프랑크푸르트로 되돌아오지 않을 수 없었다.

그 후 1년 반쯤 계속된 병상 생활에서의 소득은 그의 어머니의 친구이며 경건주의자인 클레텐베르크(Susanna von Klettenberg, 1723~1774)의 감화를 받아서 괴테가 처음으로 종교적 감정을 육성할 수 있었다고 한다. 그렇지만 그는 거기서 순수한 기독교에 입각한 신앙을 얻은 것이 아니고 그의 독특한 일종의 범신론적 세계관을 스스로 만들어냈다. 그리고 주로 그 여인과 어느 의사의 영향을 받아서 연금술적 신비적 경향을 띠게 되었고 여러 가지 예술에 관한 서적을 탐독할 기회를 얻었는데 그것은 그가 후에 대표작〈파우스트〉(Faust)를 쓰게 된 하나의 동기가 되었던 것이다.

2. 슈트라스부르크(Strassburg)시대

그가 다시금 병에서 회복되어 중단되었던 학업을 마치기 위해 이번에는 슈트라스부르크로 떠났는데 그때는 그가 21세에 해당하는 1770년 4월이었다. 거기서는 라이프치히에서의 생활과는 달리 학업에 큰 성과를 거두었으며 전공인 법학뿐만 아니라 의학, 해부학, 화학 등의 강의를 들었고 공업지대의 견학을 통하여 실용적인 지식을 얻었다. 그러나 그의 슈트라스부르크시대의 최대의 수확은 그곳에서 사상가이며 언어학자인 헤르더(Johann Gottfried von Herder, 1744~1803)를 알게 된 것이다.

괴테는 자기보다 다섯 살 연장자인 헤르더에게서 인간 감정의 심연으로부터 우러나오는 참된 문학의 본질을 배웠다. 그래서 문학의 전형으로서 성서, 민요, 호머, 셰익스피어의 작품 등을 안내 받은 것이었다. 그리고 그의 영향으로 문학은 프랑스적인 형식의 세련보다는 한층 근원적이고 소박한 요소를 지녀야 하며, 그러기 위해서는 독일의 민족성으로 되돌아갈 필요가 있다는 것을 깨달았다. 그리고 그는 엘사스(Elsass)의 산야를 산책하면서 자연을 즐기고 소박한 민요를 수집하였는데 그것도 역시 루소(J. Rousseau, 1712~1778)에게 사숙한 헤르더에 의해서 자연의 본질과 신비를 감상할 것을 배운 결과인 것이다. 그래서 그 당시의 괴테의 시에는 생전 처음으로 아름다운 자연에 접해 본 사람과 같은 소박한 놀라움과 신선한 자연감각이 나타난다.

자연은 어쩌면 저렇게도 화려하게
나를 향하여 빛나는 것일까?
태양은 저렇게 번쩍이고
평야는 저렇게 다정한 것일까?

나뭇가지마다
꽃봉오리 터져 나오고
울창한 숲속에서는
온갖 소리가 요란하다.

그리고 모든 이의 가슴마다
기쁨이 넘쳐 흐르니
오 대지여, 오 태양이여!
오 행복이여, 오 환희여!

Wie herrlich leuchtet
mir die Natur!
Wie glänzt die Sonne!
Wie lacht die Flür!

Es dringen Bluten
aus jedem Zweig
und tausend Stimmen
aus dem Gestrauch,

und Freud* und Wonne
aus jeder Brust
O Erde, O Sonne!
O Glück, O Lust!

그러나 이와 같이 아름다운 자연에도 사랑이 있어야만 비로소 진실한 흥취와 행복이 구비될 것이다. 그리고 괴테는 각 시기마다 항상 거기에 따르는 여성이 마련되는 행운을 가졌다. 어느 날 괴테가 슈트라스부르크의 교외인 제젠하임으로 소풍을 갔을 때 그 마을의 목사의 딸인 프리데리케(Friederike)를 보고 청순하고 목가적인 소녀의 아름다움에 반해 버렸다. 그림과 같이 아름다운 자연과 시와 같이 달콤한 사랑에 잠긴 괴테는 젊음과 행복을 만끽하였으며 유명한 '프리데리케의 노래'를 연속적으로 작시하여 그녀에게 보내며 서정시인으로 성장했다. 약 1년간의 교제 후에는 괴테는 그녀를 버리고 슈트라스부르크를 떠나 버렸다. 그의 주요 작품에서는 순진한 처녀를 버려 놓은 젊은이의 죄의 값을 줄거리로 하는데 이는 작가 자신의 도덕적인 양심의 가책이 반영된 것으로 보인다. 1771년 괴테는 법학 공부를 끝내고 고향으로 돌아와 아버지의 도움을 받으면서 변호사 개업을 하였다.

그러나 그 일에는 신경 쓰지 않고 문학적인 정열에 사로 잡혀 우선 슈트름 운트 드랑(Sturm und Drang, 질풍노도의 시대)의 대표작 '괴츠'(Götz von Berlichingen)를 위시하여 '파우스트'를 쓰기 시작했다. 1772년의 봄에 23세의 젊은 괴테는 아버지의 권유로 베츨라(Wetzlar)라는 소도시의 고등법원에서 법률 실습을 하게 되었다. 그것은 엄격한 아버지로부터 벗어나서 시인으로서 인간으로서 여러 가지 수양을 쌓는 좋은 기회였을 뿐 아니라 그곳에서의 생활과 체험으로 유명한 '젊은 베르테르의 슬픔'(Die Leiden des jungen Werthers)이 생기게 된 동기이기도 하다. 괴테는 이 한 편의 소설로써 일약 세계적으로 유명한 작가가 되었다. 프랑스의 나폴레옹 장군이 이 작품을 일곱 번이나 읽었으며, 그의 이집트 원정시에도 그 책을 항시 휴대하였다고 한다. 필자는 작년(1994년) 독일 체류시 괴테의 생가를 비롯하여 그가 잠시 머물다가 이 작품 발생의 요인이 되었

(그림 2) 미터스탬프, 프랑크푸르트 괴테의 생가

(그림 3) 150주년 서거 기념엽서

던 베츨라의 롯테 박물관(Lottehaus)을 방문하였으며 괴테가 주로 문학 활동을 하던 통일 전 동독에 위치했던 바이마르(Weimar)시를 방문하여 괴테와 실러(Schiller) 박물관, 괴테 공원 안의 박물관도 살펴보고 괴테의 위대함에 새삼 놀라지 않을 수 없었다.

5년 후인 1999년은 괴테 탄생 250주년이 되는 독일 문학 사상 매우 뜻깊은 해로서 괴테의 도시 바이마르는 유럽 문화 수도로 지정되었다. 따라서 바이마르는 괴테를 통하여 다시 빛나게 될 것이다. 각종 기념행사가 개최될 것이며 각국에서도 이를 기념하기 위하여 각종 기념우표를 발행할 것임으로 독일문학 관련 우취인들에게는 비상한 관심거리가 될 전망이다.

'젊은 베르테르의 슬픔' 의 작가 괴테가 바이마르 영주 칼 아우구스트(Karl August, 1757~1828) 공의 간절한 초청으로 바이마르의 궁정에 도착한 것은 1775년이었다. 잠시의 체류 후에 이태리 여행을 떠날 예정이었던 그가 긴 일생을 거기서 보내게끔 된 것은 공작의 정중한 대접에도 기인하지만 후일 바이마르의 황금시대를 이룩할 수 있는 예술적인 분위기를 거기서 이미 직감하였기 때문이라고 추측된다. 괴테는 빌란트(Christoph

Martin Wieland, 1733~1813)를 비롯하여 재주있는 시인, 화가, 음악가들을 만나면서 많은 자극과 영향을 받았다. 그 중에서도 가장 큰 영향을 끼친 것은 유명한 샤로테 폰 슈타인(Charlotte von Stein) 부인이다.

1779년 아우구스트공과 스위스로 여행한 후부터는 직접 국정에 참여하여 정치가로서도 그의 재능을 발휘하였다. 그러나 그렇게 바쁜 시기에도 작품 활동을 계속하였으며, 1780년 9월 6일 괴테는 일메나우(Ilmenau) 지방의 산마루에서 소박한 통나무 집의 벽에 읊은 유명한 '나그네의 밤노래'(Wanderers Nacht-lied) 와 같은 서정시를 남겼다.

모든 산봉우리들 위엔	über allen Gipfeln
고요함	1st Ruh,
모든 나무의 우듬지엔	In allen Wipfeln
숨결 하나 느끼지 못하고,	spiirst du.
숲속의 새들도 울음을 그쳤는데	Kaum einen Hauch
오직 기다릴지니	Die Vögelein schweigen im Walde.
머지않아 그대 또한 쉬게 되리라.	Warte nur, balde Ruhest du auch.

3. 고전주의 시대

괴테의 이태리 여행은 1년 9개월 동안이었으며 1788년 6월 다시 바이마르로 돌아왔다. 이태리 여행의 가장 큰 소득은 고대 예술을 통한 미술 방면의 체험이었다. 남유럽적 미술의 조화와 균형과 절도의 정신은 그의 문학을 조절하고 형성하는 지침이 되었다. 그리하여 괴테의 고전주의 또는 독일의 고전문학이 성립된 것이다. '에그몬트'(Egmont, 1787)는 괴테가 이태리 여행 중에 완성한 희곡이다. '이피게니에'(Iphigenie auf Tauris, 1786)는 괴테 고전문학의 대표작으로 손꼽히는 것으로 역시 그의 이태리 여행에서 완성된 5막극이다. '이피게니에' 보다도 더욱 괴테가 자신의 체험을 단적으로 나타낸 작품은 '타소'(Torquato Tasso, 1789)이다. 독일 고전주의의 황금시대는 이와 같은 작품들이 기초가 되어 성립을 보게 된 것이었는데 문학사에서는 특히 1800년을 중심으로 하여 전후 10수년간을 고전적 바이마르(Klassisches Weimar) 또는 독일 고전주의(Deutsche Klassik) 시대라고 부른다. 그 시기에는 독일의 전 지성이 바이마르에 모인 감이 있었는데 그 중에서도 가장 찬란히 빛난 것은 물론 괴테와 실러의 두 거성이었다.

1791년 이후 괴테는 바이마르에 창설된 궁정극장에서 총감독의 책임을 맡아 그 후부터 26년간 자기 자신의 작품을 포함하여 많은 명작을 상연시켜서 독일 연극 사상 큰 공적을 쌓았다. 괴테와 실러의 관계는 1794년에서 1805년에 걸친 시기에 이루어졌다. 괴테는 실러를 예나(Jena) 대학에 추천하여 역사학의 교수로 취직시켜 주기도 했다. 괴테와 실러를 비교해 보면 괴테의 예술은 관조에서 출발하고 있는 것이기 때문에 자기가 친히 경험하지 않은 것은 아무것도 쓰지 못하는데 비해 실러의 예술은 항상 이상과 관념에서 출발하여 자유스러운 공상의 세계로 마음대로 나타난다. 실러의 우정과 자극이 괴테의 '파우스트'나 '빌헬름 마이스터' 같은 대작을 가능케 했다는 학자들의 견해도 있다.

4. 만년의 괴테

　　괴테가 중세기의 독일 전설인 '파우스트'에 흥미를 가지고 그것을 희곡으로 작성해 보겠다는 생각을 일으킨 것은 일찍이 소년 시절에서부터였고 '초고파우스트'(Urfaust)가 작성된 것은 괴테의 슈트라스부르크 대학시대였으니 1774년경 즉 괴테가 24세 되는 때이다.

　　그러나 그것이 간행된 것은 그 후 여러 차례 가필되어 '단편 파우스트'(Faust Ein Fragment)로서 1790년에 이르러서였다. 그러나 그 후 다시 실러의 권고 등으로 새로운 장면을 첨가하고 고쳐 써서 실러의 사망 후 1808년에 제1부가 출판되었다. 전편을 완결한 것은 1831년 그가 죽기 반년 전이었다. 따라서 도합 60년의 세월이 걸린 이 작품은 그의 질풍노도기로부터 고전기를 거쳐 만년의 종합적 완성기에 이르는 전 생애가 포함되어 있는 것이다. 이 작품의 주인공으로 되어 있는 전설상의 파우스트는 15세기 16세기경에 실재하였다는 연금술사이며 거기에 여러 가지 마술사의 이야기가 혼입되어 16,7세기에는 널리 파우스트 전설이 독일 각지에 유포되어 있었다. 따라서 파우스트 전설에는 여러 가지 종류가 생겨서 일정하지 않으나 대체로 주인공은 정통적인 기독교의 속박을 벗어나려 하는 순수 독일적인 거인의 상징인 것이다. 그가 인간으로서의 모든 학문과 재주를 획득했음에도 끝내 만족하지 못하고 우주의 신비와 최고의 향락 및 부귀를 맛보고자 악마에게 몸을 팔기까지 한다. 즉 악마는 파우스트에게 모든 욕망과 요구를 들어주는 대신 24년 후에는 그의 영혼을 자기 마음대로 가져가겠다는 계약을 맺는 것이다. 괴테의 파우스트에 있어서는 주인공이 멸망하지 않고 구원을 얻는 점에 특색이 있

(그림 4) 괴테 서거 150주년 기념 F.D.C

다. 이것은 괴테 자신이 인생관과 종교관의 근본 문제이기도 하지만 괴테의 '파우스트'가 원래 종래와는 다르게 위대한 인류의 문학으로 변모하는 가장 중요한 모티브이기도 한 것이다. '파우스트' 1부 마지막 장면에서 메피스토는 여주인공 그레트헨(Gretchen)의 신의 심판 장면을 보고 '저 여자는 처벌되었다'(Sis ist gerichtet)고 말하지만 동시에 천상에서 '구원되었다(Sie ist gerichtet) 하는 소리가 들려 내려왔다.

괴테는 그와 독일 문학의 쌍벽을 이루는 실러와 함께 유럽 문화도시인 바이마르 지하 무덤에 나란히 누워 영원한 휴식 속에 잠들고 있다.(동독에서는 1982년 괴테 서거 150주년 기념엽서를 발행하였다.(그림 3) 서독에서도 기념우표를 발행했다.(그림 4)

(그림 5) 괴테의 명언 '수집가는 행복한 사람이다' (47회 독일 우취 연합의 날 기념인)

5년 후의 괴테 탄생 250주년에는 그의 이름과 괴테의 도시 바이마르는 세상에 더욱 빛날 것이다. 이 글에서는 괴테의 삶의 일부분과 그의 주요 작품 중 일부분을 독문학에 관한 몇몇 문헌을 참고로 살펴보았다. 필자로서는 위대한 괴테의 일생과 그의 방대한 작품들을 논한다는 것은 역부족이겠으나, 우취인들에게는 독일 문학을 이해하는 데 조금이나마 도움이 되었으면 한다. 아울러 우리나라에서도 독일이 낳은 세계적 시성 괴테 탄생 250주년 기념우표가 발행되기를 간절히 바란다.

괴테 탄생 250주년 기념
250. Geburtstag Johann Wolfgang von Goethe

괴테 탄생 250주년 기념

1999년은 독일의 세계적인 문호 요한 볼프강 폰 괴테(1749-1832)의 탄생 250주년이 되는 뜻깊은 해이다. 괴테는 '젊은 베르테르의 슬픔', '빌헬름 마이스터', '이피게니에' 그리고 60여 년에 걸쳐 완성한 '파우스트' 등 많은 위대한 작품을 남겼다. 그는 작가로서 뿐만 아니라 자연과학자, 그리고 정치가로서 활동하는 등 커다란 업적과 함께 전인적(全人的)인 삶과 사상을 통해 독일 고전주의를 주도하면서 세계 정신사에 커다란 영향을 미친 거성(巨星)으로 남아 있다.

대한민국과 독일연방공화국에서는 괴테 탄생 250주년을 기념하는 뜻에서 공동우표를 발행하였다. 요셉 카알 슈틸러(Joseph Karl Stieler)의 괴테초상을 기본으로 우표는 대한민국과 독일에서 각각 디자인되었으며 소형시트에는 우표와 함께 '파우스트'중 메피스토와 파우스트박사가 대화를 나누고 있는 장면이, 그리고 시트의 배경부분에는 '영원히 여성적인 것이 우리를 인도한다(Das Ewig-Weibliche zieht uns hinan.)'는 파우스트의 마지막 구절이 보이고 있다. 소형시트의 액면은 대한민국에서 독일까지의 항공통상 우편요금인 480원이다. 공동우표발행을 통해 우리의 우표문화가 한층 향상되고 한·독 두 나라간의 문화교류가 더욱 활발해질 것을 기대해 본다.

The 250th Birthday of Johann Wolfgang von Goethe

The prodigious, world renowned author Johann Wolfgang von Goethe (1749-1832) was born exactly 250 years ago. Among Goethe's numerous, great works are "Leiden des Jungen Werthers," "Wilhelm Meister," "Iphigenie," and "Faust," written over a span of almost 60 years. Goethe was not only an extremely accomplished writer, but also a natural scientist and politician, setting an example as a "whole" man who was both versatile and of fine intellect. Throughout much of his life, Goethe remained at the forefront of German Classicism, and became a prominent figure in the world's history of great minds.

The Republic of Korea and the Federal Republic of Germany have jointly issued postage stamps commemorating the 250th anniversary of Goethe's birth. Separate designs based on the portrait of Goethe by Joseph Karl Stieler were created in both Korea and Germany. On the souvenir sheet, a scene from "Faust" in which Mephisto and Dr. Faust are conversing with each other is also depicted along with the stamp. In addition, the final couplet of "Faust," "Das Ewig-Weibliche zieht uns hinan (Eternal womanhead leads us on high)," appears in the background of the sheet. At 480 won, the price of this sheet was set at the same cost as that of air mail for a standard letter between Korea and Germany. Issuing this stamp jointly with Germany will help develop Korea's philatelic culture and facilitate cultural exchange between Korea and Germany.

괴테 탄생 250주년 기념
The 250th Birthday of Johann Wolfgang von Goethe

△ 독일 발행 괴테우표
German Goethe stamp

1999년은 '젊은 베르테르의 슬픔', '파우스트'등 많은 위대한 작품을 남긴 독일의 세계적인 문호 요한 볼프강 폰 괴테(1749-1832)가 탄생한 지 250주년이 되는 뜻깊은 해이다. 그는 작가로서 뿐만 아니라 자연과학자, 그리고 정치가로서 활동하는 등 커다란 업적과 함께 전인적(全人的)인 삶과 사상을 통해 독일 고전주의를 주도하면서 세계 정신사에 커다란 영향을 미친 거성(巨星)으로 남아 있다.

대한민국과 독일연방공화국에서는 요셉 카알 슈틸러(Joseph Karl Stieler)의 괴테초상을 기본으로 공동우표를 발행하였다.

The prodigious, world renowned author Johann Wolfgang von Goethe (1749-1832), who wrote such masterpieces as 'Die Leiden des jungen Werthers,' 'Faust', was born exactly 250 years ago. Goethe was not only an extremely accomplished writer, but also a natural scientist and politician, setting an example as a versatile man of stunning intellect. Throughout much of his life, Goethe was at the forefront of German Classicism, and became a prominent figure in the history of great minds.

The Republic of Korea and the Federal Republic of Germany have jointly issued this commemorative stamp featuring the portrait of Goethe by Joseph Karl Stieler.

발행일	1999. 8. 12.	**Date of Issue**	August 12, 1999
액 면	170원(소형시트 480원)	**Denomination**	170 won (S/S 480 won)
디자인	괴테 초상	**Design**	Portrait of Goethe
인쇄 및 색수	평판 5도 + 요판 1도	**Printing Process and Colors**	Offset, five colors + Intaglio, one color
인 면	22mm x 32mm	**Image Area**	22mm x 32mm
괴테초상	요셉 카알 슈틸러	**Portrait of Goethe**	Joseph Karl Stieler
디자이너	이혜옥	**Designer**	Lee, Hye-ock
요판조각	장시웅	**Engraving**	Chang, Si-woong

괴테탄생 250주년기념

The 250th Birthday of Johann Wolfgang von Goethe

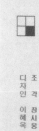

조각 장시웅
디자인 이혜옥

한 국 조 폐 공 사 제 조
110550

대한민국
MINISTRY OF
COMMUNICATION

정보통신부
INFORMATION AND
REPUBLIC OF KOREA

괴테 탄생 250주년 기념
250. Geburtstag Johann Wolfgang von Goethe

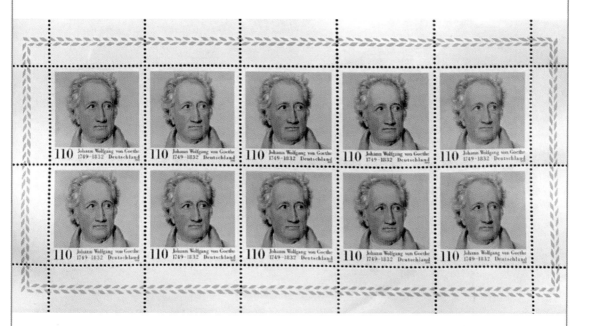

괴테 탄생 250주년
250. Geburtstag von Goethe

괴테 탄생 250주년
250. Geburtstag J. W. von Goethe

"축" 괴테의 탄생 250주년
The 250th Birthday of J.W. von Goethe

한 국 괴 테 학 회
Koreanische Goethe-Gesellschaft
연락처: 임 흥 배 (총무이사)
서울대학교 인문대학 독어독문학과
151-742 서울 관악구 신림동 산 57
Tel. (02) 880-8905 Fax. (02) 872-7642
E-Mail: limhb059@snu.ac.kr

서울시 관악구 신림본동 10-463
신 차 식 교수님 귀하
151-029

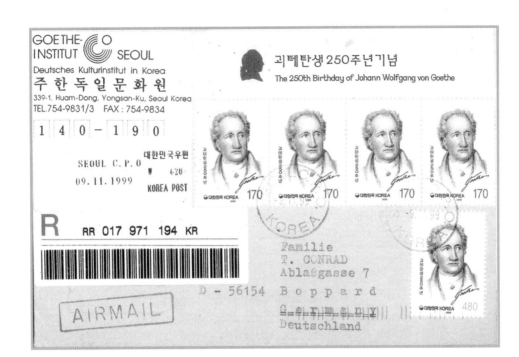

1999
한·독 공동우표발행

괴테 탄생 250주년 기념
250. Geburtstag Johann Wolfgang von Goethe

대한민국 정보통신부
MINISTRY OF INFORMATION AND COMMUNICATION REPUBLIC OF KOREA

괴테 탄생 250주년 기념

　1999년은 독일의 세계적인 문호 요한 볼프강 폰 괴테(1749-1832)가 탄생한 지 250주년이 되는 뜻깊은 해입니다. 괴테는 '젊은 베르테르의 슬픔'과 '빌헬름 마이스터' 그리고 60년에 걸쳐 완성한 '파우스트' 등 많은 위대한 작품을 남겼습니다. 그는 작가로서 뿐만 아니라 자연과학자, 정치가로서도 활동하는 등 커다란 업적과 함께 전인적인 삶과 사상을 통해 독일 고전주의를 주도하면서 세계 정신사에 커다란 영향을 미친 거성(巨星)으로 남아 있습니다.

　괴테 탄생 250주년을 기념하기 위하여 대한민국과 독일연방공화국에서 공동으로 기념우표를 발행하였습니다.

귀하께 양국에서 발행된 기념우표를 증정합니다.

1999년 8월

남궁 석
정보통신부장관

250. Geburtstag Johann Wolfgang von Goethe

Im Jahr 1999 wird Johann Wolfgang von Goethe, eine der bedeutendsten Persönlichkeiten der Weltliteratur, anläßlich seines 250. Geburtstages geehrt. Zu seinen bekanntesten Werken gehören „Die Leiden des jungen Werthers", „Wilhelm Meister" und „Faust", das Meisterwerk, an dem er 60 Jahre lang gearbeitet hat. Nicht nur als Dichter, sondern auch als Naturwissenschaftler und nicht zuletzt als Staatsmann hat er durch seine Werke, seine große Persönlichkeit und seine Ideen in der „Weimarer Klassik" und darüber hinaus eine führende Rolle gespielt und so auf die weitere Geistesgeschichte der Welt prägend gewirkt.

Das Sonderpostwertzeichen „250. Geburtstag Johann Wolfgang von Goethe" ist Gegenstand einer gemeinsamen Sonderpostwertzeichenausgabe der Bundesrepublik Deutschland und der Republik Korea.

괴테초상 - Joseph Karl Stieler (Mainz 1781-1858 München)
한국 기념우표 및 일부인 디자인 - 이혜옥
독일 기념우표 및 일부인 디자인 - Ursula Maria Kahrl, Köln
표지그림-괴테의 「서동시집」중에서 동양을 노래한 '은행잎'

괴테 탄생 250주년 기념

　1999년은 온 인류가 괴테의 탄생 250주년을 기리는 해이다.
괴테의 제2의 고향인 바이마르는 유럽의 문화도시로서
국제적으로 주목을 받고 있다. '독일 고전주의'라는 시대 현상이
비록 괴테라는 한 인물로 인해 비롯된 것은 아니지만 괴테는
문학, 학문 및 사회정치학적 사상이 풍부히 연계된
독일 정신사에서 중요한 장을 열었던 중심 인물로 간주된다.

　'요한 볼프강 폰 괴테 탄생 250주년' 기념우표는 독일 연방공화국과
대한민국 두 나라에서 공동우표로 발행되었다.

Entwurf des Sonderpostwertzeichens und des Ersttagsstempels:
Ursula Maria Kahrl, Köln

괴테의 출생

요한 볼프강 폰 괴테는 1749년 8월 28일 독일 마인 강변 프랑크푸르트에서 출생하였다.

Johann Wolfgang von Goethe ist am 28, August in Frankfurt am Main geboren.

괴테 탄생 200주년 기념

괴테 탄생 200주년 기념

괴테 탄생 250주년 기념
250 Geburtstag Johann Wolfgang von Goethe

Frankfurt a. M.
Goethes Geburtshaus

Herrn
Dr. F.W. Schembra
Rossertstr. 55

61449 Steinbach

UTSCHES HOCHSTIFT
ER GOETHE-MUSEUM
IRSCHGRABEN 23—25
OETHE-HAUS
NKFURT AM MAIN 1

Öffnungszeiten:
Werktags: 9 - 16 Uhr
im Winter: 9 - 16 Uhr
Sonntags: 10 - 13 Uhr

Goethes Geburtshaus

DEUTSCHE
BUNDESPOST

0080

Herrn
Aldo Stowasser
Bank für Gemeinwirtschaft AG
- Vorstandssekretariat -
Theaterplatz 2

6000 Frankfurt am Main 1

괴테 생전에 구텐베르크의 고향인 마인츠에 여행
Goethe : Eine Reise nach Mainz

마인츠(Mainz)대성당

마인츠(Mainz)는 인쇄술로 유명한 구텐
베르크가 태어난 도시로 요한네스 구텐
베르크박물관이 있다.

괴테 마인츠 방문 기념인

구텐베르크

마인츠의 괴테

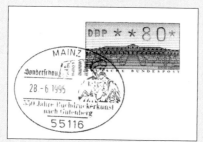

기념인에 구텐베르크 사진

괴테의 생애와 작품세계
Das Leben und Werke von Goethe

괴테 탄생 200주년 기념

괴테의 중요작품을 배경으로 Goethes Lebne und Werke(Faust, Reineck Fuch und Iphigenie)

프랑크푸르트는 풍부한 신기함을 간직하고 있다
괴테의 명언으로 된 기념인

괴테의 고향 프랑크푸르트

괴테의 고향 프랑크푸르트는 오늘날 세계 무역의 중심지로
공항은 세계로의 관문이다

기념인 : 마인 강변의 프랑크푸르트는 신기함을 지니고 있다.

괴테 탄생 200주년(1749~1949) 기념우표와 특인
200. Geburtstag Johann Wolfgang von Goethe

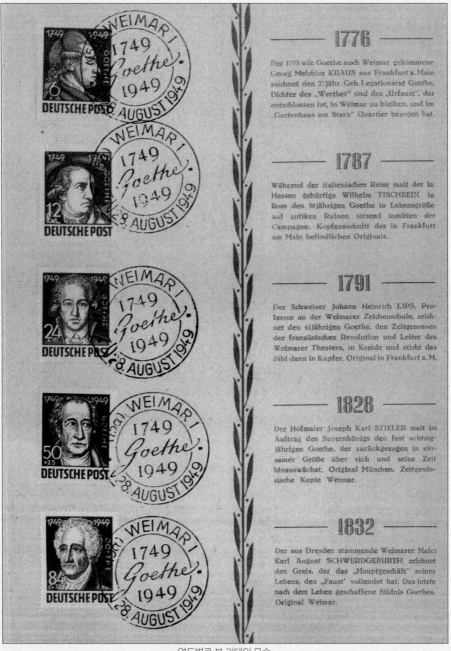

1776
Der 1775 wie Goethe nach Weimar gekommene Georg Melchior KRAUS aus Frankfurt a. Main zeichnet den 27jähr. Geh. Legationsrat Goethe, Dichter des „Werther" und des „Urfaust", der entschlossen ist, in Weimar zu bleiben, und im „Gartenhaus am Stern" Quartier bezogen hat.

1787
Während der italienischen Reise malt der in Hessen gebürtige Wilhelm TISCHBEIN in Rom den 38jährigen Goethe in Lebensgröße auf antiken Ruinen sitzend inmitten der Campagne. Kopfausschnitt des in Frankfurt am Main befindlichen Originals.

1791
Der Schweizer Johann Heinrich LIPS, Professor an der Weimarer Zeichenschule, zeichnet den 41jährigen Goethe, den Zeitgenossen der französischen Revolution und Leiter des Weimarer Theaters, in Kreide und sticht das Bild dann in Kupfer. Original in Frankfurt a. M.

1828
Der Hofmaler Joseph Karl STIELER malt im Auftrag des Bayernkönigs den fast achtzigjährigen Goethe, der zurückgezogen in einsamer Größe über sich und seine Zeit hinauswächst. Original München. Zeitgenössische Kopie Weimar.

1832
Der aus Dresden stammende Weimarer Maler Karl August SCHWERDGEBURTH zeichnet den Greis, der das „Hauptgeschäft" seines Lebens, den „Faust' vollendet hat. Das letzte nach dem Leben geschaffene Bildnis Goethes. Original Weimar.

연도별로 본 괴테의 모습

괴테 탄생 200주년 기념
200. Geburtstag Johann Wolfgang von Goethe

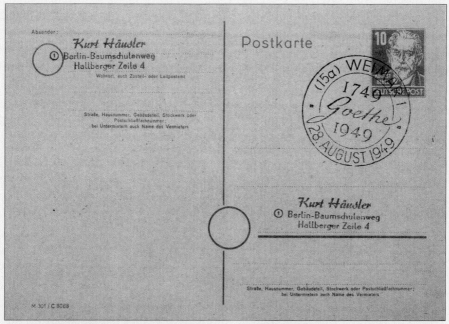

괴테 탄생 200주년 바이마르 기념인

괴테가 법학을 공부하던 라이프치히 특인. 괴테의 모습이 연령별로 디자인되어 있다

150. Todestag von Johann Wolfgang v. Goethe

괴테 서거 150주년(1749~1832)

괴테 서거 150주년을 기념하여 북한에서 발행한 소형 시트

ERSTTAGSBLATT

4/1982

Sonderpostwertzeichen

»Johann Wolfgang von Goethe«

바이마르에서의 정치활동

　1775년 바이마르/Weimar 영주의 초청을 받은 괴테는 바이마르에서 10년간 정치가로서 뛰어난 능력을 발휘하였다. 이 기간 동안 그의 사상적인 면뿐 아니라 문학계에서도 커다란 변화가 있었다. 괴테는 정치가로서의 현실적인 생활과 Stein 부인의 조언을 통하여 질풍노도적인 격정에서 벗어나 더 원숙한 문학세계로 들어서게 되었다.

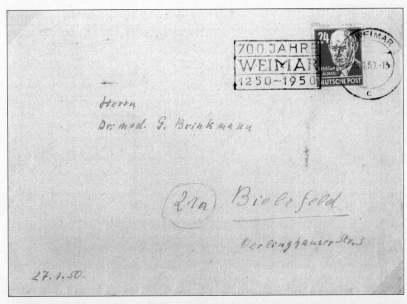

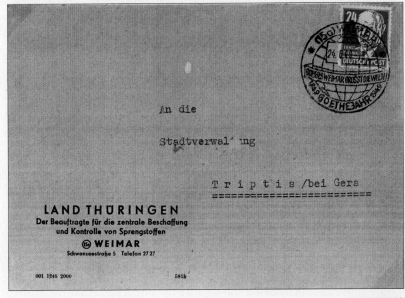

괴테의 훔볼트와의 교류

괴테는 고전문학시대 당시 베를린에 살았던 세계적 언어학자 빌헬름 폰 훔볼트 (Wilhelm von Humboldt, 1767~1835)와 긴밀한 서신교류를 통한 우정을 나누었다. 괴테가 서거하기 며칠 전에도 훔볼트에게 마지막 편지를 보냈다고 한다.

훔볼트
(Wilhelm von Humboldt)

테겔성에는 훔볼트 형제의 묘비가 서 있다.

오늘날 베를린 훔볼트대학 입구에 서 있는 훔볼트 형제의 동상이 그들의 명성을 잘 말해 주고 있다.

빌헬름 폰 훔볼트의 동생인 알렉산더 훔볼트(Alexander Humboldt, 1769~1859)는 세계적인 지리학자였다.

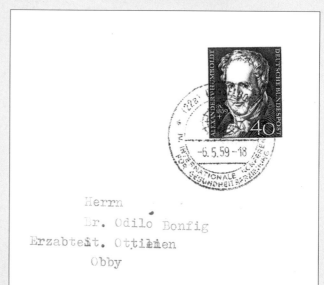

괴테의 도시 베츨라/Wetzlar

'젊은 베르테르의 슬픔'의 발상지

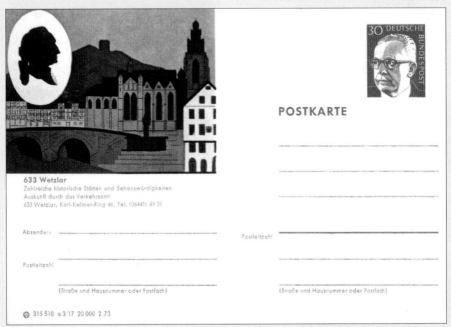

괴테가 법학을 공부한 후 이곳 법원에서 연수차 머물고 있을 때 샤로테를 알게 되었다.

샤로테 부프(Charlotte Buff) 사진

샤로테 부프 (Charlotte Buff)

괴테의 도시 베츨라에 있는 롯데하우스 박물관에 '젊은 베르테르
의 슬픔' 에 관한 자료들이 보관되고 있다.

샤로테 부프(Charlotte Buff) 맥시멈카드

괴테 탄생 250주년
250. Geburtstag von Goethe

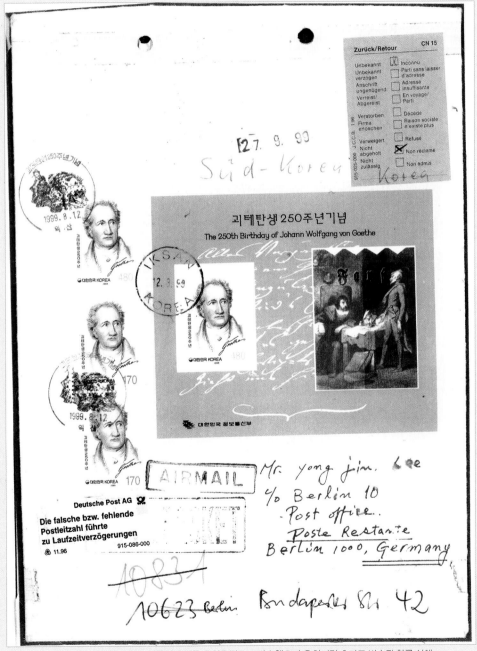

한국 발행 기념 우표첩부 베를린 우체국 유치우편으로 발송했으나 유치기간 초과로 반송된 항공 실체

괴테 탄생 200주년 및 250주년

괴테 탄생 200주년 기념

괴테 탄생 250주년 기념

괴테와 실러의 우정
Freundschaft zwischen Goethe und Schiller

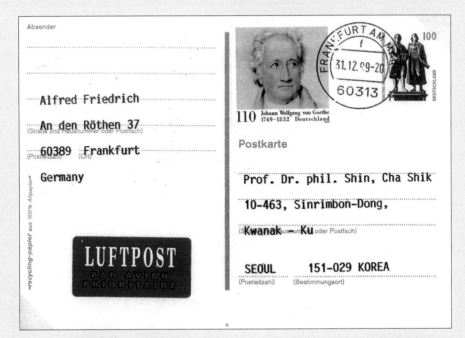

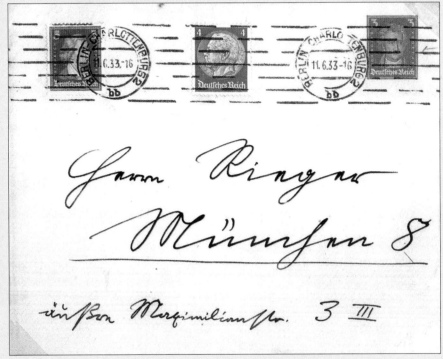

젊은 시절의 괴테
Der junge Goethe

괴테의 젊은 시절의 모습을 담은 우표들

REPUBLIQUE DU MALI
500F

POSTE AERIENNE 1982

1749 J.W. von GOETHE 1832

말리공화국에서 발행한 젊은 괴테의 푸르프 시세품

괴테의 발자취를 따라서
Auf Spuren von Goethe

필자는 괴테의 삶과 작품을 좀 더 이해하기 위하여 마인강변에 위치한 프랑크푸르트 그의 생가를 비롯하여 그가 오랫동안 살았고 작품활동을 한 바이마르/Weimar 괴테박물관과 뒤셀도르프/Düsseldorf 박물관 등을 방문하여 자료를 수집하였으며 그가 머물렀던 곳을 두루 살펴보았다.

미국 시카고 소재 링컨 공원에 있는 괴테 동상 앞에서

선진국을 여행하다 보면 훌륭한 인물들의 동상이나 흉상을 세워 기리는 기념비 등과 만나게 된다.

우선 통일 독일의 수도인 베를린/Berlin에 있는 티어가르텐/Tiergarten 공원에서도 괴테 동상을 만날 수 있었다. 나의 펜팔인 호프/Hoof 교수의 친절한 안내로 2006년 동·서독 분단의 상징에서 통일의 상징으로 변모된 브란덴부르크 문/Brandenburger Tor 부

베를린에 있는 괴테 동상 앞에서 아내와 함께

일본 도쿄에 있는 괴테 기념관에서 관장과 함께

괴테의 도시 일메나우에 있는 괴테의 좌상 옆에서　　　　　　괴테의 고향 프랑크푸르트에 있는 동상 앞에서

속 건물 안에 있는 기도실로 안내받았던 일이 회상된다.

　필자는 로마에 있는 괴테동상, 미국 샌프란시스코에 있는 괴테와 실러 동상, 시카고 링컨공원에 높이 우뚝 서있는 괴테 동상도 만날 수 있었다.

　괴테의 도시인 일메나우/Ilmenau에는 벤치에 앉아있는 괴테 좌상은 더욱 자상한 인상을 받을 수 있었다.

　일본 도쿄에는 괴테기념관 안에 목재로 된 괴테상을 볼 수 있다. 마침내 우리나라 랜드마크 서울 롯데월드타워가 서 있는 롯데월드공원에 괴테 동상이 세워져 괴테 애호가들은 기뻐하고 있으며, 롯데월드 방문객들은 괴테 동상 앞에서 기념사진을 찍으며 즐거워하는 모습을 볼 수 있다.

FRANCOFORTIA 2011

Verliehen

für die erfolgreiche
Teilnahme
an der

OFFENE KLASSE
Briefmarken-
Ausstellung

FRANCOFORTIA
Frankfurt LIVE
& vieles mehr
19. bis 27. Nov. 2011

aus Anlass des

100-jährigen
Vereinsjubiläum

Vereinigung
Frankfurter
Briefmarkensammler
„MOENUS 1911"
e.V.

Unterzeichnet auf der
Veranstaltung
„FRANCOFORTIA 2011"
OK-Briefmarken-Ausstellung
Frankfurt am Main
am 27. November 2011

Sieger
Urkunde
Gold

„GOETHE -
Leben, Spuren,
Werke"

Prof. Dr. Chashik SHIN
Seoul / Korea

Bodo A. v. Kutzleben
Veranstaltungsleiter
VFB „MOENUS 1911" e.V.

Heidi Astl
1. Vorsitzende
VFB „MOENUS 1911" e.V.

Roderich Klein
Ausstellungsleiter
VFB „MOENUS 1911" e.V.

| 우표취미생활인의 교양지 | PHILATELIC MONTHLY |

우 표
WOOPYO

11
November 2003

ISSN: 1227-2361
통권 454호
값 2,700원

우정정보 · 2004우편연하장

공고 · 세계우표디자인 공모대회 결과

테마기획 · 동력비행 100년과 라이트 형제

추억의 우표디자이너 육필 까셰집(8) · 우표 최다 제작 디자이너 전희한 씨

괴테 탄생 250주년 기념
우·표·전·시·회
Briefmarken-Ausstellung zum
250. Geburtstag von J. W. von Goethe

Johann Wolfgang von Goethe
괴테탄생 250주년 기념
The 250th Birthday of Johann Wolfgang von Goethe

TELEPHONE CARD

괴테의 이탈리아기행(로마를 보라보는 37세의 괴퇴. 빌헬름 튀시바인의 그림)

● 때 : 1999. 3. 27~4. 11 ● 곳 : 서울 예술의 전당 오페라하우스 (2층 로비)

● 주최 : 예술의 전당
● 후원 : 주한 독일문화원, 괴테학회
　　　　 한국독어독문학회, 한독협회
● 주관 : 신차식 교수 (단국대학교)

괴테 탄생 250주년 기념 우표전시회를 열며

올해(1999년)는 독일이 낳은 세계적인 문호 요한 볼프강 폰 괴테(Goethe, 1789~1832)가 마인 강변의 프랑크푸르트에서 태어난 지 250주년이 되는 매우 뜻 깊은 해입니다.

서울 예술의 전당에서는 괴테 페스티벌이 개최되어 위대한 세계시민(Weltbürger)으로서 괴테의 생애를 조명하고 작품을 관람할 수 있는 기회를 갖게 된 것은 우선 기뻐해야 할 일입니다.

뜻 깊은 괴테 주간 행사를 맞이하여 괴테와 그의 생애를 주 테마로 40여 년간 수집한 우표 속에 반영된 괴테의 위대한 삶과 창작 활동 및 작품과 괴테가 영향을 미친 다른 작가의 작품과도 우표를 통하여 만날 수 있는 조촐한 잔치에 출품자로서 여러분을 초대하고자 합니다.

오는 8월 괴테의 생일에는 한국과 독일 두 나라가 공동으로 괴테 탄생 250주년 기념우표를 발행하기로 하였으며, 정보통신부의 협조로 우리 한국측 우표 디자인을 이번 전시회 때 관람자들에게 미리 선보이게 되었습니다.

이번 전시회가 이루어지기까지는 우표수집에 F. Wexler 선생과 D. Nehring 선생의 도움이 없었더라면 거의 불가능했을 것입니다. 오늘을 보지 못하고 유명을 달리한 두 분의 명복을 빌며 대신 미망인께 멀리서나마 감사의 정을 표하는 바입니다.

이번 전시회를 통하여 한국 독일간의 우호가 더욱 돈독해지고 괴테를 통하여 독일 문화를 이해하는데 작으나마 도움이 되었으면 하는 마음 간절합니다.

끝으로 전시회가 개최되기까지 도와주신 모든 분께 감사드리며, 특히 희생적으로 봉사해 주신 우취동호인과 귀한 작품을 찬조해 주신 분께 감사를 드립니다.

1999. 3. 신차식 드림

Einladung zur Briefmarken-Ausstellung zum
250. Geburtstag von Johann Wolfgang von Goethe

Anlässlich des Goethejubiläums findet vom 27. März bis zum 11. April im Arts Center Seoul eine Briefmarken-Ausstellung statt.

Dabei zeige ich meine Sammung, die ich seit in einem Zeitraum über 40 Jahre gesammelt habe, zum Thema GOETHE-Leben, Werke und Wirkung.

Zu dieser Sonderausstellung möchte ich Sie herzlich einladen.

Am 12. August erscheinen die Sondermarken zum Goethe-Jubiläum in Deutschland und in Korea.

Zum Schluss möchte ich allen danken, die mir behilflich waren, ins besondere Herrn Dr. M. Ott, Leiter vom Goethe-Institut Seoul und Herrn D. Germann(IMOS).

Seoul, den 26. März 1999
Prof. Dr. Shin, Cha Shik (Dankook University)

괴테와 실러 우취작품 개요

―생애와 작품 및 영향을 중심으로―

독일문학은 「힐데브란트의 노래(Hildebrandsslied)」에서 그 기원을 찾을 수 있으며 독일 문학의 대두는 18세기 계몽주의(Aufklärung) 문학에서 비롯되었다.

괴테 탄생 200년을 맞이하여 서베를린에서 각기 다른 나이의 얼굴 모습과 그의 작품 Faust, Reineke Fuchs, Iphigenia und Orest가 초상의 배경에 그려져 있다.

그리고 세계인의 관심을 갖게 한 것은 괴테(Goethe)와 실러(Schiller)라고 할 수 있다. 왜냐하면 이 두 사람은 우정에서도 그러했지만 이른바 「질풍과 노도시대」의 주역이었기 때문이다.

「Sturm und Drang」즉 「스투름 운트 드랑」은 크링어(Klinger)의 희곡에서 따온 것이다. 이를 수용하여 문학활동으로 승화시킨 작가가 바로 괴테와 실러였다. 이들이야말로 독일문학(Deutsche Literatur)을 세계문학(Weltliteratur)으로 바꾸어 놓은 장본인이다.

다시 말해서 계몽주의에서 고전주의(Klassik)로 발전시킨 불후의 명작들을 발표한 것이 바로 「스투름 운트 드랑」의 시기였기 때문이다. 이는 계몽주의 사상을 반성하는 의미를 지녔고 새로운 인문주의적 경향을 나타낸 것이다.

사실 「스투름 운트 드랑」은 너무도 주관적인 경향이 농후했기 때문에 지속적인 문학운동으로 발전될 성격은 아니었다. 그러나 괴테와 실러는 이를 극복하면서 자신들의 작품 속에서 유감없이 표현시켜 독일문학의 황금기를 이루는 고전주의의 대표 작가들이 되었다.

적어도 괴테가 이탈리아 여행(1786)을 시작하고 실러의 죽음(1805)까지인 20여 년 동안은 독일 「고전주의」의 전성기였다. 이후 철학자 칸트(I. Kant, 1724~1804)를 비롯하여 오늘날 「제2의 괴테」로 불리는 브레흐트(B. Brecht)에 이르기까지 괴테와 실러가 독일문학과 인류문화에 끼친 영향은 실로 영원하다 하겠다.

3-1. 괴테의 생애(Leben von Goethe)
3-1-3. 괴테의 바이마르 시절
- 이태리 여행 -

피테는 1786년 37세의 나이로 이태리 여행을 떠났다. 9월 8일 브렌넬 고개를 넘어 28일 베니스를 거쳐 10월말 로마에 도착. 다음해 로마를 떠나 스위스를 거쳐 6월 18일 바이마르로 돌아왔다. 그의 이태리 여행은 고전주의 문학의 대표작인 「이피게니아」와 「로마의 비가」를 넣게한 결정적인 계기가 되었으며 독일의 고전주의가 자리를 잡게된 기초가 되었다.

Joh. Wolfg. v. Goethe auf den Trümmern von Rom in der Campagna
Zeichnung im Goethe - Nationalmuseum zu Weimar

티쉬바인(Tischbein)의 작품으로 이태리 여행중 로마에 도착한 피테

이태리 여행시 이용한 마차

4. 고전주의 (Klassik)

4-1. 괴태의 대표작 "파우스트"

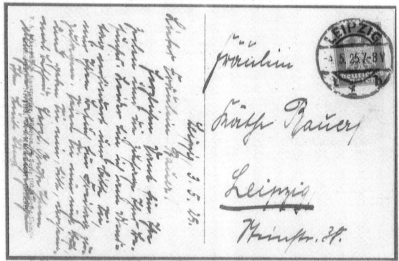

엽서의 뒷면 (1952.5.3 라이프치히 발송)

Kaulbach   GRETCHEN

온갖 피로움을 겪으신 성모님
얼굴을 돌리시고 자비로이
제 고통을 굽어 살피소서!

가슴에 칼을 맞으시고
온갖 고통 겪으시면서
아드님의 죽음을 바라보시는군요

하늘의 아버님을 우러러보시며
아드님과 당신의 고난 때문에
한숨을 보내시는 성모님

골수에 사무치는 이 고통을
누가 느껴주리까?
가련한 마음 불안에 떨며
무엇을 갈구하는지
오직 성모님, 당신만 알고 계시나이다!

도와주세요!
절 치욕과 죽음에서 구해 주세요!
온갖 피로움겪으신 성모님
얼굴을 돌리시고 자비로이
제 고통을 굽어 살피소서!

괴태의 최대걸작인 "파우스트(Faust)"의 여주인공 그래트 헨(Gretchen)이 성모상 앞에서 간절히 기도하고 있다.
그림은 화가 카울바하(F. Kaulbach)의 작품이다.

괴테 탄생 250돌을 마감하며

*본고는 1999년을 현재 시점으로 기술 발표된 원고로서 2019년 현재 시점에서는 내용상 다소 차이가 있음을 양지 바람.

　1993년 11월 필자가 연구차 자매대학인 독일 마인츠에 있는 요하네스 구텐베르크 대학에 머물고 있던 어느 날 아침, 조간신문에서 눈에 띄는 기사를 발견했다. 괴테 탄생 250주년이 되는 1999년에 괴테의 도시 바이마르가 유럽문화의 수도로 결정된다는 사실이 바이마르 국립극장 앞에 우뚝 서 있는 괴테와 실러의 동상 사진과 함께 보도된 것이다. 이때 이 기사를 본 것이 1999년 8월 12일 한·독 양국 협의 하에 괴테 탄생 250주년 기념우표를 공동으로 발행하게 된 직접적인 동기가 되었다. 만일 필자가 독문학 교수이

최근에 게르만 씨가 보낸 괴테 탄생 250주년 기념 맥시먼카드

독일에서 괴테 탄생 250주년 기념으로 발행한 기념엽서와 일부인(인면과 우표. 독일에서 발행한 1999년 유럽문화수도 기념)

긴 하지만 우취인이 아니었더라면 미처 우표발행이라는 이벤트로 연결시킬 생각은 하지 못했을 것이다. 결국 기념 우표 발행은 우리나라에서는 처음으로 외국문학가를 우표에 등장시킨 기록으로 남게 되었다.

지난 1988년 서울올림픽 때 단국대학교 천안 캠퍼스에서는 스포츠과학 학술대회가 개최되었다. 당시 문화행사의 일환으로 필자가 우표전시회를 가졌는데 학술대회에 참석한 세계 여러 나라 체육 교수들 가운데 독일 마인츠 대학의 메씽 교수와 우표전시장에서 서로 알게 되었다. 학술대회 개막 직후 국제 올림픽위원회(IOC) 시마란치 위원장과의 만남도 우표를 통하여 이루어졌다.

하루는 메씽 교수가 필자에게 라인강 여행을 가자고 제안했고 필자는 쾌히 응하였다. 1993년 11월 20일경 로렐라이 언덕의 강 건너 맞은편에 있는 레스토랑에서 점심식사를 나누면서 괴테 탄생 250주년인 1999년에 한국에서 기념우표를 발행하면 어떻겠느냐고 필자가 물었을 때 메씽 교수는 너무나 기뻐하며 참으로 좋은 생각이라고 답했다.

자기도 혹 필요하면 외무성을 통하여 도움이 되고 싶다면서 그러면 괴테를 좀 더 알아야 한다며 괴테의 초기 작품인 '젊은 베르테르의 슬픔' 이 쓰이게 된 도시이며 청년 괴테가 법학을 공부한 후 농사 시보로서 머물던 베츨라(Wetzlar)를 보여주었다. 그곳에서 롯테하우스를 비롯 괴테의 발자취를 살펴본 것도 괴테 우표 발행에 도움이 된 것은 물론이다.

　필자는 마인 강변의 프랑크푸르트에 있는 괴테의 생가(오늘날은 박물관으로 쓰임)를 비롯 괴테가 독문학사에서 고전주의의 꽃을 피웠던 바이마르 등지를 둘러보면서 우취 자료를 수집했다. 이렇게 모은 자료들이 바로 괴테 탄생 250주년 기념우표 발행을 제안, 설득시키는 데 도움이 되었음은 물론이다.

　그 후 몇 년이 지난 1998년 2월 20일 필자가 마침 우취연합에 들렀을 때 우취연합 회장과 이혜옥 디자인실장이 1999년도 발행우표에 대한 얘기를 나누고 있었다. 필자는 3월 말경 괴테학회의 공문을 통해 우표 발행 요청을 할 계획이었기 때문에 우선 구두로 괴테 우표를 적극 요청하였다. 연합회장의 이해와 도움으로 결국 심의위원회에서 독일과 공동 발행이 조건부로 통과되었다. 양국간에 디자인 문제로 다소 불편함도 있었으나 우리 측에서 발행일 및 우표 교환 등에 있어 독일측 제안을 호의적으로 받아들이면서 양국 실무선에서 무난한 합의에 이를 수 있었다.

1999년 9월 14일 주한 독일대사 클라우스 폴러스 박사는 한국의 괴테 탄생 250주년 기념 우표를 공동 발행한데 대하여 감사의 뜻으로 남궁석 정통부장관을 예방하였다.

독일주간 독일기업박람회 개막식 현장에서 우리나라에서 발행된 괴테 우표를 독일 대사에게 전달하는 정보통신부 장관

독일이 낳은 세계적인 시성 괴테 탄생 250주년이 되는 뜻깊은 한 해를 맞이하여 어느새 저물어 가고 있다. 복잡한 서울 거리에서도 가로수의 낙엽이 떨어지고 있음을 문득 깨닫게 된다. 특히 은행잎을 밟을 때면 어느덧 괴테의 "멀리 동양에서 건너와 지금…"으로 시작하는 '은행잎'이라는 시가 먼저 떠오른다.

마침내 1999년 8월 12일, 한국과 독일 두 나라 사이에 세계에서 유일하게 괴테 탄생 250주년 기념 공동우표가 발행되었다. 독일에서는 8월 17일 바이마르의 괴테 박물관에서 주독 한국대사가 참석한 가운데 관련 저명인사를 초청하여 괴테 우표 공동발행 기념식을 거행하였으며, 외신에도 보도되었다. 한국에서는 10월 4일 서울 힐튼호텔에서 국내 각계 대표 및 주한 외교 사절들이 지켜보는 가운데 남궁석 정보통신부장관이 주한 · 독일 대사 클라우스 폴러스(Claus Vollers) 박사에게 공동 발행 우표를 증정하였다. 괴테 우표를 통하여 한 · 독 두 나라간의 우호를 다지는 엄숙하며 뜻있는 순간이었다. 남궁석 장관이 그의 인사 말씀에서 말한 것과 같이 괴테는 독일뿐만 아니라 '세계시민'으로 전 세계의 자랑이다. 괴테는 '파우스트'와 같은 장엄한 문학 작품을 인류 공동의 유산으로 남겼다.

한국 우표에 외국의 인물이 주인공으로 등장하는 경우는 극히 드물다. 그러나 필자는 괴테 탄생 250주년을 맞아 괴테만은 우표에 담아 기념할 만한 가치가 있다는 굳은 신념 아래 적극적으로 나섰던 것이다. 결국 우표 공동 발행이라는 뜻 깊은 일을 성사해 낼 수 있었다. 국제 통화로 연락을 취해 왔던 독일 담당자인 레키트케(Rekitke) 씨는 얼마 전 우편으로 필자의 협조에 깊은 감사의 뜻을 전해 왔다.

독일은 1989년 베를린 장벽 붕괴 후 자유의 정신이 꽃을 피우면서 마침내 동서 통일을 성취하였다. 머지않아 우리 한반도에도 통일의 날이 올 것을 희망한다. 작은 괴테 우표 한 장이 한 · 독 양국의 전통적 우호를 더욱 돈독히 하는 계기가 된다면 그동안 기울인 필자의 정성도 헛되지 않을 것이라 확신한다.

이번 우표발행을 기념하여 필자는 두 번의 우표 전시회를 추진하였다. 첫 전시회는 괴테학회(Goethe-Gesellschaft)와 독일문화원(Goethe-Institut)의 후원으로 괴테페스티벌 (1999. 3. 26~4. 11) 기간 중 예술의 전당에서, 두 번째 전시회는 10월 21일에서 23일까지 단국대학교와 천안우체국의 공동주최로 천안캠퍼스 율곡기념 도서관에서 가졌다. 첫 전시회에서는 독일 대사를 비롯한 괴테학회장, 한국독어독문학회장 등 관련인사와 많은 분들이 관람과 축하를 해 주셨고 독일 신문에도 보도되었다.

주한 독일 대사 클라우스 폴러스(Chlaus Vollers) 박사는 한·독 공동 우표 발행은 전통적 '한·독 우호의 표시'라며 기쁨을 감추지 않았다. 예술의 전당 문호근 예술 감독은 괴테 우표 전시회는 한국 예술의 전당에 세계시민(Weltbuerger) 괴테의 향기를 풍기는 행사라고 평했다.

두 번째 전시회 때에는 한국우취연합 회장과 단국대 김승국 총장을 비롯한 한·독 양국의 관련 초청 귀빈들이 개막식에 참여하여 우표를 통한 한·독 양국의 전통적 우의를 재확인하였다. 괴테 탄생 250주년을 기념하는 위 두 우표 전시회는 20세기를 마감하는 뜻 깊은 이벤트로 기록될 것이다.

지금 돌이켜 생각해 보면 준비 과정에서 여러 어려움과 고비가 있어 중도에 포기하고 싶은 마음이 들었던 것도 사실이다. 그러나 결국 전시회는 성공적으로 치루어졌다. 주한·독일 대사 클라우스 폴러

1999년 유럽문화의 수도 바이마르 국립극장 앞의 괴테와 실러 동상 앞에서(1993)

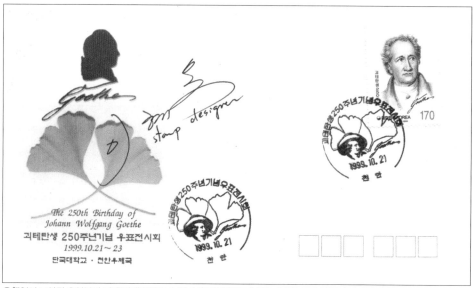

은행잎이 도안된 초일봉피 괴테 탄생 250주년 기념 우표전시회 기념인, 괴테의 시 은행잎과 이태리 여행 때의 모습으로 디자인하였다.

스 박사를 비롯 많은 분들이 보내주신 감사의 말씀과 격려는 지난날의 어려움을 잊고 양국 간의 교량 역할을 담당했다는 자부심과 보람을 느낄 수 있도록 만들어 주었다. 머나먼 동양의 나라 한국에서 괴테 페스티벌이 개최되고 괴테 탄생 기념우표가 발행되었다는 것은 한·독 양국 간의 외교사에 아름다운 이야기로 오래오래 기록될 것이라 믿는다.

괴테 우표가 발행되기까지 도움을 주신 정통부 이성식 우표실장과 이혜옥 디자인실장, 곽지영 씨, 독일 정부측의 레키트케 씨, 메씽 교수, 동호인 게르만(Gernann) 씨 부부, 가난했던 시절 독일 유학을 가능케 했던 나의 우취 펜팔이며 은인인 벡슬러(Wexler) 씨에게 깊은 감사를 드린다. 처음 발행심의부터 우표전시회까지 깊은 관심을 가지고 격려해 주신 김동권 회장, 큰 손이 되어준 독문과 조교의 고마움도 잊을 수 없다. 괴테 우표 발행 사실을 국제학회 세미나를 통해 독일 및 일본 등지에 홍보해 주신 김종대 괴테학회장의 호의에도 깊은 감사를 드린다. 이외에도 지면에서 모두 밝히지 못한 도와주신 모든 분과 괴테우표 발행을 축하해 주신 독자 여러분들에게도 감사를 드리며, 괴테 탄생 250주년을 마감하고자 한다.

WANDRERS NACHTLIED

Über allen Gipfeln
Ist Ruh,
In allen Wipfeln
Spürest du
Kaum einen Hauch;
Die Vögelein schweigen im Walde.
Warte nur, balde
Ruhest du auch.

J.W. von Goethe, 1780

Goethehäuschen auf dem Kickelhahn bei Ilmenau
(Hier schrieb Goethe im Jahre 1780 das Gedicht
„Wandrers Nachtlied")

나그네의 밤노래

모든 산봉우리들 위엔
고요함,
모든 나무의 우듬지엔
숨결 하나 느끼지 못하고,
숲속의 새들도 울음을 그쳤는데
오직 기다릴지니
머지 않아 그대 또한 쉬게 되리라.

*작품설명 : 1780년 6월 9일 괴테는 일메나무(Ilmenau) 부근의 통나무집 벽에 본 작품 '나그네의 밤노래'를 남겼다.

Ginkgo Biloba

은행나무 잎

Dieses Baum's Blatt, der von Osten
Meinem Garten anvertraut,
Gibt geheimen Sinn zu kosten.

Ist es ein lebendig Wesen,
Das sich in sich selbst getrennt?
Sind es zwei, die sich erlesen,
Dass man sie als eines kennt?

Solche Fragen zu erwidern,
Fand ich wohl den rechten Sinn:
Fühlst du nicht an meinen Liedern,
Dass ich Eins und doppelt bin?

(Johann Wolfgang von Goethe, 1815)

멀리 동녘으로부터 옮겨져 와 내 정원에 심긴 이 나무,
그 잎새의 신비로운 뜻
저자의 마음을 즐겁게 해 줍니다.

본래 하나의 잎새인 것이
둘로 나뉜 것일까?
딱 어울리는 두 잎이 맞대어 놓여
하나처럼 보이게 된 것일까?

이런 생각하다가 문득
그 참뜻을 알아낸 듯했습니다.
당신은 내 노래에서 느끼지 않으십니까
내가 한 몸이면서 한 쌍이란 것을?

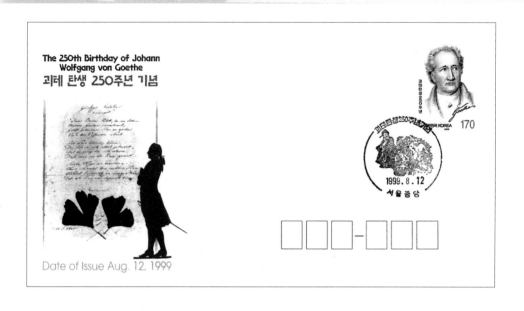

The 250th Birthday of Johann
Wolfgang von Goethe
괴테 탄생 250주년 기념

170

1999. 8. 12
서울중앙

Date of Issue Aug. 12. 1999

Entwurf:
Vera Braesecke-Kaul und Hilmar Kaul, Eckernförde

Ausgabetag: 14. Januar 1999

Entwurf: Barbara Dimanski, Halle

Ausgabetag: 11. März 2004

Die Goethe-Institute im Ausland
vermitteln die deutsche Sprache
und fördern die internationale
kulturelle Zusammenarbeit

괴테 인스티투트 설립 50주년 기념 우표

독일 우표지에 소개된 괴테 우표발행 특집

Goethe reist auf Briefmarke auch durch Korea!

Der Geburtstag des deutschen Dichterfürsten Johann Wolfgang von Goethe, der sich im letzten Jahr zum 250. Mal jährte, wurde und wird nicht nur in Weimar, der Stadt in der der gebürtige Frankfurter viele Jahre lebte, gefeiert .... Auch im fernen Korea gedachte man dem großen Dichter und würdigte seinen runden Geburtstag mit einer eigenen Briefmarkenausgabe, die zum etwa gleichen Zeitpunkt wie die deutsche Goethe-Marke herausgegeben wurde.

Koreas Markenausgabe zum 250. Geburtstag Goethes demonstriert indessen nicht nur die Verehrung des einzigartigen Literaten, sie sagt auch viel über die gewachsene Beziehung Koreas und Deutschlands aus. Zwar liegt zwischen beiden Ländern eine erhebliche räumliche Distanz, die aber fast aufgehoben wird durch ihre kulturellen Gemeinsamkeiten und stabilen Handelsbeziehungen, die in den letzten 120 Jahren, seit der Einführung formaler diplomatischer Beziehungen im Jahre 1883, gewachsen sind.

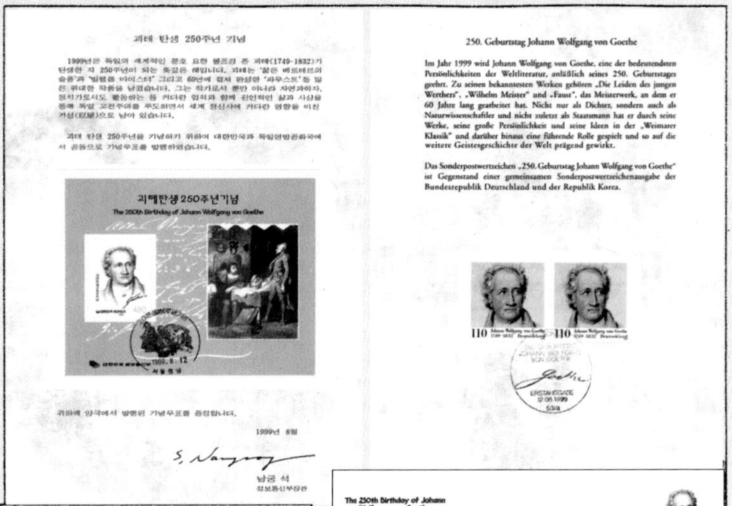

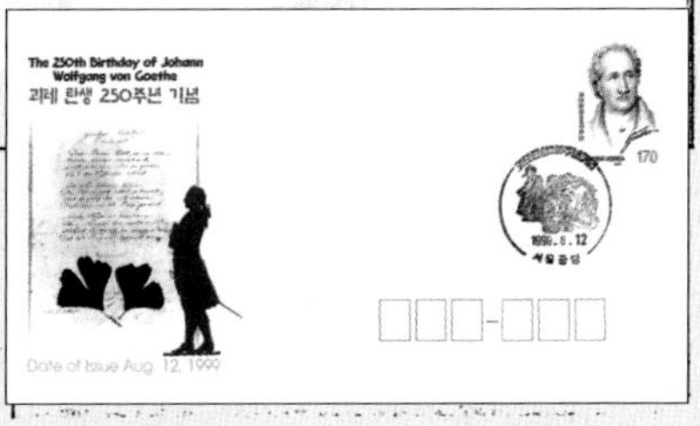

Ein seltenes Bild: Das Ersttagsblatt der deutsch-koreanischen Gemeinschaftsausgabe vom 12. August 1999 anläßlich des 250. Geburtstages von Johann Wolfgang von Goethe. Die Ganzsache, die rechts zu sehen ist, ist ebenfalls dem deutschen Dichterfürsten gewidmet.

Zwischen Korea und Deutschland hat sich somit ein festes Band geknüpft, das eben auch besonderen Ausdruck in den von beiden Seiten bewusst gewählten Goethemarken findet. Die starke Verbundenheit zwischen Korea und Deutschland und das wechselsseitige Interesse an der anderen Kultur zeigt sich insbesondere bei Veranstaltungen beider Länder, die der jeweils anderen Kultur gewidmet sind.

So freute man sich im letzten Jahr in Korea, als in den dortigen Tageszeitungen von der am 3. Juni 1999 in Essen unter dem Titel „Korea: Die alten Königreiche" eröffneten Ausstellung berichtet wurde, in der nationale hochrangige Sammlungen alter koreanischer Relikte gezeigt wurden. Angesichts der hohen Besucherzahlen und der positiven Resonanz, die diese Veranstaltung zum Thema „Koreanische Kultur" bewirkte, wurde das große Interesse der Deutschen am Land Korea und seiner Kultur bestätigt.

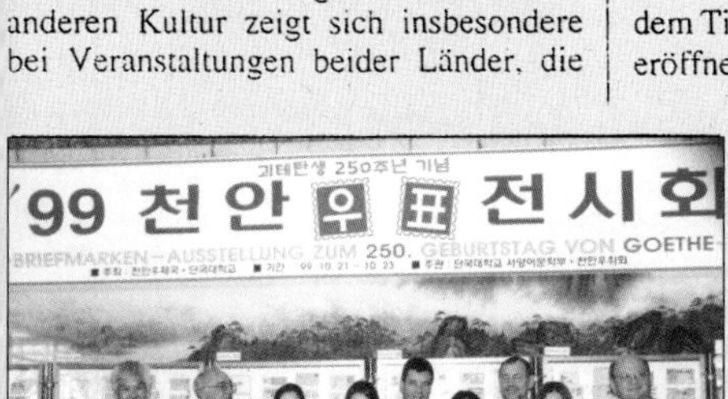

Eine Briefmarkenausstellung zu Ehren des 250. Geburtstages von Goethe – in Korea! Links im Bild ist Prof. Cha Shik Shin zu sehen, der Initiator der deutsch-koreanischen Gemeinschaftsausgabe.

Umgekehrt war man dann in Deutschland begeistert, als über das „Goethe-Festival" in Korea vom 26. März bis 11. April 1999 berichtet wurde. Bei dieser von der Koreanischen „Goethe-Gesellschaft" und dem „Kunstzentrum" Seoul gemeinsam initiierten Veranstaltung wurde der deutsche Dichter dem interessierten Publikum auf vielfältigste Weise näher gebracht – angefangen mit Aufführungen der bekanntesten Dramen, wie „Faust", „Iphigenie" oder „Stella", über eine literarische Ausstellung bis hin zu einer Briefmarkenschau, die ganz dem Thema „Goethe" gewidmet war. Hier wurde nun das ungeheure Interesse der Koreaner an der deutschen Kultur offenkundig.

Die koreanische Goethe-Ausgabe, die am 4. Oktober letzten Jahres in Seoul erschienen ist, sowie die ebenfalls dem Anlass des 250jährigen Geburtstages des gebürtigen Frankfurters gewidmete Ausgabe eines Souvenirblocks und einer Telefonkarte hatten bereits im Vorfeld großes Interesse bei Sammlern des In- und Auslandes erzielt. Oben abgebildet bekommt der Leser einen Eindruck vom koreanischen Goethe-Motiv.

S. Hackel

FRANKFURT

프랑크푸르트 괴테의 고향

Als internationaler Finanzplatz ist die Main-Metropole Frankfurt ein
Ort mit vielen Gesichtern. Und es gibt viel zu entdecken: vom Römer
bis zur Alten Oper, vom Messeturm bis zum traditionellen Bembel.

Fünf der beliebtesten Sehenswürdigkeiten in Frankfurt haben wir
in dieser exklusiven Briefmarken-Kollektion für Sie zusammengestellt.
Zum Verschicken, Verschenken und Sammeln.

FRANKFURT Römer
BRIEFMARKE INDIVIDUELL

Deutsche Post **70**

FRANKFURT Paulskirche
BRIEFMARKE INDIVIDUELL

Deutsche Post **70**

FRANKFURT Alte Oper
BRIEFMARKE INDIVIDUELL

Deutsche Post **70**

FRANKFURT Messeturm
BRIEFMARKE INDIVIDUELL

Deutsche Post **70**

FRANKFURT Bembel
BRIEFMARKE INDIVIDUELL
Deutsche Post **70**

한 · 독 수교 100주년을 보내며
100 Jahre Koreanisch-Deutsche diplomatische Beziehungen

*본고는 1984년을 현재 시점으로 기술하여 발표된 내용으로써 2019년 현재와는 상당 부분 차이가 있음을 양지 바람.

한 · 독 수교 100주년 기념 로고

한국 관복을 입은 파울 게오르크 폰 묄렌도르프

1983년은 한 · 독 수교 100주년으로 매우 뜻깊은 한해였다. 한 · 독 간의 수교협정이 조인된 것은 1883년 11월 26일이었다.

1984년은 독일 영사관이 처음으로 공식외교 채널로서 서울에서 문을 연 지 100주년이 되는 해이다. 한 · 독 양국간의 조약은 1884년에 비준되었고, 독일 총영사관이 젬브슈(Zembsch) 선장을 제1대 총영사로 하여 서울에 설치되었다. 젬브슈는 짧은 기간인 1년도 못 되어 한국 정부의 신임을 얻었다고 한다. 1884년 5월에 한국의 김윤식(金允植, 1835~1922) 외무대신이 독일 총영사의 자문을 요청한 사실도 있다.

우리나라 우정(郵政)의 창시자인 홍영식(洪英植, 1855~1884)이 처음에 우편사업을 계획할 무렵인 1882년에 독일인 파울게오르크 폰 묄렌도르프(Paul-Georg von Möllendorff, 한국명 : 穆麟德, 1848~1901)가 淸朝의 이홍장(李鴻章)의 천거로 근대적 행정제도의 고문관으로 왔다. 홍영식이 그의 진언을 들었던 일이 있다. 그러므로 묄렌도르프의 역할은 한국 우정사에 있어서도 매우 의의있는 일이다.

묄렌도르프는 언어적인 재능 이외에 중국학 학자로서, 법학자로서, 또한 행정전문가로서 탁월한 명성을 얻었다. 그는 1882년에 한국에 와서 통리아문(지금의 외무부)을 설치했으며, 동시에 세관이 발전할 수 있도록 터전을 닦았다.

묄렌도르프가 당시 할려고 했던 모든 개혁들 중에서도 특히 새로운 근대 우정제도를 비롯한 통화제도, 개항, 광산 현대화, 외국학자들의 초청, 서울에 외국인 학교 설치, 언론제도 법률개혁, 철도 부설계획 등은 한국이 당장 필요로 했던 개혁들이며, 이는 묄렌도르프가 미래를 통찰할 수 있는 혜안을 가졌기 때문이었던 것으로 생각된다. '독일계 한국인' 으로까지 불리었던 묄렌도르프는 3년간 머무르는 동안 많은 업적을 남겼다.

당시 고종(高宗)은 묄렌도르프와 깊은 우정을 맺고 있었다. 재작년(1982년) 묄렌도르프 방한 100주년을 맞이하여 독일문화원에서 개최된 세미나에서도 그의 업적을 재조명할 수 있는 기회가 있었다.

한국인들의 독일문학과 독일에의 접근은 1897년 서울에 독일어학교(德語學校)가 세워지는 것으로 비롯되었다. 이 학교의 첫 번째 독일어 교사로는 이미 동경에서 교사 경험이 있는 몰얀이 취임하였고, 한국정부는 그를 후대하였다.

이 학교가 1970년에 한·독 양국간에 체결된 문화협정에 의거하여 독일문화와 언어 지식을 보급하는 현 주한독일문화원(Goethe-Institut Seoul)의 시초가 된 것이다. 독일문화원은 주한독일대사관의 독서실로부터 시작된 것으로 서울 남산 경치 좋은 곳에 위치하여 한·독 양국의 문화를 교류시키는 교량역할을 맡고 있다.

한·독 양국간에 밀접한 유대를 지니게 된 또 하나의 이유는 한국의 법체제 개혁이 독일의 법 및 제도에서 막강한 영향을 받았다는 사실이다. 그러므로 한국 및 독일의 법률 관계자들은 거의 비슷한 사고를 지니는 경향이 있는 것 같다. 독일의 동양학자들은 한국에 관심을 가지게 되었고, 한국에 관한 여러 방면에서 연구가 이루어졌으며 그 결과가 독일에서 발표되었다. 한·독간의 문화적 교류는 계속적으로 이루어지고 있다.

한 예를 들면, 1970년대 중반 한국에서는 독일 소설가인 루이제 린저(Luise Rinser, 1911~2002)가 베스트셀러의 작가인데 비하여, 독일에서는 이미륵(본명:儀景, 1899~1950) 씨의 소설 '압록강은 흐른다(Der Jalu Fliest)' 가 커다란 성공을 거두었다는 사실이다. 그의 작품은 독일 교과서에도 수록되어 읽혀지고 있다.

한·독간의 무역도 문호개방 직후 제물포(현, 인천)에 지점을 개설한 이후 계속적으로 증가하여 지금은 상당히 많은 독일 상사들이 서울에 지점들을 갖고 있다. 지난 1972

~1975년간을 예로 든다면, 한국의 대독 수출은 500%나 신장된 반면, 서독의 대한 수출은 동일한 기간에 단지 300%의 상승을 나타내었다. 이와 같이 한국은 서독과 적극적인 통상균형을 이룩할 수 있었다. 이러한 발전은 독일정부에 의해 환영을 받았다.

또한 1984년은 역사적으로 천주교 200주년을 맞는 뜻깊은 해이다. 이에 관련하여 한국 가톨릭 사상 빼놓을 수 없는 것은 1909년 1월 11일 2명의 독일 베네딕트회 수도사(Benediktiner)가 최초로 한국으로 떠났다는 사실이다.

그들은 다음 달인 2월 25일 서울에 도착했다. 그해 12월 더 많은 수의 수사, 신부들이 인천항에 도착했다. 제1차 세계대전 후 성 베네딕트회(聖 芬道會)는 원산(元山)에 교회를 세워 서울 교구에서 분리, 독립했으며 그 얼마 후 덕원(德元)에 수도원을 창설했다. 국토의 분단과 6.25사변 등으로 분도회 신부와 수녀들이 북한 공산주의자들에 의하여 많은 수난을 당하다가 본국인 독일로 시베리아를 거쳐 떠나가야만 했다. 그러나 그들은 미래에 대한 희망과 신뢰 속에 또 다시 한국으로 진출하여 경북 왜관에 다시 수도원을 세워, 선교뿐만 아니라 의료 및 교육사업 등을 통하여 봉사하고 있는 것이다.

세계 제2차 대전은 한·독 양민족에게 국토분단이라는 공통된 쓰라린 운명을 가져다 주었다. 종전 이후 한국 국민과 독일 국민은 이데올로기적 분쟁에서 오는 동일한 고뇌와 고충을 경험하고 있는 것이다. 양국은 세계 정치상황 속에서 여러 점에서 볼 때 동일한 운명의 배를 타고 있는 셈이 된다. 다른 점들 중의 하나는 한국이 아시아에 위치하고 남북(南北)으로 양단된 데 비하여, 독일은 유럽에 위치하여 동서(東西)로 양단된 점이다.

공산동독(DDR) 안에 들어 있는 고도(孤島) 베를린은 장벽을 사이에 두고 아직 대립된 상태로 머물러 있다. 필자가 독일 유학 당시 베를린 장벽을 둘러보았을 때, 자유(Freiheit)가 얼마나 고귀한가를 뼈저리게 느껴 본 일이 새삼 떠오른다. 왜냐하면 베를린의 장벽 곁에는 자유를 찾아 공산 동부베를린으로부터 서부베를린으로 탈

1883년에 처음으로 조인된 한·독 수호통상조약 원문

EINWEIHUNG DER BEETHOVEN-HALLE ZU BONN
8. SEPTEMBER 1959

1955년 본(Bonn)의 베토벤 · 홀 낙성기념. 헨델, 슈포어, 하이든, 멘델스존의 기념도 겸하였다. 악보는 교향곡 제9번 「합창」의 도입부.

1967년 뤼프케 대통령 방한기념

출하려다 희생된 사람들의 무덤 앞에 화환들이 놓여 있는 장면들을 여기저기 볼 수 있었기 때문이다.

오늘날 한국과 독일연방공화국은 정치적으로나 경제적으로 또한 외교적으로 밀접한 관계를 유지하고 있다. 독일인의 근면성은 우리에게 잘 알려진 국민성으로 생각된다. 독일인들이 제2차 세계대전 후 이른바 '라인강의 기적'을 낳았다.

한 · 독 양국은 외교면에서도 서로 대사수교국이다. 정치적으로는 지난 1964년 12월 박정희 대통령이 뤼프케(H. Lübke, 1894~1972) 대통령의 초청으로 독일연방공화국(BRD)을 방문하였고, 1967년 3월 뤼프케 대통령이 한국을 내방하였다. 이때 한 · 독 양국 원수의 초상을 도안으로 한 뤼프케 독일 대통령 내방 기념우표와 소형시트가 발행되었다. 이것이 한 · 독 간의 관계를 나타내는 우표로는 유일한 것이다.

한 · 독 수교 100주년을 맞이하여 두 나라에서는 이를 기념하기 위하여 기념사업위원회가 구성되었고, 이미 각종 기념행사들이 개최되었으며, 일부는 아직도 계속 진행되고 있는 중이다. 한 · 독 수교 100주년을 맞은 뜻깊은 해에 이를 위한 기념우표가 발행되지 못한 것을 우취인의 한 사람으로서, 아니 한·독 관계에 관심을 갖고 있는 한 사람으로서 매우 섭섭한 일이다. 한·독 수교 100주년 기념우표 발행을 기대하던 많은 독일인들도 이를 못내 아쉬워하고 있다.

재작년(1982)에는 한·미수교 100주년 기념우표가 발행되었다. 하지만 한국에서만 발행됨으로써 짝사랑(?)에 그치고 말았다. 제대로 하려면 상대국과 공동 디자인으로 우표를 발행하였더라면 더 좋았을 것이 아니겠는가! 체신부도 앞으로는 안목을 넓혀 우표 문화향상의 국제화에도 기여해 주기를 바라는 마음 간절하다.

오늘날 우리나라 대부분의 대학에 독어독문학과가 설치 운영되고 있으며 수십 만의 고등학교 학생들이 제2외국어로 독일어를 선택하여 배우고 있다.

독일에서도 최근 대학에서 한국어를 배우는 학생들이 늘고 있다고 한다. 이는 한국에 대한 관심이 커지고 있다는 것을 증명하는 것으로 볼 수 있을 것이다.

또 독일의 낭만주의는 한국의 젊은이들에게 깊은 인상을 남겨주어 한국인들은 「보리수」(Lorelei), 「들장미」(Heidenröslein) 등과 같은 낭만적인 노래들을 열심히 배우고 불렀다. 필자가 「생의 한가운데」(Mitte des Lebens)로 잘 알려진 여류작가 루이제 린저(Luise Rinser, 1911~2002)를 1976년 뮌헨에서 만났을 때, "독일에 있는 한국인들은 부지런하고 친절하다"고 칭찬을 아끼지 않았다. 필자가 독일 유학중인 어느 봄날 뮌헨 근교에 있는 그레펠핑 공원묘지에 있는 한국이 낳은 작가 이미륵의 무덤을 참배하고 온 것을 다행으로 생각하곤 했다.

오늘날 한·독 양국이 다같이 언젠가는 해결해야 할 공통된 과제의 하나는 국토통일인 것이다. 한·독 두 나라의 국민 모두의 염원인 조국통일과 번영을 위하여 부단히 노력해야 할 것이다.

끝으로 금년(1984년)은 특히 한국우정 100주년을 기념하여 서울에서 처음으로 개최되는 세계우표전시회인 PHILA KOREA 1984년에 우취의 선진국인 독일의 우취가들이 많이 참여할 것을 기대한다.

고통이 남기고 간 뒤를 보라!
고난이 지나면 반드시
기쁨이 스며든다.
          - 괴테 -

한·독 수교
120주년을 보내며

*본고는 2003년을 현재 시점으로 월간 『우표』지에 기술 발표된 원고로서 2019년 현재 시점에서는 내용상 다소 차이가 있음을 양지 바람.

유럽의 심장 독일과 극동의 한국 사이에 어떠한 관계가 오고가고 호흡해 왔는가?

올해 2003년은 한·독 수호 통상조약이 체결된 지 120주년이 되는 뜻 깊은 해이다. 한·독 교류의 역사를 고찰하는 일이야말로 곧 동서 문화 교류의 역사를 들여다보는 핵심이다. 본 월간 『우표』지에서는 우취 자료를 중심으로 한·독 관계를 고찰해 보고자 한다. 〈사진 1〉

〈사진 1〉 1967년 3월 2일 발행된 뤼프케 독일 대통령 방한 기념 우표첩 내의 사진

우선 기억해야 할 한·독 간의 중대한 사건들을 열거하면 다음과 같다.

- 1883년 11월 26일 한·독 수호 통상조약 체결
- 1927년 구 한국 영친왕 부처 독일 방문
- 1936년 베를린 올림픽 마라톤에서 손기정 선수 우승
- 1964년 박정희 대통령 독일 국빈 방문
- 1967년 뤼프케(H. Lübke) 대통령 국빈 방한
- 1999년 8월 12일 괴테 탄생 250주년 기념 한·독 공동우표 발행
- 2000년 10월 김대중 대통령 방독
- 2002년 6월 독일 요하네스 라우(Johannes Rau) 대통령 국빈 방한
- 2003년 8월 미카엘 가이어(M. Geier) 신임 독일대사 부임

한국에서 한·독 수교 초기에 활동했던 독일인들 가운데 특히 조선 왕실 고문관이었던 묄렌도르프(P. G. Möllendorff)는 역사상 중요하고 어려웠던 시기에 그의 다각적 활동을 통하여 한·독 관계가 새롭고 의미심장한 국면을 맞이하는 데 결정적 기여를 했다. 묄렌도르프 외에 고종 황제 시의 분시(Wunsch) 박사, 정동에서 최초의 서양호텔을 경영했던 손탁(Sontag) 여사, 구한말 왕실 악대장으로 활동했던 프란츠 에케르트(F. Eckert), 세창양행(Meyer & Co.)의 사장 마이어(E. Meyer) 씨와 지배인 볼터(C. Wolter) 씨 등이 수교 초기의 공로자들이다.

독일에서 활동했던 한국인들 중에 문화 인물로는 자전적 소설 '압록강은 흐른다'의 작가 이미륵 박사를 먼저 기억해야 할 것이며 음악 분야에서 크게 활동했던 세계적 작곡가 윤이상 선생을 잊어서는 안 될 것이다. 한국 올림픽 개최 확정 소식을 전해 준 도시는 바로 독일의 바덴 바덴이다. 독일 프랑크푸르트에서 맹활약했던 한국인 축구선수로는 차범근 씨를 빼놓을 수 없다.

우취계의 한·독 관계를 살펴보면 1967년 독일 뤼프케 대통령의 방한시 한국에서 기념우표는 물론 소형시트, 기념첩이 발행되었다.〈사진 2〉

1988년 10월 서울올림픽 개최 기간 동안 한·독 친선 우표전시회가 주한 독일문화원(GoetheInstitut)에서 당시 오명 체신부 장관과 클라이너(Kleiner) 주한 독일 대사를 비롯한 각계 인사들이 참석한 가운데 개최되었으며 기념인도 발행되었다.〈사진 3〉

이것 외에도 한국에서 발행된 독일 관련 우표로는 알버트 슈바이처 박사 탄생 100주

〈사진 2〉 1967년 독일 뤼프케 대통령 내방 기념 소형시트

〈사진 3〉 1988년 서울올림픽 기간에 열린 한·독 친선우표전시회 기념일부인

년 기념(1975), 제21차 만국우편연맹(UPU) 총회 개최 시 홍영식 선생과 스테판(H. Stephan) 초대 유피 유 회장 도안 우표(1994), X-광선 발견 100주년 및 뢴트겐(Röntgen, 1845~1923) 탄생 150주년 기념(1995) 우표 등이 있다. 독일에서 발행된 우표 중에서 우리나라와 관련이 있는 우표로는 1997년 아티스트 백남준 씨의 작품이 도안으로 채택되었다. 최근 경기도는 백남준 미술관을 세운다고 한다. 백남준의 세계적 명성에 걸맞은 미술관의 탄생과 함께 '백남준 효과'를 기대할 만하다.

1996년 8월 베를린 올림픽 60주년 기념 미터스탬프가 제조되었다. 손기정 선수가 가슴에 태극마크를 달고 골인하는 장면이 디자인되었다.〈사진 4〉

이 아이디어를 낸 필자에게 손기정 선생께서 고마운 정으로 몇 개의 미터스탬프에 사인하여 선물로 주셨다.

금년(2003년) 11월 15일은 바로 손기정 선생의 별세 1주기였다. '마라톤 영웅' 손기정 선생 추모식이 대전국립묘지에서 열렸다.

대한체육회와 대한올림픽 위원회(KOC)가 마련한 추모식에는 40명이 참석해 고인의 넋을 기렸다고 한다.

한국이 일본의 식민지였던 1936년 8월 9일 베를린 올림픽 마라톤 우승 후 한 독일 우취인의 사인 요구에 손기정 한국인(Korean)이라고 밝힌 것을 보면 그를 애국심이 강했

〈사진 4〉 1996년 8월 베를린 올림픽 60주년 기념 미터스템프 – 손기정 옹의 사인

던 분으로 기억해야 할 것이다.〈사진 5〉

1999년 괴테 탄생 250주년 때는 양국에서 같은 괴테 초상화를 도안으로 8월 12일 같은 날 공동우표 발행이 가능했다는 것은 한 · 독 친선교류에 일조가 되었다고 생각된다. 독일에서는 같은 해 8월 17일 유럽문화수도이며 괴테의 도시인 바이마르(Weimar)에 있는 국립괴테박물관 강당에서 우표 발행 당국의 고위 인사들과 주 독일 한국대사(이기주)가 참석한 가운데 기념우표 증정식이 거행되었다.

괴테 탄생 250주년은 마침 '한국 최초의 문화대사' 였던 이미륵 박사의 탄생 100주년이 되는 해였다. 이미륵은 주로 한국을 배경으로 하는 단편과 이야기들을 독일의 신문이나 잡지에 발표하였다.

1930년대 중반부터 심혈을 기울여 집필한 그의 대표작 '압록강은 흐른다' (Der Yalu fliesst)를 1946년에 출판하였다. 이 작품은 독일 문단과 독자들을 놀라게 하는 개가를 올리면서 많은 호응을 받았다. 30년간 독일생활을 하면서 그가 독일인들에게 보여준 휴머니즘과 인간상은 1950년 그의 타계와 더불어 재평가되고 있다. 이미륵의 무덤은 뮌헨 근교의 그래펠핑 공원묘지에 있다.〈사진 6〉 작년부터 6

〈사진 5〉 올림픽우표전시회에서 48년 만에 발견된 손기정 옹의 자필 서명

〈사진 6〉독일 뮌헨 근교 그래펠핑 공원묘지에 있는 이미륵(본명 이의경) 묘소

〈사진 7〉한국 – 독일 수교 120주년 기념 엽서 – 미카엘 가이어 독일 대사의 사인

학년 2학기 교과서 읽기에서 이미륵의 '압록강은 흐른다' 가 소개되고 있음은 참으로 다행스러운 일이다.

 최근에 한 · 독 양국간의 수교를 기념하기 위하여 두 종의 나만의 우표와 한 · 독 수교 120주년 기념 주문형 우편엽서도 제작되었다.〈사진 7〉

 우리나라에서도 문화인물이 우표에 등장할 날을 기대하고 한 · 독 수교 120주년을 축하하고 한 · 독 양국간의 우호가 더욱 심화 발전하기를 희망하면서 이 글의 끝맺음을 하려 한다.〈사진 8〉

〈사진 8〉가이어 주한 독일 대사 부처와 필자(左), (左)

한국-독일 수교 130주년 기념

한국과 독일의 영원한 우정
130 Jahre Deutsch-Koreanische Beziehungen

*본고는 2013년을 현재 시점으로 기술 발표된 원고로서 2019년 현재 시점에서는 내용상 다소 차이가 있음을 양지 바람.

관복 입은 묄렌도르프   프란츠 에케르트 악장

우리나라와 독일은 지난 1883년 통상우호항해조약을 체결한 이래 130년의 오랜 기간 협력의 역사를 갖고 있다. 우리나라 우정의 창시자인 홍영식 선생이 처음에 우편사업을 계획할 무

경복궁 향원정   Gyeongbokgung Palast Hyangwonjeong Pavillion

맥시멈카드

한국-독일 수교 130주년 기념 주문형 엽서 앞면

한국-독일 수교 130주년 기념 엽서 뒷면. 수교 문서 1883(왼쪽)

마파엘 주한 독일연방공화국 대사와 함께

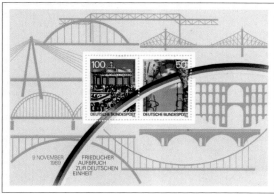
베를린 장벽 붕괴(1989) 기념

럽인 1882년에 독일인 묄렌도르프(Möllendorff, 한국명 : 목인덕)가 근대적 행정제도의 고문관으로 왔다. 묄렌도르프의 역할은 한국 우정사에서도 매우 의미 있는 일이다.

　1901년 2월 내한한 에케르트(Franz Eckert)는 황실군악대를 창설, 덕수궁 중화전에서 서양곡을 연주하여 고종황제로부터 태극훈장을 받았다.

독일 통일 축하 엽서 앞면

가우크 주한 독일연방공화국 대통령

올해는 한국-독일 수교 130주년이자 근로자 광부와 간호사 파독 50주년이 되는 매우 뜻깊은 해이다. 한국, 독일 두 나라 정부는 다채로운 문화행사 개최와 인적교류 확대 등을 통해 이를 기념하고 양국 관계를 더욱 증진하고자 노력했다.

한국, 독일 양국은 정치, 경제, 문화 등 여러 분야에서 활발한 교류를 가졌다. 두 나라는 다 같이 제2차 세계대전 후에 분단의 아픔을 경험하였다. 한·독 수교 130주년을 기념하고 축하하는 뜻을 담아 지난 6월 초에 경복궁 향원정과 독일의 세계적 오페라 작곡가 바그너 (Wilhelm Richard Wagner, 1813~1883)의 고향 바이로이트(Bayreuth) 태양사원을 디자인 소재로 하여 양국에서 공동 우표가 발행되었다.

현재 독일 내에는 수도 베를린(Berlin)에 대사관을 비롯하여 프랑크푸르트(Frankfurt)와 함부르크(Hamburg) 두 도시에는 총영사관이 있으며, 통일 전 서독의 수도였던 본(Bonn)에는 대사관 분관이 있다.

1883년 11월 26일 우리나라와 독일의 통상우호항해조약이 체결된 이후 1958년에 양국 정부 공사관을 대사관으로 승격, 주독일 초대 대사로 손원일 제독이 부임했다.

2013년 현재는 제21대 김재신 대사가 주독 대사로 활동하고 있으며, 주한독일연방공화국 대사로 롤프 마파엘(Rolf Mafael) 대사가 특히 올해엔 바쁜 외교 활동을 수행하고 있다. 독일은 유럽 국가 중 우리의 교역 상대국으로 양국 간 교역 규모는 연간 약 265억 달러에 이르며, 미래의 성장동력인 환경과 신재생에너지 분야 등에 실질 협력을 확대하려는 것으로 보인다.

1989년 동서독으로 갈라놓았던 베를린 장벽이 붕괴되고, 마침내 1990년 통일(Deutsche Einheit)을 이룩한 독일의 통일 경험에서 우리는 많은 교훈과 시사점을 얻을 수 있다. 독일 고슬라(Goslar)에서 지난 6월 독한포럼협회 주관하에 한독포럼 행사가 개최되었다. 특히 올해에는 한독 수교 130주년을 기념하여 역대 최대 규모로 개최되었다. 이 행사에서 요아힘 가우크(Joachim Gauck) 독일 대통령, 한국과 독일의 주요 인사를 포함하여 200여 명이 참석하였다. 수교 기념행사에서 독일 연방국 대통령은 축사를 통해 한독 관계의 중요성을 평가하고 한국의 통일문제 및 북한 인권문제에 대한 각별한

독일 통일 기념 F.D.C

관심을 표시하였으며, 한국 정부의 한반도 신뢰프로세스에 대한 지지를 표명하였다.

이어진 축사에서 김재신 주독일 대사는 수교 이후 양국 모두 국토 분단의 어려움 속에서도 민주국가와 역동적인 경제국가로 발전하였음을 평가하고, 한반도 통일 등을 위한 독일과의 긴밀한 협력이 앞으로도 지속 강화되기를 희망하였다.

한편, 코쉭 독일 재무차관과 문화외교국장은 올해 6월 초 양국에서 동시 발행된 수교 130주년 기념 양국 공동 우표를 소개하였으며, 코쉭 재무차관은 우표 앨범을 독일 연방 대통령과 한국 대사에게 증정하였다.

한국─독일 수교 130주년을 맞아 기념행사들이 줄을 이었다. 7월에는 앙상블 메디터레인 콘서트가 열렸고, 문화의 달인 10월에는 국립중앙도서관에서 초대 문화대사이며, 소설 '압록강은 흐른다' 의 작가인 이미륵 박사의 생애와 업적을 회고하는 '이미륵 : 독일인이 사랑한 동양의 현인' 전이 성황리에 개최되었다. 바그너 탄생 200주년 기념 맞춤형 엽서도 발행되었으며, 우편요금계기인도 제

박정희 대통령과 뤼프케 대통령(1967)

쾰러 대통령과 함께 '우취인을 위하여'　　　　　코쉭 한독포럼 의장과 함께(독일 통일의 날)

작되어 국내외 음악 애호가들이 기뻐하였다.

　12월 초에는 독일 대사관 주최로 공식 행사가 개최된다. 우정사업본부가 발행한 한국—독일 수교 130주년 우표도 독일 대사에게 증정된다. 한국, 독일 두 나라 간에 있었던 일 중에서도 잊을 수 없는 것은 1964년 12월 초 박정희 대통령 내외가 당시 서독 대통령의 초청으로 방독하여 어려웠던 경제난을 극복하기 위한 독일 차관을 얻을 수 있었고, 파독 중인 광부와 간호사들을 위로하면서 눈물바다를 이루었던 일이다. 우리나라 근로자들이 땀 흘려 벌어들인 돈이 경제발전의 종잣돈이 되었다.

　1967년에는 박정희 대통령의 초청으로 뤼프케(Heinrich Lübke) 독일 대통령 내외분이 방한하였다. 이때 뤼프케 대통령 우표가 발행되고 기념첩도 제작되었다.

　1988년 10월에는 주한독일문화원에서 체신부 장관과 독일 대사가 참석한 가운데 처음으로 한독 친선 우표전시회가 개최되었다. 1999년 8월에는 독일이 낳은 세계적 문학가인 괴테 탄생 250주년을 맞아 한국—독일 공동 우표가 발행되었으며, 예술의 전당과 단국대학교에서 우표전시회가 개최되었고, 기념통신일부인도 발행되었다.

　2005년 3월에는 독일대사관에서 괴테(Goethe)와 쌍벽을 이루는 실러(Schiller) 서거 200주년 기념 우표전시회가 개최되었다. 재작년인 2011년 5월에는 서울중앙우체국 강당에서 독일 통일 20주년 기념우표전시회가 한국, 독일 양국의 귀빈들을 모시고 개막되었다.

　지난 9월 베를린에서 열린 한국—독일 수교 130주년 기념식에서 "한국에서 온 한국 근로자들이 전문 인력 부족에 시달리던 1960년대 독일의 경제 성장에 크게 이바지를 했습니다. 이 자리를 빌려 다시금 감사드립니다"라는 에밀리 하버 독일 외무부 차관의 연설이 끝나자 큰 박수가 이어졌다.

베를린 필하모닉 체임버홀 로비에서 한국－독일 수교 130주년 기념 리셉션 행사가 열렸다. 이 기념행사에는 독일 정관계 인사들과 파독 근로자 출신 교민 등 800여 명이 참석했다고 한다. 지난 몇 년간을 살펴보면 우리나라 대통령 독일 방문과 쾰러(Köhler) 대통령 한국 방문, 메르켈(Merkel) 총리가 G20 정상회의 참석차 한국 방문 등 빈번한 정상 간 교류를 통해 양국 관계의 발전을 위한 토대가 마련되었다.

지난 2월 박근혜 대통령 취임식에는 메르켈 총리의 특사가 참석하여 축하하는 등 양국 정상 간 교류를 더욱 굳건히 하였다. 최근에는 독일에서 교민을 위한 행사로 KBS-TV 주최로 '가요무대'가 개최되었으며 MBC-TV는 프랑크푸르트에서 '이미자의 Guten Tag! 동백아가씨'가 펼쳐져 외국에서 우리나라의 위상이 더욱 빛나게 되었다는 소식이 들린다.

우리나라가 아직 남북 분단을 겪고 있으나 한반도가 미래에는 분단을 극복하고 평화 통일을 이룩하기를 축원하고 우취인으로서 한반도 통일 우표를 볼 수 있는 그 날이 오기를 기원하면서 이 글을 끝맺음한다.

한국과 독일, 두 나라 사이의 외교적 관계 고찰
─우취자료를 중심으로

Diplomatische Beziehungen zwischen Korea und Deutschland
─Philateliebezogene Betrachtung

*본고는 2010년을 현재 시점으로 기술 발표된 원고로서 2019년 현재 시점에서는
내용상 다소 차이가 있음을 양지 바람.

〈자료 1-1〉한 · 독 수교 125주년 기념엽서 – 앞면

　아시아에 위치한 우리나라와 유럽에 위치한 독일 두 나라가 지정학적으로는 멀리 떨
어져 있으나, 시대적으로는 이미 구한말인 1883년 11월 26일 통상우호항해조약을 체결
하였으며 이후 2008년에는 수교 125주년을 맞이하기도 하였다.〈자료 1-1 참조〉

〈자료 1-2〉 한 · 독 수교 125주년 기념엽서 – 뒷면

　한 · 독 양국의 관계에서 우리가 잊어서는 안 될 인물로는 구한국시대, 우리나라에 관세제도를 도입하는 데 있어 결정적인 역할을 한 독일 출신의 묄렌도르프(Paul Georg von Möllendorff, 한국명: 목인덕)와 독일 문화계에 작품 '압록강은 흐른다/Der Yalu Fliesst'의 작가로 알려진 우리나라 출신의 이미륵(Mirok Li, 본명: 의경/儀景)을 먼저 생각하지 않을 수 없다.〈자료 1-2 참조〉

　올해(2010년) 3월 20일은 바로 작가 이미륵 선생의 60주기로 독일 뮌헨 근교인 그레펠핑(Graefelfing)시 당국에서는 한국 측 관계인사와 공동으로 60주기 추도식을 갖기도 했다. 이에 앞선 지난 3월 16일에는 독일 BR-TV에서 이미륵의 자전적 소설 '압록강은 흐른다'가 방영되어 좋은 반응을 얻었다.

　한국과 독일 두 나라는 오늘날 정치 · 경제뿐만 아니라 문화, 학술 및 인적교류 등 여러 분야에서 포괄적이며 성숙한 동반자 관계를 발전시켜 나가고 있다. 2008년 12월, 독일 하원에서는 여야 모든 정당들이 협의를 통해 한 · 독 수교 125주년을 계기로 향후 양국의 관계 발전을 위해 독일정부의 노력을 촉구하는 결의안을 채택하였다는 소식이 들

<자료 2> 뤼프케 독일 대통령 내방 기념 초일봉투

린다. 이는 독일 정관계 인사들도 우리나라와 독일 양국의 관계 발전에 높은 관심과 열의를 가지고 있다는 사실의 반증으로 볼 수 있다.

외교소식에 의하면 독일은 오늘날 한국의 5대 교역국인 동시에 여러 유럽 국가 중 최대 교역 상대국으로, 양국 간의 교역 규모는 연간 약 300억 불에 달하며 또 매년 증가하고 있다. 또 투자면에서도 독일은 유럽 국가 중 한국 투자율이 높은 나라로 주로 제조업 분야에 집중 투자하고 있는데, 그만큼 우리나라의 경제기술 발전과 고용창출에 실질적인 기여를 한다고 전한다. 뿐만 아니라 독일은 환경 및 신재생에너지 분야에서 세계적인 기술을 보유하고 있는 등 선도적인 위치에 있다. 국제적으로는 독일이(우취동호인들에게는) 우취 선진국으로 잘 알려져 있기도 하다.

앞에서 언급했던 바와 같이, 한국과 독일 양국 간의 외교는 1883년 11월 26일 한·독 통상우호항해조약이 체결되면서 시작되었다. 이후 1955년 한·독 상호 국가 승인 외교관계가 재개되었고, 1958년 양국 정부의 공사관이 대사관으로 승격되면서 본(Bonn)에 주독 대사관을 개설하였으며, 손원일 초대 대사가 부임하였다.

<자료 3> 미터스탬프가 찍힌 봉투 위에 손기정 선생이 직접 사인했다.

'88한-독 친선우표전시회

Koreanisch-Deutsche
Briefmarken Ausstellung

5-11. Oktober 1988 Seoul

〈자료 4〉 올림픽이 열리던 해인 1988년 한 · 독 친선우표전시회가 열렸다.

〈자료 5-1〉 폴러스 독일대사 내방 당시의 기념사진
－왼쪽부터 우정사업본부 곽지영 주무관, 독일대사 수석 보
좌관, 필자, 폴러스 독일대사, 남궁석 정보통신부 장관, 독일
문장관, 우정사업본부 우표팀장

〈자료 5-2〉 한 · 독 공동우표 발행 기념식
－남궁석 정보통신부 장관이 폴러스 독일대사에게 한국에
서 발행된 괴테 기념우표를 전달하고 있다.

〈자료 6-1〉 괴테 탄생 250주년
기념우표.
－좌측이 독일에서 발행, 우측이
우리나라에서 발행된 우표이다.

〈자료 6-2〉 한국에서 발행된 괴테 탄생 기념우표가 붙은 초일봉투. 좌측에는 괴테의 시 「은행잎」이 적힌 그림이 실려 있다.

〈자료 7〉 라우 대통령 방문을 기념하여 제작한 나만의 우표 기념리프

1999년에는 주독 대사관이 통일 독일의 수도인 베를린(Berlin)으로 이전, 2010년 3월에는 문태영 제20대 주독 대사가 부임하였다. 재독 한인총연합회에 따르면, 재독 교민의 수가 오늘날 3만 5000명에 이른다.

금년 2월, 호르스트 쾰러(Horst Köhler) 독일연방공화국 대통령이 3박 4일간의 일정으로 국빈 방한을 하였다. 이를 기념하여 본란에서는 한·독의 관계를 우취자료를 통하여 살펴보고자 한다.

1967년 서독의 뤼프케 대통령이 분단국인 한국을 국빈자격으로, 유럽 국가원수로서는 처음으로 내방한 것을 계기로 기념우표를 비롯한 소형시트 등이 발행되었다. 특히 당시 체신부에서는 독일 대통령 내방 기념우표첩 등을 제작하기도 하였다〈자료 2 참조〉.

이때 한·독 양국 간 문화협정이 체결되어 이듬해인 1968년 주한 독일문화원(Goethe-Institut)이 설립되었다.

이에 앞서 1964년 12월, 당시 박정희 대통령은 서독을 방문하여 독일 산업전선에서 땀

〈자료 8〉 쾰러 대통령이 보내온 사진(좌)과 필자가 제작한 나만의 우표(우)

흘리며 근무하고 있는 광부와 간호사들을 격려차 만나기도 했었다. 그 때의 눈물겨운 이야기들이 지금도 잔잔한 감동을 준다. 필자는 당시 독일정부의 초청 장학생으로 유학 중이었으며, 우리 방문단이 뮌헨을 방문했을 때 안내를 맡아 자원봉사를 하였다. 직접 대통령 내외분을 뵈었던 순간은 지금도 잊혀지지 않는다.

한편 한·독 양국의 관계에서 빼놓을 수 없는 것은 1936년 제16회 베를린올림픽에서 한국의 손기정 선수가 마라톤에 출전, 우승을 했던 사실이다.

그러나 당시는 일제치하에 있던 시대라 그는 가슴에 일장기를 달고 달려야만 했다. 대한민국 국민이라면 누구나 이를 안타깝게 여길 일, 필자 또한 다르지 않았기에 베를린올림픽 60주년을 맞아 일장기 대신 태극마크를 단 미터스탬프 제작을 제안하였고, 이후 제작된 미터스탬프를 보고 기뻐하시던 손기정 선생의 모습은 지금도 눈에 선하다 〈자료 3 참조〉.

얼마 전, 손 선생의 모교인 양정고 자리에 손기정 기념관 건립이 추진된다는 신문기사를 접하였다. 정말로 자랑스러운 일이다.

우리나라가 세계적으로 널리 알려진 것은 무엇보다 1988년 제24회 서울올림픽을 통해서라고 생각된다. 88서울올림픽이 성공리에 개최된 다음해인 1989년 11월에는 동·서독 분단의 상징이었던 베를린 장벽이 붕괴되면서 브란텐부르크문이 활짝 열려 동·서독 분단시대를 마감하고 독일 통일로 이어졌다 〈자료4 참조〉.

1999년은 독일이 낳은 세계적인 작가 괴테(Goethe)의 탄생 250주년이었다. 이때는 한·독 양국의 우취당국이 같은 날인 8월 12일 각각 우표를 발행하였다.

〈참고 자료〉화가 티슈바인(Tischbein)의 작품 「괴테의 이탈리아 여행」을 주제로 해 제작된 엽서에 기념우표를 붙이고 단국대학교 천안 캠퍼스에서 개최된 우표전시회의 기념인을 찍었다.

괴테 탄생 250주년 기념우표는 1993년, 필자가 독일 마인츠대학에 연구 교수로 있을 때 신문을 통하여 '6년 후 괴테의 도시 바이마르(Weimar)가 유럽의 문화도시로 된다'는 기사를 접한 후부터 몇 년간의 노력으로 성사시킨 작업이었다. 한·독 양국 간 우취적으로는 보람된 일로 기억된다.

당시 독일 요하네스 라우(Johannes Rau) 대통령도 괴테우표 발행을 기뻐했다. 이때 한·독 간에도 서로 교류를 하게 되어 당시 폴러스(Vollers) 독일대사가 정보통신부 남궁석 장관을 예방하였으며, 그 후 한·독 공동우표 발행 기념식이 있었다 〈자료 5-1·2, 6-1·2 참조〉.

2002년에는 한국과 일본에서 월드컵대회가 공동으로 개최되었는데, 이때 독일 라우 대통령이 방한했다. 필자는 우취인인 라우 대통령의 국빈 방문을 기념하기 위하여 '나만의 우표'를 제작, 대사관을 통하여 1999년도에 발행된 우표책과 함께 선물하였는데 방한 일정을 마치고 귀국한 라우 대통령이 베를린에서 우표선물에 대한 기쁨과 감사의 뜻을 담은 친서와 함께 기념리프에 사인을 하여 필자에게 보내왔다 〈자료 7 참조〉.

그러나 임기를 마친 얼마 후 서거하여 안타까운 마음이 더했다. 2008년 독일 방문 시 베를린시에 위치한 그 분의 묘지를 찾아 감사하는 마음으로 묵념을 했다. 독일에서는 라우 대통령의 1주기 우표를 발행하기도 하였다.

금년 2월에는 작년 7월 대통령으로 재선된 현 쾰러(H.Köhler) 대통령이 3박 4일간 국빈 방문으로 한국을 다녀갔다. 쾰러 대통령은 튀빙엔대학에서 경제학 박사 학위를 받은 훌륭한 인격을 갖춘 인물로 인정을 받고 있는 분이다.

필자가 우취인으로서 할 수 있는 일은 나만의 우표를 만드는 것이 적합하다고 생각되어 대통령께는 '국빈 방한' 우표를, 영부인께는 필자가 간직해 온 정보통신부 발행의 '한국의 미' 시리즈 우표첩을 선물하였다. 리셉션에 참석하여 독일 대통령과 만날 수 있는 기회를 갖게 된 것은 참으로 행복한 일이었다. 필자는 최근 독일 대통령이 우표선물에 감사하는 뜻을 전하면서 친필 사인한 사진을 우편으로 받게 되었다 〈자료 8 참조〉.

우표의 덕으로 우리의 만남이 이루어진 것을 다행으로 생각하고, 감사하는 마음이 크다. 반평생 동안 우취 생활을 하면서 참으로 보람 있는 일들이 생기는 것은 우표를 꾸준히 사랑하는 때문이 아닐까! 올해는 독일 통일 20주년이 되는 해이다. 독일의 통일과정과 통일 후 진행되고 있는 통합과정은 국토분단의 경험을 공유한 우리에게 많은 시사점을 주고 있으므로 우리나라의 통일관계에 참여하는 인사들은 교훈을 얻어 한반도의 통

〈자료 9〉 2005년에 치러진 한 · 독 친선우표
전시회의 카탈로그. 올해에도 두 나라의 우
취관계 우호 진작을 위해 전시회가 치러질
예정이다.

일연구에도 도움이 되었으면 하는 바람이다. 독일 우정당국 Deutsche Post는 오는 9월
에 통일 20주년 기념우표를 발행한다. 한국에서는 독일 통일 20주년을 축하하고 한반도
의 통일을 기원하는 의미에서 독일 통일의 달인 10월 중에 독일 통일 20주년 기념 한 ·
독 친선우표전시회를 개최할 예정이다 〈자료 9 참조〉.

끝으로 필자에게 쾰러 독일 대통령을 접견할 수 있는 기회를 갖도록 초청해 준 주한
독일대사 사이트(Seidt) 박사님께 감사드리면서 독일이 낳은 세계적인 문호 괴테의 말
한 구절을 인용한다.

'수집가는 행복한 사람이다.' Sammler sind glücklicher Mensch.

– Goethe –

한·독 수교 130주년 기념행사

2013. 6. 5
서울중앙

*본고는 2013년을 현재 시점으로 기술 발표된 원
고로서 2019년 현재 시점에서는 내용상 다소 차
이가 있음을 양지 바람.

왼쪽부터 독한포럼 코쉭(Koschyk) 의장, 가우크(Gauck) 독일 연방
공화국 대통령, 김재신 주독대한민국 대사

이재홍 우편사업단장이 마파엘 독일 대사에게 공동 발행 기념우
표를 증정하고 있다.

지난 2013년 12월 3일 저녁 한·
독 수교 130주년 기념행사가 상명
아트센터에서 성대히 개최되어 한
국과 독일 두 나라가 더욱 우호를
다지는 시간이었다.

한국측에서는 강창희 국회의장,
박헌철 헌법재판소장 등을 비롯한
정계, 재계, 사회 및 문화 전반에 걸
친 천여 명의 초청 인사가 참석한
가운데 공식 행사가 막을 올렸다.

마파엘(Mafael) 주한 독일 대사의
인사말과 강창희 국회의장의 축사
가 있은 후 한국—독일 수교 130주
년 기념우표(공동 발행) 증정식 순
으로 이어졌다. 우정사업본부 이재
홍 우편사업단장이 마파엘 독일 대
사에게 전하고 이어 공동 발행에 따

축하차 참석한 귀빈들과 무용단의 기념 촬영

뤼프케 독일(서독) 대통령 방한 기념 초일봉투(F.D.C)

른 축사를 통하여 많은 관객들이 공동 우표발행을 이해함에 도움이 되었다.

이어 한국 무용단의 화려한 공연으로 박수갈채를 받았으며 이 날 하이라이트는 멀리 독일에서 온 브레멘 독일 챔버 필하모니의 훌륭한 연주였다. 연주 작품은 베토벤 교향곡 3번과 '프로메테우스의 창조물' 서곡이었다.

이 날 행사의 스타로는 독일인들에게 프랑크푸르트에서 축구선수로서 한국의 이미지를 심었던 차범근 감독이었다. 행사 중에는 영상물도 상영되어 시청할 수 있었는데 한·독 수교 이래 130년의 중요 장면을 감상할 수 있었다. '고요한 아침의 나라'에서 온 손흥민 축구선수가 활약하는 모습이 나타나자 요란한 박수갈채가 터져 나왔다.

한국 - 독일 수교 130주년 기념우표
The 130th Anniversary of Korea - Germany Diplomatic Relations Commemorative Stamps

ERSTTAGSBLATT

Bayreuth Sonnentempel
Gyeongbokgung Palast Hyangwonjeong Pavillon

22/2013

Deutsche Post

Deutsche Ersttagsstempel »Bonn« und »Berlin«

Blick aus dem Park auf den Sonnentempel, das Herzstück der Parkanlage Eremitage in Bayreuth

Die Quadriga mit dem Sonnengott Apoll krönt den Sonnentempel.

I28 Das Alte Schloss zählt zu den Schmuckstücken der Eremitage.

Am 6. Juni 2013 erscheinen die deutschen Briefmarken der Gemeinschaftsausgabe. Die Marken beider Länder wurden vom Koreaner Jae-Yong Shin gestaltet.

Gemeinschaftsausgabe von Südkorea und Deutschland

Zeichen der Freundschaft

Seit 130 Jahren verbindet Korea und Deutschland ein freundschaftliches Verhältnis. Südkorea und Deutschland würdigen dies mit einer Gemeinschaftsausgabe, die ein in beiden Kulturen bedeutendes Thema aufgreift: »Traditionelle Gärten«.

Eine Gemeinschaftsausgabe ist ein länderübergreifendes Projekt, bei dem zwei oder mehrere Nationen Briefmarken zu einem Thema herausbringen – und damit ein Zeichen der Freundschaft und Kooperation setzen. Die Marken unterscheiden sich oft nur durch die Landesbezeichnung und den Portowert voneinander. Als aktuelle Gemeinschaftsausgabe Deutschlands und Südkoreas erscheinen in beiden Ländern je zwei Briefmarken, deren Motive in besonderer Weise Kulturgeschichte und Baukunst vereinen. Südkorea wählte als Motiv den Hyangwonjeong Pavillon im Gyeongbokgung Palast in Seoul. Auf deutscher Seite wird der Sonnentempel in Bayreuth gewürdigt.

Der Sonnentempel – Herzstück der Eremitage in Bayreuth
Der Sonnentempel in der Bayreuther Eremitage ist eine Hommage an die griechische und römische Mythologie. Bezeichnung und Anlage der Eremitage gehen auf Georg Wilhelm von Brandenburg-Bayreuth (1678–1726), einen Onkel von Friedrich Wilhelm I., König von Preußen, zurück. Dieser hatte in den Jahren von 1715 bis 1718 in einem Waldgebiet nahe der Bayreuther Residenz sieben einzelne, verstreut liegende Eremitenhäuschen sowie ein kleines Sommerschlösschen errichten lassen. Hier spielte der Hofstaat in den Sommermonaten Eremitenleben. Von der

Markgräfin Wilhelmine

Einzigartigkeit der Anlage fasziniert, begann Markgräfin Wilhelmine von Preußen (1709–1758) sofort mit Erweiterungsmaßnahmen. So ließ sie das Lustschlösschen zu einem attraktiven Sommersitz vergrößern und das Hauptgebäude erhielt noch zwei Seitenflügel. Zudem ließ sie das sich auf dem Grundstück befindende Alte Schloss erneuern und ergänzte es 1750 um den Sonentempel – einer der baulichen Höhepunkte in der idyllischen Parkanlage vor den Toren Bayreuths. Seine

Die südkoreanischen Briefmarken der Gemeinschaftsausgabe erscheinen bereits am 5. Mai, da der 6. Mai in Südkorea ein hoher Feiertag ist.

2013. 6. 5
서울중앙

Südkoreanischer Stempel zur Gemeinschaftsausgabe

Spitze krönt eine goldene Quadriga, die der fackeltragende Apoll als Sinnbild der Sonne gen Himmel lenkt.

Der Hyangwonjeong Pavillon

Südkorea ist eine der modernsten Volkswirtschaften der Welt, in der heute noch Geschichte, Religion und Traditionen einen hohen Stellenwert haben. In der von Hightech geprägten Hauptstadt Seoul nutzen viele Koreaner die historischen Paläste und Tempel mit ihren

König Taejo Yi ließ den Grundstein für die Palastanlage legen.

schönen Parkanlagen, um zu entspannen. Ein Schmuckstück unter den Anlagen ist der Gyeongbokgung Palast (Palast der Strahlenden Glückseligkeit) – einer der fünf Königspaläste in Seoul. In seinem Park findet sich der Hyangwonjeong Pavillon (Pavillon des Weitduftenden Wohlgeruchs). Eine rote Holzbogenbrücke führt über einen idyllischen Lotusteich zu dem sechseckigen Gebäude. Aufgrund seiner einmaligen Lage war das 1873 vom Herrscher Gojong (1852–1919) erbaute Gebäude einst auch ein beliebter Aufenthaltsort der königlichen Familie.

Der Gyeongbokgung Palast ist der größte Palast unter den fünf Palästen, die unter der Joseon-Dynastie (1392–1910) errichtet wurden. Sein Bau wurde im Jahre 1394 auf Befehl von König Taejo Yi (1335–1408), dem Gründer der Joseon-Dynastie, begonnen, nachdem Seoul zur Hauptstadt erklärt worden war. Im Jahr 1592, während des Imjin-Krieges gegen Japan, ging die gesamte Palastanlage in Flammen auf. Erst 1867 ließ Prinzregent Daewongun die Palastanlage neu errichten. Während der japanischen Herrschaft in Korea (1910–1945) wurden viele der Palastgebäude abgerissen. Erst ab 1990 begann man, sie wieder aufzubauen.

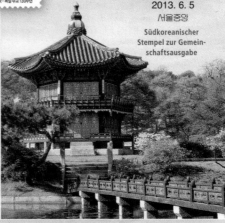

Blick aus dem Park auf den Hyangwonjeong Pavillon

Der Gyeongbokgung Palast vor der Skyline Seouls

Bereits im Jahr 1999 gaben Südkorea und Deutschland zum 250. Geburtstag von Johann Wolfgang von Goethe eine Gemeinschaftsausgabe aus. Die Marken sind anders als die aktuelle Gemeinschaftsausgabe nicht motivgleich und wurden zudem von Grafikern des jeweiligen Landes gestaltet.

독일통일 15주년을 보내며

*본고는 2005년을 현재 시점으로 기술 발표된 원고로서 2019년 현재 시점에서는
내용상 다소 차이가 있음을 양지 바람.

　세계 3위의 경제강국 독일은 어디로 향하고 있나. 제2차 대전 패전 이후 라인강의 기적으로 일컬어지는 경제부흥으로 유럽의 모범 경제국으로 부상했던 독일은 과도한 복지지출과 동서독통일 후유증으로 성장세가 멈추고 실업자가 수백 만 명에 이르는 '독일병'을 앓고 있다.

　여당과 야당은 서로 독일병을 치유하겠다며, 지난 9월 18일 총선에서 승부를 벌였다. 과연 독일은 현재의 경제위기를 슬기롭게 극복하고 과거의 영광을 되찾을 수 있을 것인가, 아니면 독일병 치료 실패로 경제적으로 뒤처질 것인가. 세계가 지켜보고 있다.

　9.18 독일 총선은 결론 없는 드라마였다. 사민당인 여당과 야당 그 어느 당도 과반수를 차지하지 못하였다. 마침내 사민당을 이끌고 정권을 7년간 잡았던 게르하르트 슈뢰더(Gerhard Schröder) 수상은 물러났으며 야당이었던 앙겔라 메르켈(Angela Merkel)을

새로운 수상으로 하는 대연정에 합의했다.

독일 역사상 처음으로 여성수상이 등장하게 됐다. 메르켈은 동독 출신 총리, 독일 최초의 과학자 출신 총리, 그리고 '정치적 신데렐라' … 독일 총리로 결정된 메르켈 기민당(CDU)에게는 이렇듯 수식어가 많다.

메르켈 총리는 이번 총선기간 동안 '콜(Kohl)의 소녀' 에서 '독일판 철의 여인' 이라는 이미지로 발돋움했다. 과학자 출신답게 정확하고 성실한 것이 그녀의 스타일이다.

과학자 메르켈의 정치입문은 1989년 베를린 장벽이 무너지면서 시작됐다. 동독 민주화 운동단체인 '민주변혁' 에 가입한 것이 첫걸음. 이후 콜 전 총리의 발탁으로 1991년 여성 청소년부장관, 1994년 환경부장관을 역임했다. 2000년 4월 최초의 기민당 여성당수가 됐고 마침내 독일 통일 16년 만에 대권을 잡게 되었다.

독일 통일 15주년을 맞기까지 독일분단 이전 시기부터 동·서 분단 시기와 1989년 11월 9일 베를린 장벽 붕괴시기, 통일시기 등으로 구분하여 필자가 소장하고 있는 우취자료를 살펴보았다. 독일 분단 이전 시기는 독일제국 시기가 되겠고(그림 1), 동서분단 시

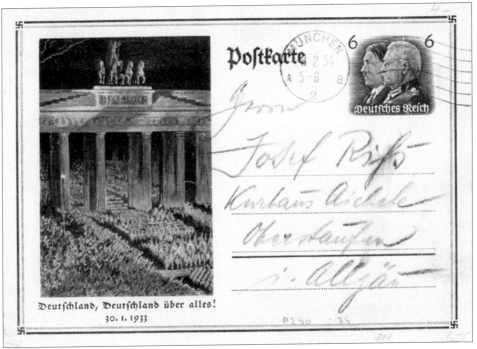

(그림 1) 독일제국엽서 1933

(그림 2) 동독(DDR) 실체 장벽설치 10주년

기에는 공산 동독에서는 DDR로 국명을 표기했으며(그림 2), 서독에서는 Bundes post 로, 서베를린에서는 서독의 Bundespost에 Berlin을 첨가하였다.(그림 3)

(그림 3) 서독 FDC 1966

(그림 4) 독일통일 우표(1990)

동독은 베를린 장벽 붕괴시기에서 통일의 날 (1990. 10. 3)까지는 Deutsche Post로 표시하다가 통일 직후에 Deutsche Bundespost로 기록하였으며, 통일 후 5년부터는 Deutschland로 단일화하였다. 1990년 10월 3일 마침내 독일에서는 독일통일 우표 2종이 발행되었다.(그림 4)

1990년 11월에는 베를린 장벽 개방 1주년 기념우표 2종과 소형시트가 발행되었다.(그림 5) 1992년 1월부터 1994년 9월까지는 통일된 16개 주의 문장과 지도를 도안한 16종 우표가 발행되었다.(그림 6)

2000년에는 독일 통일 10주년 기념우표가 발행되었으며 15주년에는 우표나 엽서는 발행되지 않았다. 대신 독일과 분단국 운명을 같이 경험한 한국에서 독일 통일 15주년 고객맞춤형

(그림 5) 평화적 베를린 장벽 붕괴 1주년 기념

(그림 6) 16개 주의 문장과 지도(1992~1994)

우편엽서를 제작해 보았다.(그림 7)

지난 10월 7일 독일 통일 15주년 기념 리셉션에서 필자는 초청자인 주한독일대사 부부로부터 독일 통일 15주년 기념 고객맞춤형 우편엽서 제작에 대하여 무척 기뻐하며 감사의 인사를 듣게 되어 작은 엽서 한 장을 통하여 큰 보람을 느꼈으며, 독일 우정사업본

(그림 7) 통독 15주년 기념 고객맞춤형 우편엽서

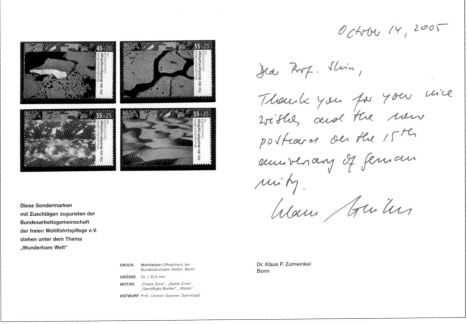

(그림 8) 독일 우정사업본부장(Dr. Zumwinkel 2005년)의 친서

부장으로부터도 정성어린 감사 서신을 받았다.(그림 8)

▍통일 독일의 수도 베를린/ Berlin

서독의 임시수도 본(Bonn) 시대를 마감하고 독일분단 이전의 수도였던 베를린으로 이사했다. 베를린의 중심에 자리한 브란덴부르크 문(Brandenburger Tor)은 통독 후 동·서 분단의 상징에서 통일의 상징으로 변모되었다.(그림 9)

브란덴부르크 문 가까이 서 있는 의회건물─오늘날 관광명소로 탈바꿈이 되었으며 필자가 지난 7월 그곳을 방문했을 때도 방문하려는 관광객으로 장사진을 이루고 있는 모습을 직접 볼 수 있었다. 분단시절에는 빈 터이던 포츠담 광장(Potzdammer Platz)은 새로운 고층 건물들로 예전의 모습과는 너무나 딜랐다. 일부 건물은 아직 한창 건축 중인 것도 볼 수 있었다.

오늘의 베를린 모습은 과거 분단시절 혹은 통일직후 모습과는 너무나 달랐다. 독일인들은 어려웠던 분단시절을 쉽게 잊지 않으려고 베를린 장벽의 일부분의 옛 모습을 보존하고 있다.

한국과 베를린과의 인연은 1936년 제11회 올림픽 때 손기정 선수가 마라톤에서 우승

(그림 9) 통일의 상징인 브란덴부르크 문 앞에서 필자

했던 일이 있었고 금년(2005년) 2월 제55회 베를린 국제영화제에서 임권택 감독이 아시아인으로는 처음으로 명예황금곰상을 수상했다. 명예황금곰상은 영화사에 지대한 공헌을 한 영화인에게 주어지는 평생 공로상으로 인정된다. 금년은 독일에서 '한국의 해/Das Korea-Jahr 2005'를 보내고 있으므로 한국 관련 행사들이 다양하게 열렸다. 전통적인 프랑크푸르트 도서전에서는 주빈국으로 참여하여 한국문화를 알리는 좋은 기회로 활용되었고 한·독 문화교류에도 일조할 것으로 기대된다.

이번의 국제 도서전을 계기로 우리나라의 문학작품이 번역을 통하여 세계의 문학으로 발전되어 머지 않는 미래에 우리의 작품이 노벨상을 받을 수 있는 날이 오기를 국민의 한 사람으로서 바라는 마음 간절하다. 세계 유일의 분단국인 한반도가 통일에 대비하기 위해서는 독일통일을 거울삼아야 할 것으로 사료된다. 감상적인 통일론을 우리는 경계해야 한다. 통일시기를 절대 서둘러서는 안 되고 우선 남북 양측이 경제적으로 격차를 줄이도록 힘써야 할 것이다. 독일도 지금 실업자에 대한 어려움을 극복해야 한다. 새로 출항하는 메르켈 정권이 위기를 잘 극복하여 독일의 저력을 보여주기 바란다.

▎청계천의 복원과 베를린 광장/ Berliner Platz

10월 초순부터 청계천에 대한 이야기가 온통 국내외로 화제의 꽃을 피운다. 청계천 복원을 계기로 특기할 만한 일 한 가지를 언급하고 싶은 것이 있다.

서울시와 자매관계를 맺고 있는 독일의 수도 베를린을 직접 가지 않고도 서울의 청계천변에서 그 도시의 일부분을 체험할 수 있기 때문이다. 서울특별시가 10월 삼일빌딩 앞 청계천의 삼일교 한쪽 공간을 '베를린 광장'으로 이름을 붙이고 각종 시설물을 설치하였다.

필자가 직접 찾은 베를린 광장의 시설안내판에 따르면 베를린 장벽(높이 3.5m, 폭 1.2m, 두께 0.4m)은 1961년 동독에서 설치했던 것인데, 1990년 독일이 통일되면서 1989년 철거되어 베를린시 동부지역에 있는 마르찬 휴양공원 안에 전시되어 오던 것으로, 서독쪽의 벽면은 사람들의 접근이 가능하였으므로 이산가족 상봉과 통일을 염원하는 글들이 쓰이게 되었다. 베를린 장벽 오른쪽 전면에 설치된 '곰' 상은 베를린시의 상징으로서 몸통 양쪽에는 남대문과 브란덴부르크 문(Brandenburger Tor) 그리고 양 도시민들의 모습이 그려져 있다.

베를린 광장에 설치된 공원 등은 독일 전통의 가로등으로서 100여 년 전에 만든 것을

(그림 11) 가로등 우표 4종 중 1종

(그림 10) 베를린 광장으로 이름 붙인 공간

옮겨온 것이며, 독일 전통의 보도 포장과 의자가 함께 배치되었다.(그림 10) 베를린의 가로등은 1979년 당시 베를린 우정청에서 발행된 4종의 우표에 묘사되어 있다.(그림 11) 또한 광장 한쪽 돌에 새겨진 베를린 보베라이트(K. Wowereit) 시장의 글이 사람들의 주목을 끈다.(그림 12)

서울특별시에서도 베를린시 마르찬 휴양공원 안에 '서울정원'을 조성하였다.

끝으로 메르켈 첫 여성 총리와 독일 국민들의 앞날에 행운이 함께 하기를 빌고 싶다. 베를린을 방문했을 때 숙박을 도와준 Fleege 가정에도 감사의 인사를 드리며, 통일 15주년 기념엽서에 정성 어린 감사 회신을 해 주신 독일 호르스트 쾰러(Horst Köhler, 1943 ~) 대통령과 줌빈켈(Zumwinkel) 우정사업본부장께도 감사드린다.

(그림 12) 베를린 보베라이트 시장의 글

베를린 장벽 붕괴 20주년
20 Jahre Fall der Berliner Mauer

*본고는 2009년을 현재 시점으로 기술 발표된 원고로서 2019년 현재 시점에서는 내용상 다소 차이가 있음을 양지 바람.

사진 1-1989년 11월 9일 베를린 장벽 붕괴에 앞서 9월 3일, 동구권인 헝가리와 오스트리아 국경이 개방되었다. 한 장의 기념우표와 독일, 헝가리, 오스트리아 공동우표가 발행되었으며 3종의 기념인도 사용되었다.

올해(2009년) 독일은 베를린 장벽 붕괴 20주년과 독일연방국 60주년을 기념하는, 역
사적으로 한 획을 긋는 매우 뜻깊은 해이다. 세계에서 유일한 분단국인 한반도의 국민

사진 2 - 독일에서는 11월 9일 장벽 붕괴 20주년을 맞아 평화적인 혁명을 기념한 우표가 발행되었고 수종의 기념인도 사용
되었다.

사진 3 - 라이프치히 니콜라이교회에서의
촛불시위장면. '우리는 한민족이다(Wir
sand das Volk)'라는 우편 소인이 찍혀 있
다.

사진 4 - 베를린 장벽 붕괴 1주년을 기념해 기념 소형시트를 발행, 세계 우취
인들에게 큰 기쁨을 주었다.

으로서 분단국의 공동 운명을 겪었던 동·서독의 베를린 장벽 붕괴 20주년을 우선 축하하며, 한 해를 보내면서 베를린 장벽을 둘러싼 사건들을 회상하고, 베를린 중심가에 우뚝 솟은 브란덴부르크 문(Brandenburger Tor)을 바라보며 이에 얽힌 이야기를 우취자료를 통해 일부나마 살펴보고자 한다.

사진 5 - 독일 통일의 상징인 브란덴부르크 문 앞에 선 필자

　200여 년의 역사를 자랑하는 브란덴부르크 문은 1989년 11월 8일 전에는 동·서 분단의 상징으로, 베를린 장벽이 붕괴된 1989년 11월 9일 이후에는 독일 통일의 상징으로 변모되어 많은 사건들이 이 문을 중심으로 발생되었다. 1961년 8월 13일 설치된 베를린 장벽은 수많은 동독인들의 목숨을 앗아갔다. 28년간 자유(Freiheit)를 향해 장벽을 넘으

사진 6 - 베를린 장벽 붕괴 20주년에 분단국 대표로 초청된 도미노 3작품. 독일 베를린으로 가기 전 주한 독일문화원(GoetheInstitute)에서 국립현대미술관과 공동으로 10월, 행사를 개최하였다.

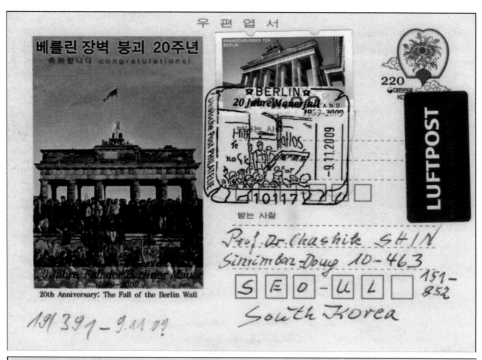

사진 7 – 베를린 장벽 붕괴 20주년을 기념하여 제작한 한국의 우편엽서가 독일의 지인으로부터 독일 기념인 날인 후 필자에게로 보내져 왔다.(앞뒷면)

려다 구속된 동독 주민은 무려 7만 5000여 명에 이른다. 탈출과정에서 목숨을 잃은 사람만도 239명에 달한다.

1989년 11월 9일 밤 10시, 동독의 주민들이 베를린 장벽을 넘어 서독으로 향했다. 동독과 서독의 주민들을 지리적, 문화적으로 갈라놓았던 155km의 장벽이 자유의 열망을 이기지 못하고 마침내 무너진 것이다.

지난 11월 9일 베를린 장벽 붕괴 20주년을 맞아 동·서독의 통일과 통일 후 20년의 과정을 살펴보기로 하자.

1989년 9월 라이프치히(Leipzig)의 성 니콜라이 교회에서 열린 '월요촛불시위'를 기점으로 '자유'를 요구하는 대규모 시위가 계속됐고, 11월 5일에는 무려 100만 명의 시민이 집회를 열었다. 이런 상황에서 11월 9일 오후 7시, 동독 사회주의 통일당 대변인 귄터 샤보보스키가 "지금부터 동독 주민 누구나 자유롭게 외국여행을 신청할 수 있다"고 발표했다.

수천 명의 동독 주민은 곧장 서베를린(West-Berlin)으로 통하는 검문소로 향했고, 마침내 10시쯤 검문소의 문이 열렸다. 동독과 서독은 베를린 장벽이 무너진 지 11개월 만인 1990년 10월 3일, 마침내 독일 통일(Deutsche Einheit)을 선언했다.

동독 붕괴의 과정은 다름 아닌 튼튼한 경제력과 우방국가와의 신뢰가 바탕이었다. 그렇지 않았다면 베를린 장벽은 붕괴될 수 없었다. 꾸준하고 일관되게 서독의 동방정책(OST-Politik)과 인적·물적 교류를 통해 쌓인 동·서독 간의 상호 신뢰가 초석이 된 것이다. 동·서베를린의 중요 통로였던 찰리검문소가 있던 자리 등엔 전자상가와 첨단빌딩이 들어서 있고 2006년 독일월드컵대회에 맞춰 건축된 최첨단 베를린역은 그 위용을 자랑하고 있다.

베를린 장벽 붕괴를 기념하는 행사로 2.5m 높이의 도미노 1000개를 쓰러뜨리는, 진귀한 퍼포먼스가 열리기도 했다. 20년 전 그 날의 감격을 재현함으로써 그 의미를 더욱 빛나게 하는 행사였다. 한국은 분단국을 대표하여 3명의 미술교수들의 작품이 초청되었다. 동유럽의 공산주의 몰락에 결정적인 역할을 했던 폴란드 자유노조연대 지도자 바웬사 전 대통령이 첫 도미노를 쓰러뜨렸다.

베를린 장벽을 무너뜨리게 한 사건의 주역들이 20년 만에 베를린에서 만나 기념행사에 참여했다. 당시 고르바초프 소련 대통령, 조지 부시 전 미국 대통령, 헬무트 콜(H. Kohl) 전 독일 총리가 바로 그 주인공이다. 헬무트 콜 총리는 훗날 자신의 회고록에서

한 · 독 친선 우표 전시회
쉴러 F.Schiller 서거 200주년 기념

기 간 : 2005. 3. 22 ~ 24
장 소 : 주한독일대사관 Deutsche Botschaft Seoul

사진 8 - 2005년 한국과 독일의 친선 우표전시회에서 만든 초일봉투이다. 오른쪽 상단에 독일 통일의 상징인 브란덴부르크 문과 대한민국의 남대문이 함께 디자인된 기념인이 찍혀 있다.

"그때까지만 해도 1989년 11월 9일이 독일 역사에 한 획을 긋는 날이 될 것이라고는 짐작조차 하지 못했다"고 말했다.

텔치크 콜 전 총리의 외교안보 보좌관은 베를린 장벽 붕괴 20주년을 맞아 한 인터뷰에서 이렇게 말했다. "독일의 통일이 공산당 압제에 도전하여 시위를 일으킨, 평범하지만 용감한 동독의 주민들에 의해 시작됐던 것처럼 한반도의 통일도 북한의 억압받는 주민들로부터 시작될 것이다." 텔치크 전 총리는 1989년 11월 9일, 베를린 장벽 붕괴로부터 1990년 10월 3일 통일의 날까지 긴박했던 329일을 다룬 『329일─내부에서 본 통일』이란 책을 썼다. 장벽 붕괴 20년 후 얼마나 많은 동독인이 '통일에 만족하는가' 라는 질문에는 3명 중 2명은 '만족한다' 고 대답했다.

베를린 특별시장 보베라이트(Wowereit)는 베를린 장벽의 일부분을 2005년 서울시에 기증하였으며, 여기에는 한반도의 통일을 기원하는 내용을 담은 기념석이 있다. 서울시는 이를 청계천 2가에 설치해 놓고 베를린광장(Berliner Platz)이라 명명하였다.

끝으로 필자의 견해로는 남북통일 문제도 상호 간의 신뢰를 바탕으로 꾸준히 준비를 잘 해야 하며 반드시 자유민주통일이 성취돼야 할 것이라 본다. 세계 유일의 분단국인 한반도의 통일된 미래의 그 날을 기원하며 베를린 장벽 붕괴 20주년을 다시 한 번 진심으로 축하하고 독일 우취자료를 보내주는 독일 우취동호인에게도 감사드린다.

동독 경찰이 장벽을 쌓기 직전 정복을 입은 채 서베를린으로 탈출하는 모습.

베를린 장벽 붕괴 직후 "독일 조국은 하나다"를 외치는 모습.

베를린 장벽 붕괴 25주년

25 Jahre Fall der Berliner Mauer

지난(2014년) 11월 9일, 베를린 장벽 붕괴 25주년을 맞아 역사상 매우 뜻있는 여러 기념행사가 베를린에서 개최되었다. 여기에서는 우취 자료를 중심으로 정리해 보고자 한다. 기념우표는 3종이 발행되었는데, 하나는 1989년 11월 9일 장벽 개방과 붕괴, 두 번째 우표는 장벽 붕괴 당시 독일 연방공화국 빌리 브란트(Willy Brandt) 총리의 얼굴, 세 번째 우표는 당시 발터 몸퍼(Walter Momper) 서 베를린 시장의 모습을 디자인하였다.

우리나라에서는 베를린 장벽 붕괴를 기념하여 장벽이 붕괴하는 장면을 디자인한 나만의 우표가 발행되었으

1989년 11월 베를린 장벽 붕괴 직전 동서 양쪽 시민들이 환호하고 있다. 나만의 우표에 기념우편 날짜 도장이 소인된 맥시멈카드.

브란덴부르크 문이 옛 모습을 되찾은 후 시민들이 자유롭게 거닐고 있다.

독일 우표지 DBZ에 Korea Post가 장벽 붕괴를 기억한다는 내용으로 한국 발행 기념우편 날짜도장을 소개하고 있다.

며, 3종의 맞춤형 엽서가 제작되어 독일 우취인들에게 발송되어 좋은 반응을 받았다. 베를린 우표전시회장에서는 그곳에서 발행한 엽서에 태극기 우표를 붙였다. 이번에 발행한 엽서는 한반도의 남북 간에 위치한 DMZ 철조망과 1990년 10월 베를린 장벽 붕괴 후 동·서독 간 분단의 상징에서 통일의 상징으로 변모한 브란덴부르크 문(Brandenburger Tor)을 디자인하여 독일 우취인들에게 큰 호응을 얻었다.

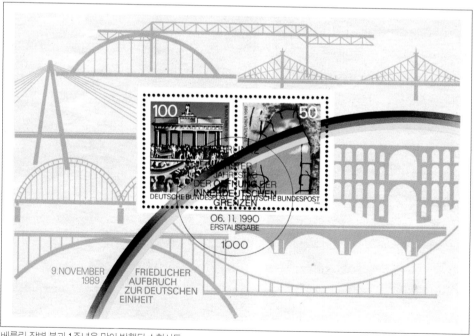

베를린 장벽 붕괴 1주년을 맞아 발행된 소형시트.

베를린 장벽 붕괴 25개년 기념우표와 기념우편 날짜도장이 소인된 실체. 까세는 브란덴부르크를 배경으로 서 있는 당시 브란트 총리의 모습이다.

　필라코리아 2014에 참석하여 필라를 독일 우취계에 널리 소개하여 준 보도 폰 쿠츠레벤(Bodo von Kutzleben)이 한국우취연합을 대신하여 베를린정보통신박물관 전시회에서 전시 기간에 1,100매의 엽서에 태극기 우표를 소인하였으며, 국내용 한글 기념우편 날짜도장이 찍힌 실체를 원해서 100여 통의 엽서를 한국으로 보내왔기에 필자가 기쁜 마음으로 한국우취연합의 협조로 정성 끝에 소인하여 봉사할 수 있었던 것을 보람으로 여긴다.

　실체를 희망하는 우취인 중에는 독일의 저명인사들도 여러 명 있음을 알 수 있었다. 이번 행사를 통하여 독일 우취인 중에도 우리나라의 통일을 희망하는 이들도 상당히 있음을 느낄 수 있었다. 필자는 독일 통일 15주년부터 10년간 맞춤형 엽서를 제작하여 앞면에는 독일 통일을 축하하고, 뒷면에는 우리나라의 평화 통일을 염원하는 뜻을 담아 독일 우취인들과 꾸준히 우정을 나누었으며, 베를린 장벽 붕괴 20주년에도 잊지 않고 맞춤형 엽서를 제작하였다.

　이번에 베를린 장벽 붕괴 25주년을 맞아 독일 우취인들에게 관심을 끈 실체를 제작할

경 베를린 장벽 붕괴 25주년 축
Herzlichen Glueckwuensch!
25 Jahre Fall der Berliner Mauer

Congratulations !
25th Anniversary: Fall of the Berlin Wall
2014

우편엽서
POST CARD

항공우편
PAR AVION

25 Jahre Mauerfall
DMZ
7-9. 11. 2014
Korea Post

400
대한민국 KOREA

From.

To.

GERMANY

경 2014 FIFA 월드컵 독일팀 우승 축

베를린 장벽 붕괴 25주년 기념인

DEUTSCHLAND
FUSSBALL 60
WELTMEISTER
2014

가우크 대통령과 메르켈 총리도 선수들과 함께 우승의 기쁨을 나누고 있다.

베를린 장벽 붕괴 25주년
DMZ
2014. 11. 7.
서울중앙

25 Jahre Mauerfall
DMZ
7-9 11 2014
Korea Post

통일 기원 시

삼천리 금수강산이
양쪽으로 갈라져 있으니
하나의 민족이 헤어져
살아가고 있구나
만약에 이갈토 삼천리가
통일이 된다면
만고의 근심하던 마음이
산을 오르고도 남으리

서경보 (1914-1996)

Wunsch zur koreanischen Wiedervereinigung

*Das schöne Korea ist in Nord und Süd geteilt
ein Volk lebt immer noch getrennt
wenn unser Land wiedervereinigt wäre
könnte man Berge besteigen, unbeschwert
und lange Sorgen hätten endlich ein Ende*

SHEU Geung Bo (1914-1996)

uebersetzt von Prof. SHIN c.s.

Das unbekannte Datum 알려지지 않은 (통일의) 그 날은?

-우리의 소원은 통일, 꿈에도 소원은 통일, 이 강산 다해서 통일, 통일을 이루자 / 이 겨레 살리는 통일, 이 나라 살리는 통일, 통일이여 어서오라, 통일이여 오라-
Unser Wunsch ist die Wiedervereinigung.

한반도의 평화 통일을 기원하면서 *Koreanische Wiedervereinigung in Frieden wuenschend* Design: Prof. CS SHIN

독일우취연합 회지에 한국 엽서를 소개하고 있다.

수 있었던 것은 한국우취연합에서 이해와 협조를 잘해 준 덕분이다. 한·독 두 나라 사이의 우취 문화 교류에 좋은 결과를 얻어 보람을 느낄 수 있었다.

이번 행사를 주관한 베를린 브란덴부르크우취회(Philatelisten-Verband Berlin-Brandenburg)는 공식 발표문에서 한국 우정사업본부(Korea Post)에서 기념우편 날짜도장을 발행하여 행사를 빛나게 해 준 데 대하여 감사의 뜻을 표하였고, 한반도 DMZ에서 새들은 자유롭게 날 수 있으나 한민족은 갈라져 있으니 동·서독이 통일을 이룩한 것처럼 한반도에도 통일의 그 날이 오기를 바란다는 내용의 메시지를 발표하였다. 또 필자가 출품한 작품에 대하여 감사장(Dankesurkunde)을 보내왔다.

이번 행사를 맞이하여 우정사업본부가 발행한 작은 기념우편 날짜도장 하나로 국제간 우취 문화 교류를 할 수 있었다. 앞으로도 우정 당국에서 계속 관심을 보여준다면 더욱 교류가 활성화될 수도 있다고 생각한다.

베를린 우취 심포지엄 동안 개최된 전시회(11. 7.~9.)에서는 통일에 관한 작품이 주

Im Namen des
Philatelisten-Verbandes Berlin-Brandenburg e.V.
begrüße ich Sie
recht herzlich zum
Symposium „25 Jahre Mauerfall"
am 9. November 2014
im
Museum für Kommunikation Berlin

몸퍼 시장과 독일우취협회장이 참가자들에게 감사의
뜻을 담아 나눠준 심포지엄 참가기념첩.

로 전시되었다. 이번에 한국을 좋아하는 독일 우취인 보도 폰 쿠츠레벤(Bodo von Kutzleben) 님이 최선을 다해 봉사하여 한국의 위상을 더 높인 데 대해 우선 감사하고, 행사를 성공리에 마칠 수 있도록 주관한 베를린─브란덴부르크우취회 Frank Walter 회장께 감사하고, 한국우취연합 회장과 사무국장의 협조에 고마운 마음을 전한다. 무엇보다 기념우편 날짜도장을 디자인한 디자이너의 수고에 감사 드린다.

독일 통일 25주년(1990~2015)

25 Jahre Deutsche Einheit

동독의 도시 라이프치히 촛불 행진으로 시작한 민주화로의 시위가 마침내 동서 분단의 상징이었던 베를린 장벽을 붕괴시켰다(1989년 11월). 당시 동독 국민들이 외치던 구호는 '우리는 국민이다(Wir sind das volk)' 였다. 평화적 행진을 기념하여 통일 직전 동독에서 우표가 발행되었다.

헤센 주 문장

제2차 세계대전 후의 냉전체제하에서 연합국에 의해 동서로 분단되었던 독일이 다시 하나의 국가로 통일되어 우리를 놀라게 하였다. 1945년 제2차 세계대전 후, 통일된 독일 정부 수립에 실패하고 분단된 상태로 있다가 자유와 통일을 염원하는 국민적 욕구와 독일 모든 연방의 경제적인 이해관계가 독일 통일을 추진하는 힘으로 작용하게 되었다. 1989년 11월 9일 저녁, 신임 중앙위원회 정보담당 서기인 샤보프스키는 기자회견에서 동서 간 장벽을 개방한다는 놀라운 사실을 발표하였다.

지금 광화문에 위치한 대한민국역사박물관에서는 '독일에서 한국 통일을 보다' 라는 주제의 기획 전시가 진행되고 있어 동서분단과 한반도의 분단을 비교해서 보여주고 있다. 한국과 마찬가지로 전쟁과 냉전의 결과로 분단되었던 독일의 통일 사례를 보면서 한국의 통일에 어떠한 시사점을 주고 있는지 생각해 볼 수 있겠다. 독일 통일 25주년을

왼쪽부터 롤프 마파엘 주한독일대사, 요아힘 가우크 대통령, 필자.

통일 10주년 기념우표
(2000년 발행)

통일 20주년 기념우표
(2010년 발행)

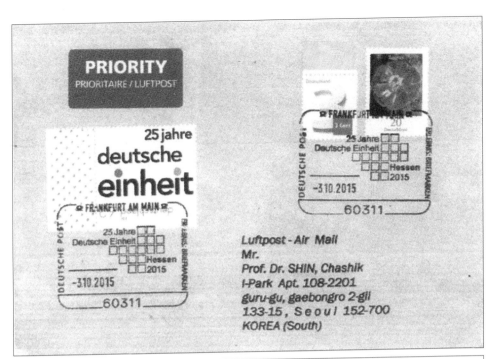

독일 통일 25주년 기념우표. 역사적으로 매우 뜻깊은 올해는 주로 헷센 주에서 기념행사가 개최되었다.

헬무드 콜 기념우표(2012년 발행)를 첨부한 초일봉투

거울삼아 우리의 통일을 준비하는 계기가 되었으면 하는 마음이 간절하다.

독일 통일에는 빌리 브란트(Willy Brandt) 총리와 헬무트 콜(Helmut Kohl) 총리의 공로가 컸다. 얼마 전 콜 총리는 유럽연합(EU)의 명예시민으로 추대되어 기념우표도 발행되었다. 독일 통일 후에는 통일 독일 16개 주의 문장(紋章)과 지도를 소재로 한 우표 16종이 발행되었고, 해마다 각 주가 순회하면서 통일의 날 기념식을 치르고 있다.

25주년 통일 기념 우표전시회는 구텐베르크의 고향인 마인츠에서 개최되었다. 2014년에는 베를린 장벽 붕괴 25주년을 맞아 한국우취연합과 우정당국의 협조로 기념인을 제작하여 베를린 우표전시장에서 호평을 받았다. 올해는 통일 25주년을 맞아 지난 10월 독일연방공화국 가우크(J. Gauck) 대통령이 국빈으로 방한하여 한독 양국 간 행사에 참석했다. 가우크 대통령은 한반도의 통일에도 큰 관심을 보였으며 한국의 최북단 도라산역을 방문하는 등 분단국의 현황을 체험하고 귀국하였다.

뜻깊은 독일 통일 25주년을 맞아 다시 한 번 축하하고 세계 유일한 분단국인 한반도의 평화 통일도 앞으로 성취되기를 기원한다. 끝으로 독일 통일 25주년 기념 리셉션에서 독일 대통령과 대사께서 기념 촬영에 기쁘게 응해 준 것에 깊은 감사를 드린다.

독일 통일 25주년

베를린 장벽이 무너진 통일의 상징 브란덴 부르크 문
앞에서 "統一"을 노래한 탈북 합창단

베를린 장벽 붕괴 30주년을 맞으며
30 Jahre Fall der Berliner Mauer

    2019년 11월 9일은 역사적인 베를린 장벽 붕괴 30주년이 되는 날이다. 1945년 제2차 세계대전 이후 전승국인 미국, 소련, 프랑스, 영국, 네 나라가 패전국인 독일을 동서로 나누고 베를린은 각각 동·서 베를린으로 분할되어 소련이 동베를린을 기타 3국이 서베를린을 차지하였다. 처음에는 동·서 베를린이 자유롭게 왕래하였으나 동베를린에서 300만 명이 서베를린으로 탈출하는 사태가 벌어지자 동독 당국은 1961년 8월 13일 자유 왕래를 차단했다. 냉전시대에 베를린 장벽을 넘으려다 많은 시민들이 희생당하기

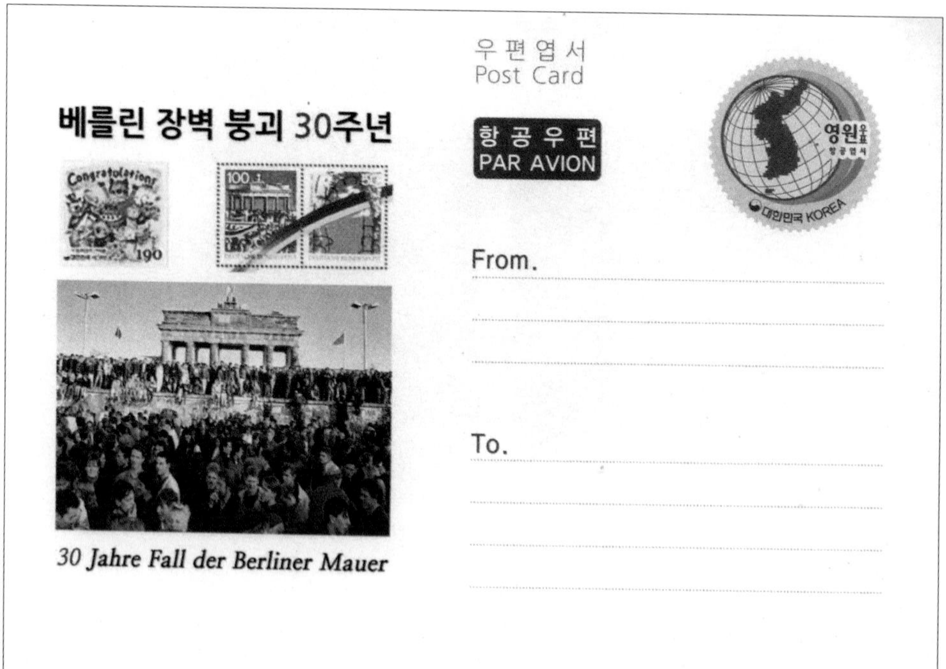

우 편 엽 서
Post Card

항 공 우 편
PAR AVION

영원으로

대한민국 KOREA

From.

To.

30 Jahre Fall der Berliner Mauer

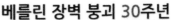

베를린 장벽 붕괴 30주년
1989~2019

DIE BERLINER MAUER

한반도의 평화 통일 기원

판문점 *panmunjeom (JSA)*

도 했다. 하지만 1989년 10월 동독의 제2도시 라이프치히(Leipzig)에서 참가자 만 명이 넘는 민주화를 요구하는 시위가 발생했다. 질서정연한 침묵의 촛불행진이었다.

분단국인 한국에서도 베를린 장벽 붕괴 25주년을 맞아 우표가 발행되었고 기념일부인이 제작되었다. 1종의 '나만의 우표'와 3종의 '맞춤형 엽서'가 발행되었는데 1989년 장벽붕괴 사진을 배경으로 했기 때문에 독일 우취인들은 매우 좋은 반응을 보였다. 그동안 베를린 장벽 붕괴와 독일 통일에 관련된 여러가지 우취자료가 발행되었는데 다음과 같이 선별 정리하였다.

베를린 장벽 붕괴 자료를 보고 나서

내년 2020년은 독일의 통일 30주년을 맞게 된다. 그동안의 독일 우취 자료를 한국의 당국에서도 적극적으로 참조할 것을 권한다. 앞으로 한반도 통일우표가 발행되는 날이 오기를 학수고대하면서 아낌없이 많은 자료를 보내준 독일 우취인들에게 깊은 감사를 드린다. 냉전시대 독일의 동서분단과 베를린 분단의 상징이었던 브란덴부르크 문은 오늘날 통일의 상징이며 글로벌 아이콘으로 변모하여 세계적 관광의 중심이 되고 있다. 세계 유일의 분단국인 한반도가 평화통일이 이루어졌으면 하는 마음이 간절하다.

"평화는 우리가 반드시 말해야 하는 언어입니다."
"Peace is the language we must speak."

세계평화의 해 기념우표
POSTAGE STAMP COMMEMORATIVE OF
THE INTERNATIONAL YEAR OF PEACE

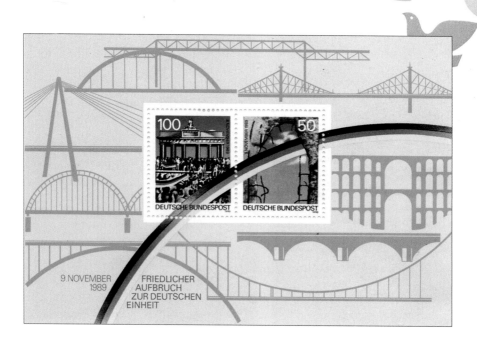

동독의 마지막 우표

독일 통일 기념우표와 기념인의 소인된 등기실체

SEOUL 2011

한·독 친선 우표전시회

DEUTSCH-KOREANISCHE BRIEFMARKEN-AUSSTELLUNG
KOREAN-GEREMAN STAMP EXHIBITION

☒ 기간 : 2011. 5.26 ~ 5.29(4일간)

☒ 장소 : 서울 POST TOWER 10층

☒ 주최 : 한·독 우취문화교류회

☒ 후원 : 주한독일대사관, 우정사업본부, Hanns-Seidel-Stiftung

주한
독일연방공화국
대사관

Zum Geleit

Briefmarken verbinden Menschen miteinander - im Wortsinne: Bis zur weltweiten Verbreitung des Internets - und die ist erst wenige Jahre her - waren Briefe, die von der Post gegen Porto befördert wurden, die wichtigste Kommunikationsform zwischen Menschen über größere Distanz. Schon sehr früh wurden Briefmarken von der eher schmucklosen Funktion einer Quittung für entrichtetes Transportentgelt fortentwickelt zu einem eigenen Medium politischer, sozialer und künstlerischer Botschaften und ebenso schnell entwickelte sich die Philatelie, in der diese Briefmarken-Botschaften gesammelt, geordnet und bewahrt wurden.

Trotz aller technischen Revolutionen der letzten Jahre haben Brief und Briefmarke nicht ausgedient und Briefmarken erfreuen weiterhin ein Millionenpublikum mit ihrer Kunst und ihrer Botschaft.

Die deutsche Wiedervereinigung im Jahr 1990 war ein weltpolitisches Ereignis, das Menschen rund um den Globus bewegte und immer noch bewegt - insbesondere in Korea, wo die Wiedervereinigung der beiden Landesteile noch in der Zukunft liegt.
So erfüllt die verdienstvolle Briefmarkenausstellung, die den Weg der deutschen Wiedervereinigung nachzeichnet, eine Vielfalt an wichtigen Funktionen: Sie zeigt nicht nur kleine Kunstwerke, sondern erinnert an das glückliche Ende der deutschen Teilung und gibt Anstoß, in den Bemühungen um die koreanische Wiedervereinigung nicht nachzulassen.

Mit dem Dank an alle, die diese Ausstellung möglich gemacht haben, insbesondere an Herrn Professor Dr. Shin, Cha-shik, verbinde ich die Hoffnung, daß sie allen Besuchern Vergnügen, Wissensgewinn und Aufmunterung verschafft.

Dr. Hans-Ulrich Seidt
Botschafter der Bundesrepublik Deutschland

축 사

통독 20주년 기념 우표전시회 (서울, 2011. 5. 26-29)

우표는 사람과 사람을 연결시켜 줍니다. 인터넷이 전세계적으로 확산된 것은 불과 몇 년
전 일입니다. 그 이전에는 우체국에서 요금을 받고 운반해 주던 편지야말로 멀리 떨어져
사는 사람들 간의 소통을 위한 가장 중요한 수단이었습니다. 우표는 일찍이 우편료 영수
증이라는 단순한 기능에서 출발하여 정치, 사회, 예술적 메시지를 전달하는 독창적인 수단
으로 발전하였고 곧 우표를 수집하고 분류하고 보존하는 우표수집가들이 생겨났습니다.

최근의 온갖 기술혁명에도 불구하고 편지와 우표의 기능은 소멸되지 않았으며, 우표가 가
진 예술성과 메시지로 수백만 명의 애호가들을 즐겁게 해주고 있습니다.

1990년 독일 통일은 전세계인을 감동시킨 세계정치적인 사건이었으며 특히 분단이 아직
은 미래의 이야기인 한국의 경우에는 여전히 마음을 움직이는 사건입니다.

이런 의미에서 독일 통일의 여정을 보여주는 귀중한 우표전시회는 미니 예술작품인 우표
를 감상할 수 있는 기회를 제공할 뿐만 아니라 독일 분단의 행복한 결말을 기억하게 해주
며 한반도 통일을 위한 노력을 게을리 하지 말아야 한다는 다짐을 하도록 북돋아 줍니다.

이 전시회가 있기까지 애써주신 모든 분들과 특히 신차식 교수님께 감사드리며 관람하시
는 모든 분들께 재미와 지식과 즐거움을 선사하는 전시회가 되기를 희망합니다.

2011년 5월 26일
주한독일대사
Dr. Hans-Ulrich Seidt

독일통일 20주년 기념 한독친선우표전시회를 열며

신차식(전시회 준비위원장, 단국대 명예교수)

최근 우리나라와 독일연방공화국간에 외교활동이 더욱 활발한 움직임을 보이고 있습니다. 양국정상들이 만나 전통적 외교관계를 더욱 긴밀히 함은 분단의 아픔을 한때는 같이 했기 때문일 것입니다. 동서로 분단되었던 독일이 지난 1989년 11월 베를린 장벽이 붕괴된 후 1990년 10월 마침내 통일을 맞이한 후 작년 10월에는 통일 20주년을 맞아 독일지도자들이 브레멘에 함께 모여 통일을 축하하는 뜻 깊은 행사가 열리면서 다양한 우취자료가 발행되기도 했는데 오늘 여러분이 보실 수 있습니다.

그런데 우리 한반도엔 여전히 긴장감이 감돌고 있고 남북이산가족들의 아픔은 아직도 씻기지 않고 있습니다. 아름다운 5월을 맞아 동서분단을 마감한 '독일통일의 긴 여정'을 독일우취문화를 통해 이해하는 것이 한반도의 통일을 기원하는 우리로서도 가치 있다고 생각되어 본 우표전시회를 기획하였습니다. 이번 전시회는 경쟁전이 아니라 자료전으로 준비했는데 부디 이 자리가 한·독양국간의 우호적 분위기를 더 느끼게 하고 비우취인들에게도 우표문화를 이해하는 데 조금이나마 도움이 되기를 바라는 순수한 마음이고 또한 우리문화를 독일인들에게 알리는 장으로도 역할하기 바랍니다. 끝으로 독일통일 20주년을 다시 축하하고 본 전시회가 통일을 준비하는 우리에게도 일보가 되기를 바랍니다.

이번 전시회가 열리기까지 어려움도 많았지만 협조해주신 분들에게 깊은 감사를 드립니다. 우표문화를 이해하시고 관심을 갖고 협조해주신 Seidt 주한독일대사님, Hartig 독일연방우취연합회장을 비롯한 많은 우취동호인들의 성원 또한 감사합니다. 더구나 행사를 위하여 봉사해주신 여러분 정말 고맙습니다. 끝으로 독일에 있는 한반도의 평화통일을 기원하고 뜻 깊은 한·독친선우표전시회의 성공적인 개최를 기원하는 우취동호인들의 관심에 대하여 또한 감사를 드립니다.

베를린의 상징인 곰상과 베를린시가 한반도의 통일을
기원하면서 서울시에 기증한 진품 베를린장벽의 일부

독일 우표지 『Philatelie』에 소개된 분단 한반도 서울 전시회 행사 보도

GrüBe aus einem geteilten Land: Korea

Wolfgang Maassen

Dr. Cashik Shin ist Lesern der *philatelie* bestens bekannt: der südkoreanische fließend deutsch sprechende emeritierte Professor – er erzählt immer gerne, dass er dies vor Jahrzehnten am Goethe-Institut gelernt hat – ist jemand, der die Sprache der Dichter und Denker, Goethe und Schillers von Herzen liebgewonnen hat und verehrt. Bemerkenswert seine Visitenkarte, auf der man neben seinem Namen und dem Hinweis „German Department Dankook University" eine Goethe-Sondermarke und darunter den Hinweis „Philatelist / Goethe und Schiller" findet.

Er ist ein Philatelist, der keine Gelegenheit auslässt, an die Deutsche Einheit zu erinnern und Deutsch-Deutsches, ehemals Trennendes und heute Vereinigendes, in den Blickpunkt der Betrachtung zu rücken. Für 2010 gab es gar speziell gestaltete Sondermarken mit deutsch-koreanischem Text und für die Zeit vom 26. bis 29. Mai 2011 organisierte er eine deutsch-koreanische Briefmarken-Ausstellung. Dort waren dann z.B. Exponate über die Deutsche Einheit, über Schloss Bellevue, über die koreanisch-deutsche Freundschaft in der Philatelie, zu den 125 Jahre alten Beziehungen beider Länder, aber auch zur Hauptstadt Berlin zu sehen, natürlich auch zu Goethe und zu vielen anderen spannenden und modernen Themen.

Der stets lächelnde, sehr zurückhaltende nette Professor hat ein einnehmendes Wesen, dem man kaum widerstehen kann. So gewannen er und der koreanische Sammlerverband zur Unterstützung die deutsche Botschaft und den Botschafter Dr.

Hans-Ulrich Seidt in Seoul, aber auch Dr. Wolfgang Bötsch, den letzten früheren bundesdeutschen Postminister, der am Eröffnungstag, am 26. Mai 2011, bei der Ausstellung eine Ansprache hielt.

Eines der Fotos zeigt alle „Honoratioren" aus dem In- und Ausland, die sich die Ehre gaben, ganz links im Bild Prof. Dr. Shin, aber auch Vertreter des koreanischen Philatelistenverbandes, die hier viel Ungewöhnliches möglich gemacht und unterstützt haben.

Für den rührigen Professor sind solche Vorhaben wichtig, denn sie erinnern an das, was Philatelie grenzüberschreitend stets beabsichtigt: Menschen zusammenzuführen. In Korea hat man – mehr als anderswo – dafür ein tiefes Gefühl, denn die Trennung im eigenen Land schmerzt. Der Bund Deutscher Philatelisten, Shins Freunde wie Michael Adler und viele andere, aber auch die Redaktion danken für dieses Engagement.

유럽5개국 순방을 마치고
EUROPA-BESUCH

*본고는 1989년 7월에 쓴 원고로 베를린 장벽 붕괴 직전에 발표되었음을 참고 요망.

동 · 서분단의 고도 베를린(Berlin)

제2차 세계대전 말기 독일의 수도 베를린(Berlin) 공습 때 희생된 한 젊은 시인은 "평화의 창조란 바로 인간다운 가치를 실현시키는 일"이라고 절규했다

오늘날 세계 도처에는 분쟁이 계속되고 동 · 서간의 정치적 긴장이 감돌고 있으며, 한반도에도 다른 어느 때보다도 평화가 갈구되고 있다. 평화는 이제 단순한 '전쟁의 不在'만을 의미하지 않고 이 지상에 실현되어야 할 정의와 사랑과 인간 존엄의 질서를 뜻하는 것이다.

필자는 단국대학교 교직원 해외연수 단장으로 유럽에 위치한 서독, 이태리, 바티칸, 헝가리, 프랑스 등 5개국을 순방하는 좋은 기회를 갖게 되었다. 지면관계상 자세한 내용은 일일이 기록할 수는 없겠고, 여행 중 잊을 수 없는 일들이나 우취동호인께 조금이나마 참고가 되기를 바라는 마음에서 방문국별로 기록해 보려 한다.

연수단 일행이 김포공항을 떠난 것은 1989년 6월 20일 오후였다. 우리가 탑승한 에어프랑스(Air France)는 도쿄와 앵커리지를 경유, 다음날 아침 일찍 파리 드골공항에 무사히 도착했다. 우리의 첫방문 예정지는 파리가 아니고 베를린이었기에 다른 비행기로 갈아타야만 했다. 베를린행 비행기는 독일 뒤셀도르프(Düsseldorf)에서 잠시 기착했다.

필자로서는 독일땅을 다시 밟는 것이 정말 기뻤다. 우선 언어적으로 독어가 통할 수 있었기 때문이다. 그리고 필자로서는 베를린에 몇 번 갔던 일이 있기에 고향을 찾는 기쁨이었다.

베를린은 1871년부터 1945년까지는 독일의 수도였으나 제2차 세계대전시 패전과 함께 형식상 서베를린(West-Berlin)은 미국 · 영국 · 프랑스 3국이 공동관리를 맡았고, 동베를린(Ost-Berlin)은 소련의 관리로 넘어갔다. 그러나 실질적으로 오늘날 서베를린은

동·서 베를린분단의 상징인 브란덴부르크 문. 1961년 8월 13일 베를린 장벽이 쌓여 동·서가 자유로이 통하던 문이 폐쇄된 것이다. 서베를린 벽에는 낙서를 할 수도 있지만, 장벽 저쪽에는 접근이 금지되어 있다.

독일연방공화국(brd)을 구성하는 특수주가 되어 있고, 동베를린은 독일민주공화국 (DDR)의 수도가 되어 있다.

　연수단 일행은 우선 동·서분단의 상징인 브란덴부르크 문(Brandenburger Tor) 앞으로 가서 동·서베를린 긴장의 현장을 직접 목격할 수 있었다. 불과 몇미터 떨어진 베를린 장벽 저쪽에는 자유(Freiheit)가 얼마나 제한을 받고 있는가를 전망대에 올라 크나큰 차이점을 곧 발견할 수 있었다. 우리가 항상 공기를 마시면서도 공기의 고마움을 모르듯이 자유를 만끽하면서도 자유의 참뜻을 잊고 있지는 않은지 돌이켜 보아야 할 것 같다. 한국인이 '베를린 장벽'을 바라본다면 한반도의 남북분단 상황을 연상하지 않을 수 없다.

　4개국 공동관리도중 소련측은 1961년 8월 13일 갑자기 동·서간의 중요 통로였던 브란덴부르크 문을 봉쇄하였고, 동시에 동·서를 갈라놓은 베를린 장벽을 쌓기 시작하였다. 이때에 일어난 사건들은 헤아릴 수 없을 정도였다.

　오늘날 베를린 장벽은 서베를린 쪽에서는 장벽까지 자유로이 직접 닿을 수 있다. 장벽에 낙서한 것을 보면 이 사실을 쉽게 확인할 수 있다. 동베를린 쪽에서는 일반인 접근이 전면 금지되어 있으며 감시병들이 삼엄한 경계를 하고 있는 모습을 서베를린 전망대에서는 직접 볼 수도 있다.

브란덴부르크 문 바로 가까이 있는 서베를린에 위치한 소련군 묘지를 지키는 부동자세로 서 있는 2명의 소련병사는 자유로이 움직이면서 지키는 2명의 서베를린 경찰의 보호를 받고 있는 모습은 아주 대조적이다. 브란덴부르크 문 앞에는 한 기념비가 서 있다. 가까이 가보니 평화(Friede)를 외치는 조각상이다. "평화는 전쟁보다 더 낫다"고 말한 바 있는 교황 요한·바오로 2세의 평화의 메시지 중 한 문장이 떠오른다.

오늘날 동·서베를린간의 통로중 하나는 체크포인트 찰리(Checkpoint Charlie) 검문소이다. 이곳은 연합군의 합동 검문초소이다. 베를린 장벽에서 불과 몇미터 떨어진 초소 옆에 서 있는 건물은 자유를 찾아 서베를린으로 탈출할 때 쓰인 각종 장비들을 진열해 놓은 박물관이다. 이곳에 가 보면 자유가 얼마나 소중한가를 뼈저리게 느낄 수 있다.

필자는 이 박물관 방명록에 "자유(Freiheit)는 생명처럼 소중하다"고 기록하였다. "자유가 아니면 죽음을 달라"고 외친 패트릭 헨리(Patrick Henry, 1736~1799)의 말이 떠오른다. 베를린 장벽으로 양단된 포츠담광장에는 자유를 찾아 탈출을 시도하다가 희생된 이들의 넋을 위로하는 십자가들이 즐비하게 서 있으며 추모의 화환들이 놓여 있다. 우리가 오늘날과 같은 자유를 누리고 있다는 사실은 정말 다행한 일이다.

서베를린의 중심가인 쿠르퓌르스텐담(Kurfürstendamm)에는 교회탑 2개가 우뚝 서 있다. 이 교회는 빌헬름(Wilhelm) 황제의 기념교회로서 제2차 세계대전 때 파괴되었다. 전후 그 자리에 현대식 교회를 세웠으나 종탑은 파괴된 채 오늘도 그때의 상흔을 보여 주면서 그 옆에 서 있는 현대식 종탑과 나란히 우뚝 서 있다. 이 기념교회는 전쟁의 쓰라림을 잊지 말고 평화를 위하여 노력하라고 말해 주는 것처럼 느껴졌다.

동독과 서베를린 사이에 있는 하나의 다리(Bruecke)는 마치 우리나라 군사분계선 사이에 있는 '돌아오지 않는 다리'를 연상케 했다.

스타인스틱켄(Steinstuecken) 마을은 베를린 교민들 사이에는 독일의 '대성동 마을'이라 일컬어진다고 들었다. 마을 진입로 양쪽에는 장벽으로 둘러져 있으며, 동독 감시병들의 순찰하는 모습을 구멍뚫린 장벽 틈 사이로 볼 수 있었다. 그곳에 있는 카페에서 우리 일행은 맥주로 갈증을 풀었다. 우리 옆자리에 앉아 있던 노부부는 우리가 어디서 왔느냐고 묻기에 서울에서 왔다고 대답했더니 서울올림픽이 아주 훌륭했다고 찬사(wunderbar)를 아끼지 않았다. 남편은 베를린에서 태어나 교수로 있다가 지금은 미국 우주본부(NASA)에 근무하고 있는 바로 TV브라운관을 발명한 브라운 박사의 친구였다.

올 가을에는 한국에 관광을 오겠다고 하면서 서울에서의 재회를 약속하며 서로 주소를 교환하였다.

이외에도 만난 많은 사람들이 서울올림픽을 칭찬하였다. 서울올림픽을 통하여 세계적으로 한국의 국위가 선양된 것은 한국인이 이룩한 큰 업적임에 틀림없다.

우리 일행은 1936년 제11회 베를린 올림픽 경기장을 둘러보려고 하였으나 마침 며칠 후 있을 축구경기 개최준비 관계로 입장은 불가능하여 아쉬움을 남겼다. 필자는 한국의 손기정 선수가 마라톤에서 우승을 했던 사실을 회상했다. 하지만 11회 올림픽 당시 그가 일장기를 달고 뛰어야만 했던 역사의 한 순간을 또한 잊을 수 없다. 특히 손기정 선수가 마라톤 우승 후 어떤 독일 우취가에게 사인을 해 주었을 때 한국인(KOREAN)이라고 쓴 것이 우표전시회에 출품된 저이 있었는데 그때 그것을 통해 그가 애국자였음이 뒤늦게나마 증명되었다.

서울올림픽 때 손기정 선생이 성화봉을 잡고 뛰는 모습은 그 당시와는 너무나 대조적인 기분이었으리라 짐작된다.

최근 동·서베를린의 상황은 긴장완화를 위하여 꾸준히 노력을 하고 있으며 동·서간 화해무드가 일고 있으며 동·서간 화해무드가 일고 있는 것 같다. 오는 서기 2000년에는 올림픽을 공동개최하려는 움직임이 논의된다고 한다.

머지않아 장벽으로 굳게 닫힌 분단의 상징인 브란덴부르크 문이 활짝 열리고 베를린 장벽이 제거되어 동·서가 하나 되어 베를린 시민뿐만 아니라 지구촌의 세계인이 자유로이 왕래할 수 있는 날이 오기를 바람은 물론, 민족의 숙원인 한반도의 평화적 통일도 이룩되어 평화의 비둘기가 하늘 높이 날 수 있는 그날을 기원하는 마음 또한 간절하다.

프랑크푸르트(Frankfurt)

마인(Main) 강변에 위치한 프랑크푸르트는 서독에서 네 번째로 큰 도시이며 오늘날 항공로는 유럽의 중심을 이루고 있다.

서베를린 테겔(Tegel) 공항을 떠나 TWA편으로 프랑크푸르트에 예정보다 약간 늦게 도착하였다. 우리 일행(14명)은 마인츠(Mainz)대학교의 바이어만(Beyermann) 총장의 영접을 받았다. 그런데 뜻밖에도 한국에서 개최된 올림픽우표전시회(Olymphilex, 1988) 때에 독일 커미셔너로 왔던 게르만(Germann) 씨가 마중을 나와 있었다. 정말 고마웠다. 우취는 실로 놀라운 마력을 가진 것이었다.

베를린의 분단 시기인 1989년 6월 분단경계선 바로 옆에 위치한 스타인 스틱헨 카페에서 분단의 참상을 절실히 느꼈다.

프랑크푸르트의 국립오페라하우스. 이곳에서는 우표전시회가 열리기도 한다.

괴테가 생전에 글을 쓰던 곳.

▶ 라인강에 여행중 전설의 '로렐라이'를 배경으로. 사인 하이네(Heine)는 로렐라이 시를 읊어 이 곳을 세계적으로 유명하게 만들었다. 그러나 오늘날은 공업의 발달로 '라인강의 기적'을 낳기도 하였지만 강물은 흐려지고 말았다. 세계의 관광객들은 그래도 아직 로렐라이를 잊지 못하고 즐겨 찾는다.

그 다음날 저녁초대를 하겠다고 하면서 헤어졌다.

바이어만 총장에게 필자는 아리랑이 들어있는 멜로디 카드로 된 우표첩을 선물하였고 마인츠대학에서는 우리들에게 포도주와 학교 안내 책자가 들어있는 종이봉투를 선물했다. 우리는 곧 대기중인 관광버스에 올라 마인츠(Mainz)로 향했다. 마인츠는 인쇄술을 발명한 요한네스 구텐베르크(Johannes Gutenberg)가 태어난 고도이며 대학 도시이다. 이곳의 학생수는 25,000명이며, 외국인 학생은 1,800명, 그 중 한국 출신 학생도 약 60여 명에 이른다고 한다.

고도 하이델베르크(Alt-Heidelberg)

마인츠대학 방문일정을 마치고 우리 일행은 총장단의 환송을 받으며 마인츠 시내를 거쳐 낭만의 대학도시인 하이델베르크로 향했다. 마침 빗방울이 내리기 시작했다. 하이델베르크에 도착했을 때는 가랑비가 내려 고도의 낭만을 더해 주는 듯하였다. '황태자의 첫사랑' 이 이루어진 곳이 바로 이곳이 아닌가!

우리 일행은 우산을 받쳐들고 옛 성을 살펴보고, 철학가의 길을 거닐어도 보았다. 유명한 세계에서 가장 큰 술통(22만 리터)을 보고 놀라기도 했다. 네카강에는 많은 배들이 떠다니는 모습이 엷은 안개 사이로 보였다. 시인 셰펠(Scheffel, 1826~1886)은 "나는 나의 마음(Herz)을 하이델베르크에서 잃어버렸네" 라고 노래하여 유명하다.

괴테의 생가(Goethe-Haus)를 찾아서

프랑크프르트 체류 이틀날은 오전에 시내관광을 겸하여 세계적 시성 괴테(Goethe)의 생가를 방문하였다. 4층으로 지어진 괴테하우스는 오늘날 박물관으로 쓰이고 있다. 괴테는 1749년 이곳에서 태어나 많은 작품활동을 했다. 괴테 생가를 보면 그가 부유했음을 알 수 있는데 괴테와 쌍벽을 이루는 실러(F. Schiller)는 괴테와는 대조적으로 가난한 문학인이었다.

박물관에서는 프레쉬를 사용하는 촬영은 금지되어 있어 옛 것을 소중히 여기는 독일인의 국민성을 엿볼 수 있었다. 필자로서는 괴테의 생가를 찾은 것이 25년 만에 두 번째 방문이었다. 괴테 생가 부근에 괴테의 동상이 서 있다. 독일에서는 이곳뿐만 아니라 여러 도시에서 유명한 이들의 동상을 볼 수 있다.

포도마을 뤼데스하임(Rüdesheim)

괴테 생가 방문을 마치고 라인강(Rhein) 언덕의 그림 같은 포도마을 뤼데스하임으로 향했다. 먼저 라인강을 굽어보는, 비스마르크가 독일 통일을 기념하여 세운 니더발트(Niederwald) 기념동상을 구경한 후 포도마을 뤼데스하임 드로셀 골목에 있는 드로셀호프에서 독일식 점심 식사를 마쳤다.

물론 포도주를 들면서 "위하여" 하고 외쳤다. 이제는 한국인이 외유를 하면 서울올림픽 덕을 단단히 보게 된다. 세계 각국 사람들이 미소지으며 즐겁게 지내는 것을 보니 국내 사정이 제발 평온했으면 하는 생각이 필자의 머리를 스쳐갔다.

라인강 여행─로렐라이(Lorelei) 언덕을 지나 데스하임의 좁은 골목길을 구경한 후 라인강 선착장으로 향했다. 우리 일행은 배에 올랐다. 그곳에는 세계 각국인들이 있었다. 선상 마이크를 통하여 한국어로도 간단한 설명을 들을 수 있어서 기분이 나쁘지 않았다. 장크트 고아르스하우젠(St. Goarshausen)을 향하여 발진하였다.

라인강변의 아름다운 경치를 감상하면서 로렐라이를 지나갔다. 로렐라이가 다가오자 선상방송실에서 안내방송을 해 주고 시인 하이네(Heinrich Heine, 1797~1856)가 작사한 '로렐라이'를 들려주었다. 승선하고 있던 많은 이들이 일제히 환호성을 올렸다. 자주 마주 지나가는 다른 배들의 사람들과도 손을 흔들며 모두가 동심으로 가득차고 마치 동화의 꿈 세계에 사는 것 같았고 평화로운 지구촌 가족임을 실감하였다. 라인강변 산 위에 서 있는 역사와 전설 등을 고성이 나타날 때마다 독어·영어로 안내방송을 해 주었다. 로렐라이를 지나면서 필자는 부여의 백마강과 낙화암을 연상해 보았다.

장크트 고아르스하우젠에서 내려 기다리고 있던 버스로 다시 로렐라이 언덕쪽으로 올라가 라인강을 내려다보는 경치는 정말 아름다운 한 폭의 그림이었다. 로렐라이 언덕에는 독일 깃발이 바람에 펄럭이고 있었다.

게르만(Germann) 부부의 초대

프랑크푸르트 도착 이튿날 저녁은 라인강 여행에서 돌아와 프랑크푸르트 본역 앞에 있는 한식집에서 일행과 같이 저녁식사를 끝내고 호텔로 돌아가기 직전 게르만 씨 댁에 전화를 했더니 저녁준비를 다 해놓았다고 하면서 같이 간 김시경 교수와 함께 초대한다고 하면서 간청하였다. 저녁식사를 이미 했지만 그 초대를 사양할 수가 없었다. 마침 그날의 공식 일정이 끝났기 때문에 잠깐 들러 올 마음을 정했다. 곧 호텔로 떠나겠다고 하

지난 88서울올림픽 때 독일 커미셔너로 우리나라를 방문했던 게르만 씨 부부의 초대를 받아 국제간의 우취의 우정을 나누었다.

면서 전화를 끊었다.

　호텔에 도착하니 게르만 부부가 차를 가지고 왔다. 게르만 부인과는 작년 서울에 왔을 때 우리집에 초대하여 신림동 전철역에서 헤어진 후 처음 만난 것이다. 호텔방으로 올라가 잠깐 준비를 하여 김 교수와 함께 넷이서 프랑크푸르트 근교인 물하임(Muhlheim)으로 향했다. 우리가 독일에서 다시 만나게 된다는 것은 정말 신기한 일이다. 약간 동양식으로 한다고 해서 밥도 지어 놓았다. 사실은 저녁을 두 번 먹게 되었다. 호의가 너무 고마워 식사를 사양할 수 없었다. 나는 게르만 씨에게 올림픽성공 기념우표 책을, 부인에게는 민속우표첩을 기증하였다. 필자는 우취자료와 옛날 우체부가 새겨진 컵을 선물로 받았고, 김 교수도 컵을 받았다. 게르만 부인은 필자의 아내에게 줄 선물을 한국에 가서 뜯어보라고 하면서 건네주었다.

　방명록에 "우취안에 우리는 모두 하나(In der philatelie sind wir alle eins)"라고 기록하고 싸인을 했다. 서울올림픽에 대한 스크랩북을 보고 정말 깜짝 놀랐다. 너무나 잘 자세히 정리해 놓았기 때문이 다. 우리는 포도주를 마시면서 국제간의 우정을 나누었다. "나는 정말 행복하다"고 생각했다.

헤르만 헤세(Hermann Hesse, 1877~1962)의 탄생 125돌(2002년)을 보내며

헤르만 헤세의 어린시절 가족사진(왼쪽에서 첫 번째)

헤르만 헤세는 우리나라에서도 그의 작품 '데미안' (Demian)을 통하여 잘 알려진 독일작가이다.

헤르만 헤세는 바덴 뷔르템베르크 주 수도 슈투트가르트 근교 울창한 삼림지대에 위치한 조그만 도시 칼브 (Calw)에서 지금으로부터 125년 전인 1877년 7월 2일 탄생했다. 헤세는 경건주의 가문의 출신이었고, 그의 부친은 선교사였으며, 신학을 공부하다가 몇 년 후에 마울브론(Maulbronn)의 신학교를 떠났다.

1895년 대학도시 튀빙겐에서 서적상 점원을 시작했고, 서적상과 골동품상을 경영했다. 1903년부터는 자유문필가로 활동하였고, 1919년 스위스의 영주권을 얻어 몬타뇰라에 머물러 있다가 루가노에서 많은 훌륭한 작품을 남기고 1962년 그의 생을 마쳤다.

헤세는 1929년의 토마스 만(Thomas Mann, 1875~1955)에 이어 1946년에 독일이 낳은 작가로는 6번째로 영광의 노벨문학상을 받았다. 헤세는 같은 해 시성 괴테(Goethe)의 고향 프랑크푸르트시가 수여하는 괴테상(Goethe-Preis)도 수상했다.

그의 대표작으로는 교양소설인 '페터 카멘친트' (1904) '수레바퀴 밑에서' (1906), '로스할데' (1914), '싯다르타' (1922), '황야의 이리' (1927), 나르치스와 골드문트' (1930), 장편소설 '유리알 유희' (1943), 수필집 '전쟁과 평화' (1946) 등이 있으며, 그 외에도 수많은 작품을 남겼다.

헤세는 글을 쓰는 창작활동 외에도 풍경화를 즐겨 그려 화가로서도 각광을 받고 있으며 그의 그림들 중에서 '정원사 헤세' 자화상은 유명하다. 일약 문명을 얻게 된 '페터 카멘친트' 는 서정적이고 멜랑콜리한 분위기를 지닌 대부분의 헤세 작품처럼 자서전적인 특징을 가지고 있다. 헤세는 '데미안' 의 서문에서 "각자 인간의 삶은 자기 내면으로

본(Bonn) 발행 기념인이 소인된 실체 초일 봉피

의 길이다"라고 말하고 있다. '싯다타'에서는 정신적 · 감각적 힘의 평행은 동방의 신화에서 실현을 발견한다.

헤세의 인도여행 체험은 소박한 이야기 속에서 영향을 끼치고 있다. 헤세의 대작인 '유리알 유희'는 노벨문학상을 받은 결정적 장편소설이다.

독일에서는 헤르만 헤세의 노벨문학상 수상 이후에도 1972년 하인리히 뵐(Heinrich Böll, 1917~1985)과 1999년에 귄터 그라스(Günther Grass, 1927~2015)가 노벨문학상 수상자가 됨으로써 1901년 노벨상 제정 이후 모두 8명의 노벨문학상 수상자가 배출되었다.

(그림 ②) 독일연방공화국 요하네스 라우 대통령 방한 기념

필자는 지난 여름방학 동안 독일에 다녀올 기회를 가졌다. 대한민국이 월드컵 개최국으로서 6월의 4강신화를 이룩한 후여서 많은 축하 인사를 받았던 것을 기쁘게 생각한다. 본란에서는 우취에 관련된 몇 가지 잊혀지지 않는 일들을 기록하고자 한다.

첫째, 필자가 출국 직전 6월 27일 괴테 탄생 250주년 기념우표 전지와 독일연방공화국 대통령 방한 기념 '나만의 우표'를 주문 발행 기증하였고(그림 ②) 귀국 후 8월 중순 요하네스 라우(Johannes Rau) 독일대통령으로부터 감사 친서를 받게 되어 기쁘고 한국 우취인의 일원으로 보람을 느낄 수 있었다.

(그림 ③) 제103차 2002 독일 우취인대회에서 아들러 회장과 함께

둘째, '제 103차 가르미시−파르텐키르헨(Garmisch-Partenkirchen)' 독일 우취인 대회에 참석하여 짧은 시간이었지만 동호인들과 우정을 나누며 많은 것을 체험할 수 있는 유익한 시간이었다.(그림 ③)

행사기간 동안 4종의 기념인이 사용되었다. 그중 하나는 6월 30일자로 이미 발행된 구 마르크와 페니히 우표의 유가증서 효력은

(그림 ④) 제103차 우취인대회 기념인 대회 개최지 가르미시는 1936년 동계올림픽의 개최지로서 오늘날 휴양관광도시로 발전하였다. 디자인은 독일의 최고봉 축스피체를 상징한다.(독일에서 올해 처음으로 시도된 '나만의 봉투' 우취인대회 개최지에서 발행되었음)

마지막 작별의 날이었다. 7월 1일부터는 유로(Euro)화 액면 우표만 유효하게 되었다(그림 ④).

셋째, 헤르만 헤세의 탄생 125주년의 축제를 지내는 그의 고향 칼브(Calw) 현지 우체국을 직접 다녀온 일이다.

독일 우정성(Deutsche Post)은 7월 4일 헤세 탄생 125주년 기념우표와 기념인 3종과 1종의 기념첩을 발행했다.(그림 ⑤)

우표는 전국 우체국에서 판매하였으나 기념첩은 몇 군데로 제한 판매

(그림 ⑤) 헤르만 헤세 탄생 125주년 기념 우표첩 표지와 내지

(그림 ⑦) 헤르만 헤세 탄생 100주년 기념일부인

(그림 ⑥) 헤세 탄생 125주년 기념 특인 2종이 소인된 실체

(그림 ⑧) 대한민국 발행의 헤세 탄생 125주년 기념 '나만의 우표'

(그림 ⑨) 라파엘의 명화 '승천하는 마돈나'

하였다고 한다.

기념특인은 헤세의 출생지 칼브에서 2종이 발행되었고 (그림 ⑥), 본(Bonn)과 베를린(Berlin) 중앙우체국에서는 같은 디자인으로 발행되었다.

칼브우체국에서는 직원들이 직접 정성껏 우취인들에게 기념인을 소인해 주는 모습이 인상적이었다. 1977년 헤세 탄생 100주년 때는 독일, 스위스 등에서 기념우표가 발행되었다.(그림 ⑦)

우리나라에서는 필자의 요청으로 헤세 탄생 125주년 기념 '나만의 우표'가 발행되었다.(그림 ⑧)

넷째, 독일문화의 도시 드레스덴(Dresden) 츠빙어미술관에서 세계적으로 유명하고 우표 디자인으로 등장되었던 화가 라파엘의 '승천하는 마돈나'를 직접 관람할 수 있었던 감격은 잊을 수 없는 추억이다.(그림 ⑨)

그 후 그곳은 엘베(Elbe)강의 범람으로 홍수 피해가 극심했다. 예술품을 사랑하는 필자로서는 매우 안타까운 심정이었다.

헤세의 고향에서는 그의 생가를 직접 방문하였으며 헤세 박물관도 관람하였다.(그림

(그림 ⑩) 시장 광장 6번지 헤세의 생가

(그림 ⑪) 헤르만 헤세 박물관 전경과 내부 모습

헤르만 헤세(Hermann Hesse, 1877~1962)의 탄생 125돌(2002년)을 보내며   177

헤세 관련 엽서 Cuno amiet 작품

노벨문학상-게르하르트 하우프만, 헤르만 헤세, 토마스 만(좌로부터)

⑩, ⑪)

혜세 탄생 125주년 기념 행사위원회 조직위를 방문하여 한·독 양국 간 문화교류에 관한 의견을 나누기도 하였다.

혜세의 생가를 방문하는 해외 관광객 중에는 일본인이 많다고 전해 주었다.

혜세 작품은 독일에서보다도 외국에서 더 많이 읽혀지는 지도 모를 일이다.

최근 우리나라에서도 혜세에 대한 관심이 많다고 한다.

헤르만 혜세 박물관 건립위원회가 있으며 내년 중 건립을 목표로 많은 노력중에 있고, 전국 순회전시회도 예정되어 있다고 한다. 8월부터 11월 30일까지 서울시립미술관 600주년 기념관(경희궁)에서 노벨문학상에 관한 도서, 사진, 상장, 포스터, 유품 등 각종 자료가 전시되고 있다.

끝으로 혜세 탄생 125주년을 보내며 다시 한 번 기억하고 지난번 독일 여행시에 필자를 극진히 대해 준 분들께, 특히 올림픽스포츠우취회(IMOS) 회장 게르만(D. Germann) 씨의 호의에 감사드리고 국무에 바쁘신 중에도 필자에게 감사 친서를 보내주신 독일 대통령께 경의를 표하며 이 글을 끝맺고자 한다. 모든 독자분께 즐거운 성탄과 좋은 새해 맞으시기를 기원 드린다.

혜세 관련 책자

헤르만 혜세가 태어난 방

헤르만 혜세(Hermann Hesse, 1877~1962)의 탄생 125돌(2002년)을 보내며　179

브레히트(Bertolt Brecht)의
서거 50주년을 보내며

브레히트 사진

2006년은 독일의 작가이자 시인이며 셰익스피어 이후의 최고 극작가로 불리는 베르톨트 브레히트(Bertolt Brecht, 1898~1956)의 서거 50주년이 되는 해로써 그의 삶과 문학을 조명해 보고자 한다. 서사극의 창안자인 브레히트는 1898년 독일 남부 바이에른 주에 있는 고도 아우크스부르크(Augsburg)에서 태어나 1956년 베를린(Berlin)에서 숨을 거두었다.

학생 시절 뮌헨대학에서의 전공은 철학과 의학이었지만 그의 주된 관심은 연극이었다. 20세기 서양연극의 굵은 흐름을 보여주는 작가 세계는 그가 살았던 굴곡 많은 시대와 밀접한 관련이 있다. 대체로 1926년 이전을 이 작가의 초기로 평가하는데, 이 시점에 허무주의와 동시에 쾌락주의가 중심을 이루는 연극을 선보였다.

〈한밤의 북소리〉와 같은 작품이 이에 해당한다. 경제공황의 그늘 아래에 놓여 있던 독일의 1920년대는 낡은 세계와 새로운 세계가 급격하게 교차하던 바이마르공화국 시

브레히트[Brehthaus] 박물관 앞에서 필자와 아내

대였는데, 브레히트는 당시 문학의 혁명적 기능에 골몰하여 연극형식을 발전시키는데 그의 문학의 중기에 해당한다. 그러나 1933년 히틀러 집권과 더불어 혁명의 기대는 무산되었고 정처없는 망명길에 오른다. 그 와중에도 브레히트는 히틀러와 자본주의의 이데올로기를 비판하는 창작에 심혈을 기울여, 서사극 대작들을 선보인다. 〈억척 어멈과 그 자식들〉, 〈사천의 선인〉 등이 후기에 해당하는 작

우표탄생 100주년기념 독일발행(1998)

우표탄생 90주년기념 동독발행(1988)

브레히트의 무덤

품들이다.

서양연극의 원형이 감정이입과 정화작용을 양대 축으로 삼은 아리스토텔레스의 〈시학〉에서 마련되어 오랫동안 전통으로 굳어졌다면 브레히트는 이에 대해 반기를 들었다.

그의 견해에 따르면 전통 연극들은 감정이입을 통해 관객의 비판적 이해능력을 마비시키고 지배하는 이데올로기를 확대 재생산할 뿐이다.

지배계층의 이데올로기를 비판하기 위해서는 관객이 무대의 사건을 낯설게 바라봄(생소화, Verfremdung)으로써 거리를 갖게 되고 이데올로기에 내제한 모순을 깨닫게 되는 것이 필요한데 브레히트의 서사극은 바로 이러한 작업을 지향하는 것이다. 그의 시대가 끝난 지 2006년으로 반세기가 되지만 현재도 그의 문학은 사회를 변화시킬 잠재력을 내포하고 있음을 알 수 있다. 그의 서거 50주년을 맞아 국내에선 독일인 홀거 테쉬케 연출로 예술의 전당 토월극장에서 그의 대표작 중의 하나인 〈서푼짜리 오페라〉가 독일문화원(Goethe-Institut)의 후원으로 성황리에 공연될 수 있었다.

한편 이 작품은 제목에 '오페라'가 들어갈 정도로 극의 가장 중요한 요소가 음악이다. 뮤지컬 작곡가 한정림 씨가 바일의 작품을 편곡, 한국적 색깔을 입혀 10인조 악단에 의해 라이브로 연주된다.(출연 : 김신용, 임채용, 임우철, 지현준 등)

압록강에서 이자르강까지...
이미륵, 그가 세상에 던진 감동의 대서사시

이미륵의 작품
〈압록강은 흐른다〉를 보고 나서
Nachdem ich den Film gesehen habe

압록강은 흐른다
Der Yalu Fliesst

2008년 11월 27일부터 12월 7일까지 한독수교 125주년 기념 사진전이 덕수궁 석조전에서 열려 많은 관람인들의 호응을 받았다. 이 전시회는 한독관계를 회고하는 차원을 뛰어넘는 특별한 전시회로 지리적 문화적으로 멀리 떨어져 있는 다른 두 사회가 경제적으로 서로 문호를 개방하던 시대를 조명할 수 있었다. 조선 최초의 외국인 정부 고문은 독일 출신 묄렌도르프(Möllendorff, 한국명 목인덕)였는데 세관제도를 도입하는 등 조선이 타국과 교류를 하는 데 지대한 가교역할을 했다.

한독관계의 문화계인사로는 이미륵(본명 이의경) 박사를 빼놓을 수 없다. 이미륵은 1899년 황해도 해주에서 태어나 의사가 되려고 하였으나 대학생이던 1919년 3.1운동에 가담했다가 일본경찰의 탄압을 피해 압록강을 거쳐 1920년 낯선 독일땅에 도착했다. 8년 후인 1928년 뮌헨대학에서 각고의 노력 끝에 이학박사 학위를 받은 후엔 자신의 전공분야에만 머무르지 않고 창작활동에도 전념하여 주로 고국을 배경으로 한 작품들을 발표했다. 독일문단에서 인정받기 시작한 1930년대부터 심혈을 기울여 후에 그의 대표작으로 인정받은 〈압록강은 흐른다〉(Der Yalu Fliesst)를 집필하여 마침내 1946년 독일에서 출판되자마자 문단과 독자들의 호평을 받으며 현지 중고등학교 교과서에도 실리는 등 많은 호응을 받았다.

30년간 독일에 살면서 이미륵이 독일인들에게 보여준 휴머니즘과 정직성은 1950년 갑작스런 그의 죽음 이후에도 훈훈한 미담이 되었다. 그의 삶처럼 문학세계도 인간에 대한 애정과 인류에 대한 동경에 기반을 두고 있다.

필자가 이 자전적 소설을 처음 접한 것은 1960년대 초 독일에서 유학하던 어느 날 하숙집 여주인의 소개를 통해서다. 그녀는 이미륵의 작품을 극찬하며 빌려주었고 필자도 읽자마자 커다란 감동을 받았다. 이후 그를 기리기 위해 뮌헨 근교 그레펠핑에 있는 무덤을 찾곤 했다.

독일 현지에선 잘 알려졌으나 실제 조국에선 그의 진가가 그다지 알려지지 않은 것이 아쉬운 차에 작년(2008년) SBS 창사기념으로 〈압록강은 흐른다〉가 3부작으로 방영되어 가뭄 속의 단비처럼 반가웠다. 그후 영화로도 제작되어 상영되었다. 이미륵의 무덤은 비록 독일에 있지만 그의 작품은 영상으로 모국에서 관객들과 만날 수 있었다. 큰 영상으로 옮겨진 그의 작품은 실로 경이로움 그 자체다. 모국의 산천이 차분한 음악과 더불어 더욱 아름답게 보이며 관객의 애국심과 자랑스러운 전통풍습에 대한 관심도 불러 일으켜 준다. 특히 이미륵이 애국가를 부르다가 숨을 거두는 라스트 신은 남편의 사망소식도 모른 채로 고국에서 기다리는 아내의 모습과 교차되어 더욱 애틋함을 전해 준다. 이 영화는 남녀노소 누구에게나 감동을 줄 수 있는 작품이라고 생각한다.

뛰어난 완성도를 보여주는 양국 합작의 이 작품은 한독 문화 교류의 가교 역할뿐만 아니라 청소년들의 정서함양에도 커다란 도움이 될 것이다.

불멸의 등불 남기고 가신
교황 요한 바오로2세

> **1984년 교황 요한 바오로 어록 중에서**
>
> "벗이 있어 먼 데로 찾아가면 큰 기쁨이 아닌가"라고 말하고 싶습니다. 여러분의 벗으로 그리고 평화의 사도로 여러분의 나라 전체에 하느님만이 드릴 수 있는 평화의 사도로 온 것입니다.
>
> -한국 도착 성명에서-

↑ 1978년 10월 16일 교황에 선출된 후 첫 모습

〈그림 1〉 바티칸 성 베드로 광장

'세기의 목자' 264대 교황 요한 바오로 2세의 장례미사가 4월 8일 바티칸 성 베드로 광장에서 요셉 라칭어(Joseph Ratzinger) 추기경 주례와 한국의 김수환 추기경을 비롯한 추기경단 공동 집전으로 성대하게 거행됐다〈그림 1〉. 교황은 진혼곡 레키엠 속에 안장되었다.

장례미사는 온 세계 100여 개국 정상들과 각국 가톨릭교회 조문단, 타종교 지도자들이 참석해 인류에게 평화와 화해, 일치의 모범을 보여준 교황의 업적을 기렸고, 바티칸 광장과 주변에는 400만 명이 넘는 추모객이 운집해 교황의 마지막 모습을 지켜보며 마지막으로 경의를 표했다. 평화의 사도로서 지난 26년간 가톨릭교회는 물론 온 인류를 이끌었던 위대한 사도가 우리 곁을 떠난 것이다. 이제 이 세상에서 더 이상 그분을 만날 수는 없지만 그가 남긴 정신적 유산은 사라지지 않고 영원히 남아 교회와 인류의 든든한 버팀목이 되어줄 것으로 확신한다.

교황 요한 바오로 2세는 가톨릭의 수장으로서 지칠 줄 모르는 열정으로 세계를 누비며 종교와 민족을 초월한 사랑과 평화의 수호자 역할을 수행해 왔다.

그 분이 떠나시면서 마지막 남긴 말씀은 더욱 감동을 준다.

"나는 행복합니다. 그대들도 행복하시오."

▌교황과 한국과의 관계

교황 요한 바오로 2세는 한국과는 특별한 관련이 있다. 교황의 1984년 5월 첫 방한에

교황 요한 바오로2세와 김수환 추기경

이어 1989년 10월 제44차 세계성체대회 때 두 번째로 방한이 이루어졌는데 한국 방문을 계기로 한글을 배우셨을 정도로 특히 분단국인 한반도에 대한 관심과 애정을 가지셨던 분이다.

김수환 추기경은 교황 요한 바오로 2세 선종 추모 기자 회견에서 "교황님은 인간의 존엄과 자유, 사회 정의, 세계 평화를 위해 헌신한 분입니다. 그런 분이 세상을 뜨니 정말 큰 별을, 큰 빛을 잃은

애석함을 금치 못하겠습니다"라고 추모의 말을 하였다.

〈그림 3〉 한국 천주교 200 주년 기념 우표

▌교황 요한 바오로 2세와 우취

역사적인 첫 번째 방문은 1984년 5월 3일 이루어졌는데, 한국 천주교회 200주년 기념 신앙대회와 한국 성인 103위 시성식을 집전하기 위해 교황 최초로 한반도를 방문한 것이다.〈그림 2〉

1984년 1월 4일에는 한국 천주교 200주년 기념우표가 발행되기

〈그림 2〉 교황 요한 바오로 2세 방한 기념 그림우편엽서(103위 시성식)

〈그림4〉 교황 요한 바오로 2세 방한기념 우표책 발행

〈그림5〉 교황 요한 바오로 2세 방한기념 초일봉투 제작 발행

〈그림6〉 제44차 세계성체대회 기념 엽서 발행

도 하였다〈그림 3〉. 이때에 기념우표 2종과 소형시트, 그림엽서 5종과 기념우표책, 기념
우표첩이 각각 발행 되었다〈그림 4〉.

　특히 바티칸의 요청으로 많은 초일봉투가 제작되었는데 이는 교황에 대한 인기도를

〈그림7〉 세계성체대회 기념(바티칸 발행)

잘 반영하였다〈그림 5〉.

　1989년 10월 4일부터 8일까지 한국에서 제44차 세계성체대회가 열리면서 교황 요한
바오로 2세는 또 한 차례 한국을 방문하였다. 제44차 세계성체대회 때는 개최국인 한국
에서 1종의 우표가 발행되었고〈그림 6〉, 바티칸 시국에서는 우표가 4종 발행되었다〈그
림 7〉.

세계성체대회 기념 우표전시회장에서(1989. 10.)

이 지구상에서 마지막 분단국가인 한반도의 화해와 통일에 깊은 관심을 가지고 있던 교황 요한 바오로 2세는 1984년과 1989년 두 차례 한국을 찾아 한민족이 겪고 있는 분단의 아픔을 위로 하였다.

내가 만난 교황 요한 바오로 2세

1987년 7월 1일에는 교황 알현 소원이 이루어졌다. 출발 전 독일 바이에른주 암머호 숫가에 위치한 상트 오틸리언 베네딕토 대수도원에서 교황 알현 준비를 하였다.

교황성하께 우선 편지를 썼고 몇 가지 선물 준비를 하였는데 우취인으로서 1984년 한국 우정 100주년 기념 세계우표전시회(Philakorea, 1984) 기념으로 발행된 5,000원권 호돌이와 전시회 참가국 깃발이 인쇄된 기념 소형시트가 들어있는 멜로디언카드(아리랑)를 준비해 갔는데 선물을 받으신 후 한국어로 "감사합니다"라고 답해 주셨다〈그림 8〉.

알현의 시간은 짧았지만 알현에 대한 추억은 내겐 평생 잊을 수 없을 만큼 진한 감명이었다. 알현 순간 교황님의 얼굴 모습은 온화하고 인자하고 사랑이 가득하신 평화 그 자체였고 천진난만한 갓난 아기의 모습과도 같았다. 부드러운 손의 감촉은 나의 부족한 글로는 표현할 수 없다.

어깨를 잡고 나의 손을 그분의 두 손으로 잡아주시던 그 순간을 평생 잊을 수 없을 것 같다. 필자 생애에 가장 보람된 영광으로 새겨졌다.

거듭 말씀드려 바티칸에서 교황님을 알현할 수 있었던 것은 큰 영광이며 기쁨이었다. 내가 우취인이었기에 알현 추천에 결정적이었다는 것은 참으로 다행한 일이고 하느님의 은총이었다.

교황의 양쪽 옆에는 두 분의 추기경이 계셨는데 그 중 한 분이 바로 이번에 제265대 교황 베네딕토 16세로 콩크라베를 통하여 새 교황으로 뽑힌 요셉 라칭어 추기경이었다. 교황성하와의 대화 언어는 독어로 하였다.

〈그림 8〉 교황 요한 바오로 2세를 알현하고(1987. 7. 1)

김수환 추기경과의 인연

2019년 올해는 한국현대사에서 몇 안 되는 어른이자 정신적 지도자로 손꼽히는 김수환 스테파노 추기경의 10주기이다.

세월이 지날수록 김수환 추기경에 대한 존경과 그리움이 더 커지는 것은 여러 곳에서 터져 나오는 갈등과 반목에도 불구하고 기댈 만한 어른의 부재에 대한 아쉬움 때문이 아닐까?

"병들고 가난한 이들에게 먼저 달려가고 무소불위의 정권에는 목숨을 건 발언으로 민주화의 초석을 되었던 발자취는 사제로서, 사회지도자로서 사표가 되었다."

김수환 추기경의 삶은 사제로서, 또 한 인간으로서 펼쳐졌다. 그분은 1950년대 말부터 1960년대 초반까지 독일 뮌스터대학에서 수학하셨고 1969년 교황 요한 바오로 2세에 의해 세계 최연소 추기경이 되셨던 분이다. 그리고 독일에서 유학하셨기에 독일에서

도 잘 알려진 인물이었다. 평신도인 필자도 뵈올 기회들이 몇 번 있었다. 한 번은 한남동 독일어성당 행사에서였고, 다른 한 번은 1989년 세계성체대회 후에 통역(독일어) 봉사를 마친 후였다.

세 번째로 기억되는 것은 추기경님 세례명 축일에서 이반 디아스 교황 대사님과 함께였다.

독일 어느 노인의 시 _ 2001년 김수환 추기경 옮김

세상에서 으뜸인 일은?
기쁜 마음으로 나이 먹고
일하고 싶지만 참고
말하고 싶지만 침묵하고
실망스러워질 때 희망을 갖고
마음 편히 공손하게 내 십자가를 지는 일.

젊은이가 힘차게 하느님 길을 가도 시기하지 않고
남을 위해 일하기보다
겸손되이 남의 도움을 받으며
몸이 약해 아무 도움을 줄 수 없어도
온유하고 친절한 마음을 잃지 말자.

늙음은 무거운 짐이지만 하느님께서 주신 선물
오랜 세월 때 묻은 마음을
세월의 무게를 담아 마지막으로 닦는다
내 고향으로 돌아가려고…
이 세상에 나를 묶어놓은 끈을 하나씩 하나씩 끊는 것은
참 잘하는 일이다.

세상에 매어 있지 않아 아무것도 할 수 없게 되면
겸손되이 받아들이자
하느님께서는 마지막으로
'기도' 라는 가장 좋은 것을 남겨 두신다.

손으로는 아무것도 할 수 없어도
두 손 모으면 늘 할 수 있는 기도
사랑하는 모든 이를 위해
하느님께서 은총을 베푸시도록 빌기 위해

모든 것이 다 끝나는 날,
"어서 와, 친구야, 너를 결코 잊지 않았어."
임종 머리맡에서 속삭이는 하느님을 만나게 될 것이다.

3인의 대왕(大王, The Great)에 대해

여해룡/ 우취칼럼니스트, 시인

인류 역사 이래 전지구 인이 핵무기에 의한 공멸(共滅)의 위기로 치닫고 있었던 20세기 후반, 냉전 시대를 와해 또는 마감시킨 요한 바오로 2세 교황의 서거를 야훼 하느님(하나님)께 진심으로 애도의 기도를 드린다.

가난한 자와 소외된 자를 찾아 지구촌 곳곳을 방문했던 그대는 놀라웠다. 민족간의 질시와 분쟁, 문화권의 반목으로 적대시해 왔던 온갖 종교와 종파간의 미움 그리고 '평화공존'을 내세우면서도 원수로, 적으로 엉켜 있었던 갈등의 매듭을 풀어낸 인간 카롤 보이티와 그대는 정말 위대했다.

그가 선종하던 2005년 4월 2일, 그날 아침에 바티칸 시국(市國)의 국무장관 안젤로 소다노 추기경은 애도의 강론을 펴면서 교황을 'The Great'라 칭송했었다.

역사상 1,400년만에 다시 붙여진 극존칭이었다. 대체로 대왕(大王)이라는 호칭에 대한 개념은 나라마다 약간의 차이가 있지만 '선왕'(善王)이라기보다 절대군주로서 군림한 제왕들을 일컫는 대명사로 사용되어 온 것이 십상이었다. 그럼에도 예외는 있었다. 지나간 13세기에는 몽고의 영웅 칭기스 칸이 세계 역사상 유례없는 제국을 건설했을 때에 그는 당시의 유럽 천지를 초토화시켰다. 그 결과 금세기까지도 그 악몽은 유럽인들에게는 황화(黃禍─황색인종에 대한 일종의 콤플렉스)라는 잠재적인 피해의식으로 남아 있다. 오늘날 북한의 핵개발에 대한 과잉 응징도 같은 맥락으로 해석하는 시각도 있다. 엄밀히 따져보면 황화에 근거한 사고라고 할 수 있다.

알렉산더 대왕/그리스

역사상 약소민족을 괴롭혔던 침략자 또는 제왕들에는 이미 언급한 칭기스칸을 비롯 나폴레옹과 히틀러 등이 선두 그룹인 반면에, 이른바 절대 권력을 휘둘렀던 대원수(generalissimo)라는 호칭을 창안해 낸 이는, 이탈리아의 독재자 무솔리니였다. 이를 본받은 이들로는 장개석, 에스파니아의 프랑코, 일본의 히로히토 천황, 대학살자 스탈린 그리고 김일성인데 이들은 모두가 총통(總統)이거나 수령(首領)이었다.

이들 중 김일성만은 좀 별났다. 만년에 스스로 대원수(大元帥)가 되었다. 그 무렵 외신 기자들이 "김일성 당신도 제너랄리시모요?"라고 질문을 던졌다. 김일성은 즉석에서 "아니오. 나는 Great Marshal이오" 라면서 능청을 떨었다.

세종대왕(한국/2000)

그럼, 앞에서 말한 선의의 대왕들은 과연 어떤 이들일까? 딱 세 사람 있다.

우선, 헬레니즘과 헤브라이즘 사상을 최초로 융합시켰던 알렉산더(Alexander)가 대왕(The Great)이었다.

다음은 우리나라 광개토왕(廣開土王, 고구려 제19대 임금)을 영락대왕이라 칭했기 때문에 흔히 광개토대왕이라 부르고 있지만, 세계인이 주목하면서 대왕으로 인정한 분은 세계 최초로 측우기를 창안해 내었고, '한글' 을 창제한 조선시대 세종대왕(世宗大王) 한 분이시다.

한국/ 1984

그리고 1984년 우리나라를 처음 방문했던 바티칸 시국 제264대 교황 요한 바오로 2세(Johannes Paulus II)가 이번에 대왕이 되었으므로 세 번째 사람인 것이다.

교황의 선종을 보며, 그의 평화를 사랑했던 마음과 행동에 경의를 표하면서 "레키에스캇 인 파세"(Requiescat in Pace)라는 영결 미사때 읊었던 라틴어 기도문을 옮겨 본다.

"카롤 보이티와"(Karol Wojtyla)　"평안히 쉬어지이다" 파세!

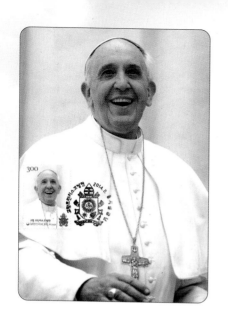

2014
프란치스코 교황
한국 방문을 맞으며
Pope Francis' to Korea Visit

예수 그리스도의 대리자, '평화의 사도' 프란치스코 교황이 8월 14일~18일(2014년) 한국을 방문한다는 기쁜 소식이 전해졌다.

한국천주교회는 1984년 '이 땅에 빛을' 이란 주제로 요한 바오로 2세 교황과 함께한 이래로 30년 만에 '일어나 비추어라' 를 주제로 프란치스코 교황과 함께하는 매우 뜻깊은 시간을 갖게 됐다. 특히 프란치스코 교황의 방한은 아시아에서는 사실상 처음 이뤄지는 일로 아시아 전체의 복음화에 더욱 힘써 달라는 요청의 의미를 담고 있다.

교황께서는 4박 5일의 방한 기간에 국빈으로 첫날 청와대 방문을 시작으로 제6회 아시아청년대회에 참석해 젊은이들과 만남의 시간을 갖고 미사를 봉헌하며, 광화문광장에서 순교자 124위 시복식을 주례하고, 장애인·행려인 공동체인 충북 음성 꽃동네를 방문하여 수도자와 신자 대표들과도 만난다. 이어서 명동대성당에서 한반도 화해와 평화를 위한 미사도 집전할 예정이다. 이번 교황 방한은 이 땅의 복음화뿐 아니라 아시아 복음화를 위한 새로운 전기가 될 전망이다.

한국천주교회는 1984년과 1989년 두 차례에 걸친 요한 바오로 2세 교황 방한을 계기로 폭발적인 교세 신장이 가능했다. 종교를 초월해 모든 이의 존경과 사랑을 한 몸에 받고 있는 프란치스코 교황의 이번 방한은 한국천주교회가 다시 한 번 도약하는 계기가 될 전망이다.

교황의 아시아청년대회 참석은 이번이 처음으로 아시아 여러 나라 젊은이들을 만나 격려하고 함께 기도함으로써 젊은이들을 아시아 복음화에 헌신하도록 이끄는데 이바지할 것으로 기대된다. 교황 방한은 또 한반도의 평화와 한 민족의 화해를 염원하는 깊은 뜻을 담고 있을 것으로 생각된다.

▌ 교황 프란치스코의 생애

2013년 3월 13일부터 호르헤 마리오 베르골리오 추기경은 로마의 주교이자 보편교회의 제266대 교황이다. 교황으로 선출되기 전까지 예수회 출신 베르골리오는 남미 아르헨티나의 수도인 부에노스아이레스 대교구의 교구장이었다.

프란치스코 교황은 1936년 12월 17일에 태어났다. 대학에서는 화공학을 전공했고 사제가 되기 위하여 신학교에 입학했다. 1958년 예수회에 입회했고 칠레에서 인문학을 공부하고 부에노스아이레스의 대신학교 철학부에서 철학사 학위를 받았다. 1967년부터 1970년까지 신학을 공부하여 학위를 받았다. 1973년 마침내 종신서원을 했다. 1972년부터 1973년까지 수련장, 신학부 교수, 학장을 역임했다. 1973년 7월 아르헨티나 관구장으로 선출되어 6년간 봉사했다. 1992년 5월 교황 요한 바오로 2세는 그를 부에노스아이레스 대교구의 보좌주교로 임명했다. 같은 해 6월 부에노스아이레스 주교좌성당에서 주교품을 받았다.

1998년 대교구장이 되었다. 2011년 아르헨티나 주교회의 의장을 역임하였다. 요한 바오로 2세 교황은 2001년 그를 마침내 추기경으로 서임하였다.

요한 바오로 2세가 선종하고 베네딕토 16세 교황이 선출되었다. 베네딕토 16세 교황의 사임 소식은 큰 충격이었다.

새 교황 선출을 위한 콘클라베(가톨릭 교회에서 교황을 선출하는 추기경단의 선거회)가 시작되었고, 마침내 새 교황이 선출

되었다는 소식을 듣게 되었다.

그분은 가난한 이들 가까이 있는 분, 아주 단순하고 소박한 삶을 사는 분이라는 사실이 전해졌다. 프란치스코 교황은 바로 우리 모두가 기대하던 교황이며 겸손하고 엄격하며 투명한 사람, 가난한 이들과 소외된 이들 가까이 있고, 가톨릭 신자든 아니든 대화할 수 있는 인물이며, 사제들과 평신도들이 복음을 전하는 빈민촌에 언제나 함께 있었다고 전했다.

새 교황이 선출된 당일부터 보여준 단순하고 겸손하면서도 확고한 신앙의 말과 행위의 표현들이 그분이 아래로부터의 삶으로 평생 쌓아온 삶의 방식이며 인품임을 여실히 깨닫게 될 것이다.

끝으로 프란치스코 교황의 방한이 한반도의 평화와 나아가서는 세계 평화에 이바지하기를 기원하고 교황 프란치스코 방한 기념우표가 우취문화 선양에 도움이 되고 지구촌의 많은 우취인들에게도 기쁨이 되었으면 하는 간절한 바람이다.

프란치스코 교황
방한 1주년을 맞으며

8월(2015년)은 2013년에 제266대 교황으로 선출된 프란치스코 교황의 방한 1주년을 맞게 되는 달이다. 프란치스코 교황은 작년 8월 온 국민의 열렬한 환영을 받으며 4박 5일간(2014. 8. 14.~8. 18.)의 대한민국 사목 방문 일정을 마치고 바티칸으로 귀국하였다.

일정 중 첫날은 국빈으로 대통령을 만났으며, 둘째 날은 대전 월드컵 경기장에서 성모 승천 대축일 미사를 집전하였다. 그리고 한

프란치스코 교황 방한을 기념한 2종의 주문형 엽서 중 하나

국 초대 신부 김대건 성인의 생가였던 당진의 솔뫼성지에 도착하여 아시아 젊은이들과 만났다. 셋째 날에는 서소문 성지를 방문한 후 광화문에서 순교자 123위 시복식 미사를 주례하였다. 이날 오후에는 장애인들, 평신도 대표들과도 만났으며 17일에는 해미성지에서 아시아 주교들과의 만남을 가졌다. 마지막 날인 18일 오전에는 명동대성당에서 평화와 화해를 위한 미사를 집전한 다음, 타종교 지도자들과 만나고 다시 로마로 출발하였다.

프란치스코 교황은 광화문 시복식 행사장으로 향하는 중에 특히 세월호 유가족을 만나 위로하여 보는 이로 하여금 뭉클한 마음이 들게 하였다. 교황은 방한 이전에도 세월호 희생자들을 위하여 기도하였으며 귀국 후에도 관심을 보였다. 프란치스코 교황 방한을 계기로 만들어진 여러 가지 기념품도 인기가 있었다. 많은 우취인들이 교황 방한 기념우표 발행에 기뻐했으나 소형시트가 발행되지 않아 아쉬워하기도 했다. 그나마 다행히도 교황 방한 기념으로 나만의 우표와 주문형 엽서가 2종 발행되었다.

교황은 최근에도 국제사회의 최고 의제 가운데 하나인 기후 변화 문제를 직접 다룬 회칙을 발표했다. 회칙은 기후 변화가 인간의 활동에서 비롯됐고, 그 주된 책임이 부유한 나라와 현재의 시스템에 있으며 지구를 구하려면 강제 조

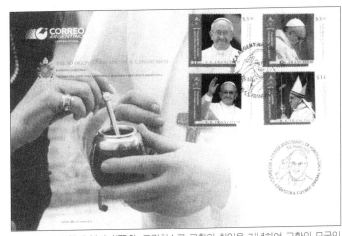

아르헨티나 발행 초일커버(FDC). 프란치스코 교황의 취임을 기념하여 교황의 모국인 아르헨티나와 교황청이 우표 각 4종씩을 발행함

프란치스코 교황 방한 기념 커버

광화문 광장에서 개최된 순교자 123위 시복식 장면

치를 할 수 있는 국제적 합의가 시급하다는 내용을 담고 있다. 교황이 최고 권위의 회칙에서 기후 변화 문제를 정면으로 다룬 것은 가톨릭 역사상 처음 있는 일이다. 참으로 의미심장하고 주목할 일이 아닐 수 없다. 기후 변화는 우리에게도 닥쳐오고 있는 현실적 위험이다.

끝으로 프란치스코 교황의 뜻깊은 방한이 한반도의 평화와 세계 평화에 기여하고 나아가서는 남북 간 평화통일에도 도움이 되기를 기원한다.

동서로 분단된 고도 베를린(Berlin)

베를린(Berlin)은 공산 동독 속에 위치한 고도의 신세에 처해 있다. 그러나 베를린이 국제정치적으로 차지하는 비중은 실로 중차대한 것으로 생각된다. 그러므로 분단된 독일과 장벽으로 갈라진 동서 베를린의 사정을 살펴보고, 베를린의 우정 및 우표에 관해 알아보는 것도 뜻깊은 일이라 생각된다. 특히 베를린 장벽이 8월에 놓이기 시작했다는 사실을 기억하는 기회도 되겠고, 필자가 독일 유학시절 베를린을 직접 보고 느낀 일도 회상해 보면서 고도 베를린을 고찰해 보고자 한다.

*이 글은 독일이 통일되기 이전인 1984년을 현재 시점으로 기술한 내용임을 양지 바람.

브란덴부르크 문

베를린 위기 때 발행된 강제첩부 우표

1. 역사적 배경(Historischer Hintergrund)

제2차 세계대전의 결말은 1945년 이후의 독일민족의 정치적인 운명을 결정했다. 전쟁이 끝났을 때 서방의 열강과 소련이 독일 내에서 만났다. 1945년 5월 7, 8일에 독일제국(Deutsches Reich)이 항복했다. 1944년과 45년에 있었던 협정에 의거 1945년 6월 5일 연합군에 의해서 독일은 네 개의 점령군 지역으로 분할되었다. 미국, 영국, 프랑스 그리고 소련군 점령군 지역이 생겨난 것이다. 베를린도 네 개의 행정구역으로 나뉘었다. 이때부터 독일의 최고권력은 연합군 조정위원회가 쥐게 되었다.

2. 베를린 장벽(Berliner Mauer)과 자유(Freiheit)

1961년 8월 13일 동독(DDR)은 서부베를린으로 빠져 나가려는 피난민을 막기 위해 장벽을 쌓기 시작했다. 그 후부터 동부베를린 전주민이 서부베를린으로 가는 것을 금지시켰다. 그날 이전만 해도 통행이 자유로웠다. 동서베를린 사이에 장벽이 놓이게 되어 이 장벽을 사이에 두고 동서간에는 긴장이 고조되기 시작했던 것이다.

베를린 중심가의 관문이었던 유명한 브란덴부르크 문(Brandenburger Tor)도 장벽으

베를린 장벽 넘어 쳐있는 철조망이 공산 베를린의 정을 잘 말해 준다.

로 차단되는 비운을 겪게 되었다. 베를린 장벽을 사이에 두고 그동안 많은 사건들이 발생하였다.

특히 동부베를린(Ost-Beriin)에서 서부베를린(West-Berlin)으로 자유(Freiheit)를 찾아 탈출하려다 희생된 이들이 수없이 많았다. 베를린 장벽 설치 초기에 어느 한 용감한 동부베를린 청년은 그의 애인을 트렁크에 넣고 자기가 운전하는 트럭에 싣고 장벽을 박차고 서부베를린으로 탈출에 성공한 일도 있으며, 장벽 밑으로 굴을 뚫어 탈출을 시도한 예도 있었다.

어느 아파트는 바로 장벽이 된 경우이다. 동베를린의 한 여성이 아파트에서 서베를린으로 뛰어내리려고 하는 찰나 동베를린 경찰이 손을 붙잡았다. 워낙 그 할머니는 뚱보여서 무거운 체중을 손가락으로 이기지 못한 동베를린 경찰이 놓쳐버렸다. 서베를린으로 떨어지는 순간 밑에는 서베를린 경찰이 마침 안전망을 받치고 있다가 구출하는 데 성공하였다. 또 어떤 이는 강을 건너 자유를 찾아 서베를린으로 탈출하려다 동베를린 경찰에 발각되어 강물에 피를 흘리며 피살되는 슬픈 비극 등 수많은 동베를린 시민들이 자유를 위해 고귀한 생명을 바쳐야만 했던 것이다. 어느 한 가족은 결혼식날 철조망을 사이에 두고 축하인사를 나누어야만 하기도 했다.

필자가 유학 당시 베를린을 방문하고 장벽 밑을 거닐며 여기 저기 서 있는 희생자들을 추모하는 십자가를 바라볼 때 자유(Freiheit)가 얼마나 고귀한 것인지를 다시 한 번 생각케 하였고, 공산주의의 만행이 얼마나 무참했던가를 더욱 뼈저리게 느꼈다. 왜냐하면 나 역시 분단국의 한 국민이며 우리나라와의 사정도 비슷하기 때문이다. 지난 1964년 서독의 뤼프케(Lübke) 대통령의 초청으로 그곳을 방문했던 박정희 대통령도 베를린 장벽을 직접 보았었다고 한다. 베를린 장벽을 사이에 두고 동베를린과 대치하고 있는 서베를린은 그동안 서방세계의 쇼윈도 역할을 했다. 해마다 부활절(Ostern)에는 서독인을 포함한 서베를린 시민들은 동독 및 동베를린의 가족 및 친척들

독일연방공화국 대통령에 취임한 폰바 이제커

을 방문하는 것이 양단의 불행 중 유일한 희망이요, 지킴인 것이었다.

지난 7월 1일 독일연방 대통령에 취임한 리하르트 폰 바이체커(R. Von Weizsacker, 1921~2015) 대통령은 서베를린 시장을 지낸 바 있다. 전 독일 수상 빌리 브란트가 서베를린 시장으로 재직할 때 존 F.케네디(J. F. Kennedy) 미국 대통령이 베를린을 방문하여 행한 연설에서 독일어로 '나도 베를린 시민입니다(Ich bin auch ein Berliner)' 라고 한 말은 유명한 명언으로 기억되고 있다. 케네디 대통령이 서거한 후 그를 추모하는 우표가 1964년 11월 21일 독일연방공화국(서독)과 서베를린 우정성에서 발행되기도 했다.

3. 지리적 위치와 구조(Geographische Lage)

베를린의 지리적 위치는 위도가 52°31′, 경도가 13°25′이고, 해발이 평균 34m이다. 베를린은 면적에 비해 차지하는 인구수(약 320만 명)로 보면 독일에서 제일 큰 도시이

다. 서베를린은 비록 면적에 있어서 함부르크(Hamburg)보다 약간 작지만 인구수(210만)는 독일의 여러 도시를 능가한다. 이 도시지역은 44%가 녹색지대와 수면으로 되어 있다. 이 도시의 역사는 약 750년이나 되었다. 1701년에 베를린은 새 왕국 프러시아의 수도가 되었다. 이제까지의 이 도시사에 있어서 가장 위대한 일은 1920년에 있어서의 대 베를린 건설이었다.

4. 베를린 시민(Berliner)

언어학자이며 출판사 창립자인 구스타프 랑엔샤이트(Langenscheidt)는 1878년에 "베를린 사람(Berliner)은 그의 출신에 관한한 본래 어디에도 귀속되지 않고, 독일 언어로 말하는 국제적인 중성으로써 간주되어야만 한다"고 말했다.

1961년 8월 13일 장벽이 세워진 이후로부터 1978년 말까지 349,600명의 서독인이 서베를린으로 이주했다. 그중의 ⅓이 여자이다. 1984년 현재 약 20만 명의 외국인이 베를린에서 살고 있다. 이곳에는 우리 동포들도 상당수가 살고 있는데, 한 때는 한국간호원

들이 많이 취업을 하고 있었다. 또한 1936년 손기정 선수가 올림픽에서 마라톤으로 우승한 곳도 바로 여기이다.

5. 정치적 상황(Politische Lage)

서베를린은 연방(정부)에 의해 관리되지 않는다. 독일연방의회(Bundestag)에서 베를린의 국회의원은 국민들에 의해 선출되지 않으며, 연방의회의 국권행위에 있어서 의결권을 갖지 않는다.

연방법은 서베를린에서는 직접적으로 효력을 발휘하는 것이 아니라 서방 연합국이 이의를 제기치 않는 한 외각 입법조치를 통해 취해진다. 그러나 이러한 제한 아래서 서베를린은 모든 영역에 있어서 연방공화국의 국가적, 사회적 질서에 통합되고 있다.

베를린의 주행정부는 그 분류에 있어서 연방주의 그것과 일치한다.

연도순으로 본 정치적 배경

1862	비스마르크 프로이센 재상
1878	베를린회의, 비스마르크가 러시아와 터키의 분쟁을 조정.
1914	사라예보의 암살사건이 제1차 세계대전 발발.
1918	휴전. 1918년 11월 9일 공화국 선포
1923-24	공황
1923-34	폰 힌텐부르크 제국 대통령
1933	히틀러 제국 재상
1939	독일-소련 불가침조약
1939	폴란드 습격이 제2차 세계대전 발발.
1945	무조건 항복
1948	화폐개혁
1948	베를린 위기 공중수송(Luftbrlicke)
1949	서방점령군 지역에 독일연방공화국. 소련점령군지역에는 동독정부 수립.
1961	베를린 장벽(Berliner Mauer)
1971	베를린에 대한 4대국조약 서명.

---

6. 베를린의 문화(Kultur)

베를린은 예술과 학문의 분야에서 이미 오래 전부터 활발한 중심지가 되어 왔다. 베를린 오페라는 국제적 명성을 떨치고 있다. 독일에서 세 번째로 큰 대학인 자유 베를린 대학(Freie Universitaet)에서는 약 4만 명 가까운 학생이 공부하고 있으며, 베를린 공과 대학교(Berliner Technische Universitaet)에는 2만여 명의 학생이 있다고 한다.

베를린은 문화의 도시로서 달렘박물관(Museum Dahlem) 등에는 값진 문화재들이 보존되어 있다. 특히 샬로텐부르크 궁(Schloss Charlot-tenburg)에는 많은 도자기들이 전시되어 있는데 그중에는 한국산 도자기도 눈길을 끈다. 필자가 이곳을 방문했을 때 여행 안내자가 한국산 도자기의 설명이 끝나자 "내가 바로 코리아에서 왔다"고 자랑스럽게 국적을 말했던 기억이 난다. 베를린이 제 역할을 완전히 하려면 장벽이 없어져야 할 것이다. 국가의 분단은 분명 20세기 최대의 비극이 아니고 무엇이겠는가!

7. 우표 속의 베를린(Berliner Post und Briefmarken)

베를린 우정성은 독일 연방우편에 준하여 우표를 발행하고 있다. 도안은 같은 것이 대부분이나 독일 연방우표가 Deutsche Bundespost로 표기되는데 비해서, 서베를린우표는 Deutsche Bundespost Berlin으로 표기되고 있다.

베를린 우정성이 발행한 우표 중에는 브란덴부르크 문을 도안으로 한 것이 여러 종류 있으며, 빌헬름 기념교회(Wilhelms-Gedächtnis-Kirche), 공중다리, 1962~1963년 사이에 발행된 전쟁 이전의 옛 베를린(Alt-Berlin)의 건물 모습과 1965~1966년 전후인 새 베를린(Das Neue Berlin)의 건물 모습 등 베를린의 특징을 나타내는 우표들이 있다. 또 청소년우표(Ju-gendmarken)와 복지자선우표(Wohlfuhrts-marken)의 아름다운 우표들도 독일우표의 특색을 보여주고 있다. 독일우표는 인물우표가 많은 것도 또한 특색을 이룬다. 1948년에는 베를린이 위기에 봉착했다. 이때 미국을 중심한 자유진영에서는 서베를린에 물자를 공수하여 위기를 극복하였다. 이때 희생자를 위한 강제부가금우표(Steuermarke)를 모든 우편물에 부착해야만 했다.

이 베를린 위기 공중수송을 기념하여 템펠호프 공항 앞에는 기념탑이 세워지고, 이 역사적 중대사실을 기념하기 위한 기념우표도 발행되었다.

이 교회는 제2차 세계대전 중에 공습으로 파괴된 채 그대로 남아 전쟁의 상처가 얼마나 큰가를 보여주고 있다. 서베를린 시민들은 전후 다른 것은 다 복구하였으나 그 교회만은 '쓰라린 전쟁을 잊지 말자'는 뜻에서 그냥 두기로 하였고, 그 대신 그 교회 바로 옆에 현대식 건축 양식의 새 교회를 세워 놓았다. 1953년 8월 9일 이 기념교회의 파괴 이전

옛 베를린의 건물 모습을 담은 우표(Alt-Berlin)

의 모습과 파괴 후의 모습을 도안으로 한 우표가 발행되었다.

앞에서 살펴본 바와 같이 고도 베를린은 특히 국제적 · 정치적으로 세계 양대세력이 마주치는 곳이며, 베를린 장벽은 자유와 죽음의 경계선이기도 한 것이다.

1961년까지 왕래가 자유로웠던 브란덴부르크 문은 오늘날 동서베를린 분단의 상징이 되고 있음은 분명 비극이 아닐 수 없다. 베를린 시민이 갈구하는 평화는 우리 한국민의 것과 다를 바가 없다. 베를린 중심가에 우뚝 서 있는 지난 제2차 세계대전시 파괴된 빌헬름 교회의 종탑은 우리들을 숙연케까지 한다. 현재 독일이 겪고 있는 비극적인 분단을 통해서 우리 조국의 현실정을 다시 한 번 인식함과 아울러 우리의 염원인 조국통일이 하루빨리 이루어지기를 기원하면서 이 글을 맺는다.

마라톤 영웅 손기정 탄생 100주년을 보내며

　1936년 제16회 올림픽 대회가 독일(獨逸)의 수도 베를린(Berlin)에서 개최되었다. 손기정(孫基禎) 선수는 올림픽 대회의 마지막 날인 8월 9일 세계신기록(2시간 29분 19.2초)으로 마라톤 우승의 영광을 차지했다. 손 선수가 태어난 해가 2012년 올해로 100주년이 되는 매우 뜻 깊은 해로 타계하신 지 10주년이 되는 해이기도 하다.

　필자는 지난 10월 14일 탄생 100주년을 맞아 손기정 기념관 개관식에 초청받았다. 식후 기념관을 관람하면서 손기정 선수는 참으로 훌륭한 애국자임을 느낄 수 있었다. 이

그림 1) 손기정 탄생 100주년 기념 맞춤형 엽서

그림 2) 손기정 선수 베를린 올림픽 마라톤 우승 60주년 기념 미터스탬프와 손기정 선수 자필 사인

그림 4) 우표전시장에서 고 손기정 선수와 고 김동권 회장(1989)

뜻 깊은 해를 맞아 필자는 이를 기념하고자 마라톤 영웅(英雄) 탄생 100주년기념 맞춤형엽서(그림 1)를 제작했다. 10주기 추도식(追悼式)에 참석하여 국화꽃 한 송이와 기념엽서를 제단에 올렸다. 손기정 탄생 100주년에 앞서 필자가 1996년 마라톤 영웅 손기정 선생의 우승을 기념하여 당시 우리나라가 일제강점기하에 있어서 일장기(日章旗) 달아야만 했던 한을 극복하는 뜻에서 일장기가 아닌 태극마크를 도안으로 한 미터스탬프(그림 2)의 제작을 추진했다. 마라톤 우승 70주년과 75주년 되는 해에도 맞춤형엽서를 제작하여 기록물을 남긴 것은 지금 생각하면 기쁨과 보람된 일로 기억된다.

(그림 3)은 1936년 베를린 제16회 올림픽대회 기염엽서로 엽서의 뒷면에 손기정 선수가 "Marathon. K.Son, 손기정, Korean, 1936. 8. 15."라는 자필사인을 한 엽서다. 여기에 'Korean'이라고 일제강점기하에서도 한국인임을 강조했다.

손기정 선수를 아직도 잘 모르는 이들에게, 특히 우리 미래의 주인공인 청소년들에게 손기정기념관 관람을 적극 권장하고픈 마음 간절하다.

손기정기념관은 나라를 잃은 어려운 시절, 세계를 제패해 우리 민족의 긍지를 높여준 손기정 선수의 뜻을 기리고자 1918년 서울 중구 만리동에 건립된 손기정 선수(양정고보 21회 졸업)의 모교인 양정의숙(養正義塾) 건물을 리모델링하여 개관하였다.

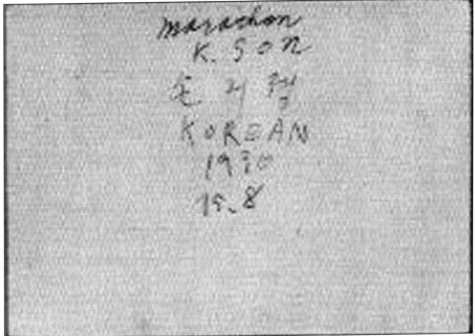

그림 3) 1936년 베를린 제16회 올림픽대회 기념 엽서

서유럽 6개국 여행
SECHS EUROPÄISCHE LÄNDERREISE

필자는 지난 2014년 6월 마침 한 여행사를 통해서 단체로 부부가 서유럽을 여행할 수 있는 좋은 기회를 가졌다. 이번 여행을 행복으로 생각하며 여행에서 보고 느낀 것을 기억나는 대로 기록해 보려 한다.

그동안 유럽을 여러 번 다녀왔으나 영국을 방문할 기회가 없었던 차에 마침 이번 여행은 런던이 첫 기착지였기에 우선 다행이었다. 인천을 출발하여 영국 런던에서 프랑스 파리, 스위스 로잔, 인터라켄, 융프라우를 등정한 후, 이탈리아의 밀라노, 피렌체, 로마, 바티칸, 나폴리, 폼페이, 소렌토, 베니스, 피사를 거친 후, 오스트리아 인스부르크와 독일 하이델베르크를 마지막으로 인천으로 돌아오는 12일간의 여정이었다.

여행 첫날은 인천공항에서 오후 2시에 아시아나 항공편으로 출발하여 당일 현재시간 18시 반에 런던에 무사히 도착했다. 총비행시간은 12시간이 소요되었다.

제2일째는 유럽의 관문도시인 런던 시내를 처음으로 관광하게 되었다. 런던의 상징이자 빅토리아 스타일로 건축된 교각인 타워 브릿지, 영국의회 정치의 시작이며 고딕스타일의 건물인 국회의사당과 수만 명의 관광객 시선을 사로잡는 시계탑 빅벤, 영국에서 가장 높은 고딕양식의 중세교회인 웨스트민스터 사원, 영국의회의 중심이자 현재 영국 엘리자베스 여왕의 런던 공식 거주지인 버킹검 궁전, 세계 3대 박물관이자 영국에서 가장 오랜 역사를 가지고 있는 대영박물관을 관람할 수 있었다. 단체 여행이라 로열 컬렉션을 볼 수 없어 아쉬웠다. 수년 전 그리스 여행을 할 때 아테네 파르테논 신전의 내용물이 대영박물관에 보관되고 있다는 말을 들었던 것이 떠올랐다. 시내에는 엘리자베스 여왕즉위 60년 축하 현수막이 보였다. 일행이 런던 시내 관광을 마치고 저녁에 초고속열차 유로스타에 탑승하여 프랑스 파리로 이동했다. 해저터널을 거쳐 약 3시간 동안 달렸다. 파리의 야경은 정말 아름다웠다.

제3일째는 꿈과 낭만의 도시 파리 전일 관광을 했다. 우리에게도 잘 알려진 레오나르도 다빈치의 '모나리자', '민중을 이끄는 자유의 여신', '나폴레옹 1세의 대관식' 등 유명한 작품을 소장하고 있는 루브르 박물관 관광 후에 영광의 상징이자 파리의 중심으로 파리 시내 도로의 기점인 높이 50m의 개선문, 개선문을 기준으로 뻗어 있는 방사형 중심 거리인 샹젤리제, 이집트에서 가져온 오벨리스크가 서 있는 콩코드 광장을 거닌 후 프랑스 혁명 100주년에 건립한 에펠탑을 오르기도 하였다. 이날 저녁에는 센강 유람선을 타고 야경을 만끽했다. 노트르담 대성당의 장미창은 아름답기로 유명하며 종탑까지는 193계단이 있다. 이날 오후에는 몽마르트언덕도 올라갔다.

　　제4일째는 파리 서쪽으로 약 23㎞ 떨어진 베르사이유 궁전으로 향했다. 찬란했던 절대왕권 절정기의 상징이자 프랑스 역사상 최고의 왕권을 누렸던 이른바 태양왕 루이 14세의 궁전으로 웅장하고 화려함의 극치를 보이고 있는 베르사이유 궁전 관광을 했다. 이날 날씨는 정말 청명했다. 세계 각국에서 온 관광객들이 장사진을 쳐서 입장을 기다리는 모습도 특이하게 보였다.

　　일행은 파리로 다시 돌아와 기차역으로 향했다. 초고속 열차 TGV를 타고 스위스 IOC본부가 있는 로잔으로 이동했다. 로잔에서 전용버스로 인터라켄에 도착하여 규모가 작은 조용한 호텔에서 다음날의 등산 복장을 갖추고 숙박하게 되었다.

　　제5일째 우리 일행은 서둘러 등산복 차림으로 오스트역으로 이동하여 융프라우 산악열차에 탑승했다. 산악열차를 타고 클라이네 샤이데크를 경유하여 해발 3,454m에 이르며 눈으로 덮인 봉우리와 그림 같은 호수가 아름다운 융프라우 기차역에 올랐다. 일행 중 한 사람인 60대 여자가 길을 걷다가 넘어져 팔을 다치는 사고가 발생해서 현장에서 응급처치를 받았다.

　　융프라우 역에는 여러 나라 깃발이 펄럭이고 있고 태극기도 보였다. 한국 라면도 사먹을 수 있었다. 하산 후 루가노 근처 휴게소에서 팔을 다친 환자가 돌연 의식불명이 되는 2차 사고가 발생하여 휴게소의 도움으로 연락을 취하여 우선 의사가 응급조치했다. 잠시 후 엠블런스 구급차가 도착하여 막 병원으로 출발하려는 순간 헬기가 도착하여 환자는 다시 헬기로 옮겨졌다. 헬기에는 한 사람만 더 탈 수 있는데 의사소통이 가능해야 하므로 필자를 통역으로 동승하자고 제안하였다.

　　얼떨결에 헬기를 함께 타고 병원으로 향했다. 다른 이들은 버스 편으로 병원을 들르기로 했다. 우리 일행은 예상치 못한 사고로 인해 일정에 차질이 발생했다. 가이드가 병원에 있어야 했기에 이날 몇 시간의 여행일정을 가이드도 없이 이태리의 경제적 중심지 밀라노로 향했다. 이날은 여러모로 선진국의 인명구조에 대한 인식과 기민한 대처에 감탄한 하루였다.

제6일째는 그 전날 관광하려던 곳을 오전으로 바꿀 수밖에 없었고 가이드도 교체되었다. 밀라노에서는 세계적인 오페라의 메카인 스칼라극장, 이탈리아 고딕건축의 정수인 두오모 성당과 라 스칼라를 잇는 거대한 아케이드 등을 관광한 후 성악가 안드레아 보첼리 음악을 감상하며 영원한 도시 로마로 향했다.

제7일째는 로마를 출발하여 폼페이로 향했다. 베수비오 화산의 폭발로 도시 전체와 2만여 명의 주민이 화산재에 파묻힌 비운의 도시인 폼페이 유적지를 관광한 후 소렌토로 이동했다. '돌아오라 소렌토'와 '오 솔레미오'의 가극으로 알려진 소렌토 경치를 조망한 후 나폴리로 이동하여 세계 3대 미항 중의 하나로 알려진 산타루치아항구 등을 관광한 후 신혼 여행지로 유명한 안나 카프리 섬 관광을 하고 다시 로마로 돌아왔다.

제8일째는 온종일 도시 전체가 커다란 박물관이라 할 수 있는 로마 시내관광을 했다. 아침 일찍 세계에서 가장 작은 독립국인 바티칸 시국을 방문하여 바티칸 박물관을 비롯하여 르네상스시대의 미켈란젤로의 피에타 상으로 잘 알려진 성 베드로 대성당과 이집트에서 운반해 온 오벨리스크가 서있는 성 베드로 광장, 특히 바티칸 우체국을 바라보면서도 단체 여행이라 필자만 혼자 들어갈 수 없는 것이 개인적으로 너무 안타까웠다. 시스티나 성당에서 만나볼 수 있는 미켈란젤로의 '천지창조'와 '최후의 심판'은 잊을 수 없다. 베드로 성당 중심에 위치한 제대 앞에서 감사의 기도를 드리며 1965년 바오로 6세 교황을 알현했던 것도 회상하였다. 1987년 요한 바오로 2세 알현은 성당 내 알현실에서 있었다. 거대한 원형경기장으로 당시 로마인들의 생활상을 볼 수 있는 콜로세움도 가까이 가서 볼 수 있었고 트레비 분수가에서 동전을 던지며 로마를 다시 볼 수 있기를 마음 속으로 소원했다.

제9일째는 로마를 출발하여 세계문화유산으로 등재된 피렌체로 이동했다. 피렌체는 르네상스 예술의 꽃을 피운 곳이다. 필자는 그 당시 메디치 가문의 협조와 공적이 컸다는 사실을 이번 여행을 통해서 알게 되었다. 지금은 초라한 모습으로 남아있지만 단테의 생가, 시뇨리오 광장, 꽃의 성모마리아 성당으로 불리는 두오모 성당, 피렌체의 시가지가 한눈에 내려다보이는 미켈란젤로 언덕에 올랐다.

제10일째, 베니스(베네치아)는 수상도시이다. 재작년(2012년)에 김기덕 감독이 '피에타' 로 황금사자상을 수상한 곳이기도 하다. 이곳에서 가장 멋진 고딕 양식의 건축물인 두칼레 궁전, 나폴레옹이 세계에서 가장 아름다운 응접시리라고 극찬했던 산마르코 광장, 로마네스크 양식의 유럽 최고 건축물로 인정받는 산마르코 성당 광장을 다녀본 후 베니스의 명물 곤돌라를 타고 이름난 몇 군데를 더 볼 수 있었다. 베니스를 뒤로하고 중세시대 지중해 무역의 중심지인 피사에 도착하여 1173년에 착공하여 1372년까지 세 차례에 걸쳐 약 200년 동안 공사를 하여 완공하였지만 지반 토질의 불균형으로 해마다 1㎜씩 기울고 있다는 피사의 사탑, 두오모 서쪽에 위치하고 있는 세례당을 관광하고 다음 목적지인 오스트리아 인스부르크로 향했다.

　북부 이태리의 경치를 감상할 수 있는 좋은 기회였다. 아름다운 경치를 필자의 능력으로는 도저히 표현할 수 없다. 여행을 통하여 우리는 많은 것을 배울 수 있음을 느낄 뿐이다. 인스부르크는 필자가 이웃나라인 독일 유학중에도 여행한 곳인데 도착하니 개인적으로 우선 언어소통이 자유로워 편안한 마음이 들었다. 우리가 묵은 호텔도 가족적인 분위기로 친절하게 대해 주었다. 인스부르크는 동계 올림픽의 개최지이었기에 우취자료도 종종 눈에 띈다. 도시를 둘러싸고 있는 알프스 줄기인 높은 산 위에는 흰 눈이 자욱하였으나 시내는 적당한 기온으로 느껴졌다. 귀국을 이틀 앞둔 일행은 호텔에서 저녁식사 후 약간의 휴식시간을 즐길 수 있었다.

　제11일째, 시간을 단축하기 위해 유럽식 도시락을 지참하여 독일의 고도 하이델베르크로 이동했다. 오스트리아와 독일의 국경선을 통과할 때 안개 자욱한 호수와 인접한 산과 어우러진 경치는 동화의 한 장면을 거니는 느낌이 들었다. 하이델베르크 성을 관광한 후 프랑크푸르트 공항으로 이동하여 한국행 비행기에 탑승하여 귀국길에 올랐다. 시성 괴테의 고향이기도 한 프랑크푸르트는 오늘날 세계로의 관문으로 유럽항공로의 중심지이다.

　여정 12일째인 다음날 10시간 반이 소요되는 비행을 무사히 마치고 인천공항에 도착하여 일행과 아쉬운 작별을 했다.

우취 활동에 접목시킨 에스페란토
Esperanto-agado de filatelisto

　나는 단국대학교에서 독일어 교수로 재직 중이던 1987년 여름방학 동안에 한국에스페란토협회(KEA) 강의실에서 이중기 당시 KEA 사무국장님 지도로 에스페란토에 입문했다. 당시 장충식 단국대학교 총장님이 KEA 회장직을 맡고 계셨고 단국대에 에스페란토연구소가 있었으므로 자연스레 에스페란토에 관심을 갖게 되었던 것 같다.

　강의를 듣다 보니 나의 전공인 독일어가 에스페란토를 이해하는 데 도움이 되었다. 그래서 주로 독일어로 된 에스페란토 교재를 구해 독습을 했는데 에스페란토는 완벽한

에스페란토 발표 100주년 기념엽서(1987년 7월 25일. 체신부 발행)

3a ekspozicio de E-filatelajoj(27 nov. 1990, Posta Muzeo en Seulo). 오른쪽으로부터 한무협(KEA 회장), 홍석호(우정박물관장), 이재현, 양희석, 안송산. 필자, 석주선, 김동권(우취연합회장), 이규봉. 서길수, 여해룡

언어여서 독학을 해도 큰 어려움은 없었다.

　내가 에스페란토에 입문하던 1987년은 에스페란토 발표 100주년이 되는 해여서 KEA는 여러 가지 기념행사를 마련하였다. 그 중에 하나가 기념엽서 발행이었는데, 마침 취미생활로 우표를 수집하며 그 관계 일을 하던 나는 그 기념엽서 발행에 일조하게 되었다. 그때는 지금과는 달리 개인우표 발행이 허용되지 않았고 엽서를 발행하는 것도 쉽지 않았다.

　에스페란토 발표 100주년 기념엽서 발행을 추진하기 위해 한 번은 장충식 당시 KEA 회장님과 함께 체신부 장관실을 방문하였다. 이대순 당시 체신부 장관을 접견하는 동안 안 피우는 담배까지 한 대 나누어 피며 에스페란토 엽서 발행의 필요성을 이 장관에게 납득시키던 에피소드를 지금 생각해 보면 웃음이 절로 나온다.

　공공장소에서 흡연이 엄격히 금지되는 요즘 세태에 비추어 보면 그야말로 '호랑이 담배피던 시절' 의 일인 듯 격세지감을 느끼게 된다.

　그런저런 노력의 결과로 1987년 7월 25일 에스페란토 발표 100주년 기념엽서 100만 매를 체신부가 발행하였다. 에스페란토 발표 기념일인 7월 26일을 하루 앞둔 날 발매한 것이다. KEA 사무국은 회원들에게 그 엽서를 예약 판매하였다. 이 엽서는 외국인의 얼

굴이 우리나라 엽서에 등장한 첫
엽서로 기록된다.

그 해 10월에는 내가 주관하여
서울중앙우체국 우정박물관에서
에스페란토 우표전시회를 개최해
서 KEA 회원들이 에스페란토와
우취 관계를 이해하는 데 도움을
주었다. 이어서 1989년과 1990년
에도 에스페란토 우표전시회를
개최하였다.

장충식 KEA 회장님으로부터 KEA 이사 임명장을 받으며(1988년 4월 7
일, 삼정호텔). 왼쪽으로부터 장충식 회장, 한무협 부회장, 필자

1994년 7월 23~30일 제79차 세계에스페란토대회(UK)가 서울 쉐라톤워커힐호텔 컨
벤션센터에서 성대히 개최되었다. 나에게는 첫 UK이므로 잊을 수 없는 행사였는데 세
계 여러 나라에서 온 에스페란티스토들과 에스페란토 하나로 소통하며 우정을 나누는
체험을 할 수 있음에 인상이 깊었다. 에스페란토가 세계평화에 이바지할 수 있다는 사
실을 확인하는 기회였다. 우리나라의 문화도 그 대회를 통하여 세계로 알려지는 좋은

제79차 UK에서(1994년 7월 23~30일, 쉐라톤워커힐호텔). 왼쪽으로부터 홍현락, 양희석, John C. Wells(당시 UEA 회장), 박
준호, 필자, 박강, ?, 이학선

Dum dissendado de KEA-organo al la legantoj (17 jul. 2012, KEA-oficejo). De maldekstre : MIN Hyeonkyeong, SHIN Chashik, KIM Uson, KIM Young-ok

기회가 되었으리라 확신한다.

그 행사를 위해 체신당국에서 기념엽서와 기념도장을 발행하고 쉐라톤워커힐호텔 행사장에 임시우체국까지 개설함으로써 행사를 더욱 빛나게 하였다.

우표 수집을 취미로 하는 우표수집가(Filatelisto)들 역시 에스페란토 운동처럼 세계적인 조직을 갖추고 각 나라에 연합단체와 세계연맹이 있어 서로 협력한다. 나는 대학교에 입학한 후부터 지금까지 우표수집을 통하여 세계 여러 나라 우취인들과 교류하고 있는데 주로 독일의 우취인들과 우정을 나누고 있다.

1999년 독일이 낳은 세계적 시성 괴테(Goethe) 탄생 250주년에 한국과 독일 양국이

Memorpostkarto de la 79a UK stampita en la 30a de julio 1994

공동우표를 발행했는데 이것이 나의 노력으로 이루어졌기에 큰 보람을 느꼈다. 그 후 괴테연구소 호프만(Hoffimann) 총재와 독일연방공화국 라우 대통령으로부터 감사의 편지를 받은 것이 참으로 영광스러웠다. 지난해(2001년) 11월에는 괴테의 고향인 프랑크푸르트에서 개최된 우표전시회에 '괴테의 생애와 작품 세계'라는 제목으로 출품하여 최고상인 금상을 수상했다.

　1984년 교황 요한 바오로 2세가 방한했을 때, 번역 및 통역 봉사활동을 하며 교황님을 가까이서 뵐 수 있었고, 1987년에 바티칸에서 교황을 알현하면서 드린 선물 중에는 당시 단국대학교 박물관장이던 에스페란티스토 석주선 교수님의 저서를 전해 드려 우리 문화를 알리는 기회를 마련했다.

　에스페란토에 입문했어도 하는 일이 많아서 에스페란토 운동에 많은 시간을 할애하지는 못했다. 1988년 1월 30일 KEA이사회(회장 장충식)에서 출판이사로 선임된 후, 1990년 10월~1992년 3월 홍보이사를 역임한 것 외에는 기억나는 게 별로 없다. 그러나 에스페란토의 사상에 공감하고, 그 유용성을 충분히 확인하였기에 둘째 아들 동현이 대학에 재학 중일 때 에스페란토 학습을 권했더니, 그는 나의 뜻을 받아들여 1990년에 에스페란토에 입문했고, 한때 KEA 편집위원(1998~2001년)으로 활동하였다. 지금은 미국의 한 대학에서 한국어 교수로 재직 중인데 시간 관계상 에스페란토에 관심을 갖지 못하는 것 같다.

지난 7월 17일 KEA 사무국을 방문하여 김우선 출판위원장과 김영옥 전 이사, 민현경 사무국장이 기관지 발송 작업을 하는 데에 일손을 보탰다. 그때 금년이 에스페란토 발표 125주년이라는 사실을 알게 되어 에스페란토 125주년 기념우표 발행을 추진하자고 제안했더니, 그 작업이 이미 진행 중이라고 한다. 기념물 제작을 기획한 바엔 에스페란토를 발표한 날인 7월 26일에 맞추어 발행하거나, 아니면 그 이전에 완성하여 금년도 UK(하노이)에서 배포했더라면 그 효과가 배가되었을 텐데 하는 아쉬움이 남는다.

머지않은 날에 우리나라에서 다시 한 번 UK를 개최하기 위해 모두 노력하고 있다 한다. 그 노력이 결실을 맺어서 한국에서 두 번째 UK가 열리기를 바란다. 그때 기념우표나 기념엽서 발행을 위해 나의 힘을 보태고 싶다. 그뿐만 아니라 한국의 에스페란토 운동 100년이 되는 2020년에도 기념우표와 엽서를 발행하도록 노력하고자 한다.

1980년대에 KEA 회장을 역임하신 장충식 단국대 명예총장님의 에스페란토 사랑을 잊을 수 없다. 임기를 마친 후에도 계속 에스페란토운동을 지원하시는 그 어른께 깊은 경의를 표하면서 헤어졌다.

— En 1987 mi eklemis Esperanton. Antaŭ ol eklemi Esperanton mi jam familiariĝis kun la lingvo pro tio, ke tiutempe mi estis profesoro pri germana lingvo en la Universitato Dankook, kies prezidanto d-ro CHANG Chung-sik1) estis ankaŭ la prezidantode KEA; kaj ke la Esperanto-Instituto fondiĝis en la universitato en 1987, kaj la Instituto eldonis la organon La Mondo de Universitato.

En 1987, okaze de la 100-jariĝo de Esperanto, KEA projektis eldonon de memorpoŝtkarto pri la jubileo. Iutage mi, kune kun d-ro CHANG Chung-sik, vizitis la ministron pri Korea Poŝta Servo kaj sukcesis konvinki la ministron pri la valoro de Esperanto. Tiele eldoniĝis milionoda memorpoŝtkartoj 'Esperanto 100(1887~1987)' la 25an de julio 1987.

Mi 3-foje okazigis ekspoziciojn de Esperanto-filatelaĵoj en 1987~1990 en Poŝta Muzeo aŭ en galerio de la Magazeno Hyundai en Seulo.

En Seula UK en 1994, kiu estis mia unua UK, mi trovis utilecon de Esperanto.

Tiel multaj homoj el tiel diversaj landoj kunvenis, interparolis nur unulingve kaj dividis veran amikecon. Por la Kongreso la ministrejo pri Korea Poŝta Servo eldonis memorpoŝtkarton kaj stanpilon, kaj malfermis la poŝtoficejon en la kongresejo.

Mi estis estrarano de KEA en 1988~1992. Mi esperas, ke mi kunlaboros por eldoni la memor-poŝtmarkojn aŭ poŝtkartojn de eventuala la dua UK en Koreio, kaj de la 100-jara jubileo de korea Esperanto-movdo en 2020.

독일 우취가, 대통령 되다

독일 연방 공화국 새 대통령, 프랑크-발터 슈타인마이어
Bundespraesident Frank-Walter Steinmeier

슈타인마이어 대통령의 명언. '우표는 대사(외교
관)이다(Briefmarken sind Botschafter)'.
– 외무부 장관 시 2014 『POSTFRISCH』지 인터뷰
에서

　　1956년 데트몰트(Detmold)에서 태어난 사민당(SPD) 출신의 정치인으로 올해(2017년) 2월에 실시된 대통령 선거에서 당선된 프랑크-발터 슈타인마이어(Frank Walter Steinmeier, 1956~) 전 외무부 장관이 지난 3월 22일 공식 취임식을 갖고, 독일연방공화국 제12대 대통령으로 11대 전임 요아힘 가우크(Joachim Gauck, 1940~) 대통령의 후임으로 독일 대통령으로 취임했다.

　　슈타인마이어 대통령은 2005년부터 2009년까지 메르켈(Merkel) 정부의 각료였고, 2013년부터 2017년 대통령 선출 직전까지 외무부 장관으로 재임하였다. 그는 열심히 테마틱 우취인으로도 취미 생활을 즐기고 있는 것으로 알려져 있다.

　　프랑크-발터는 데트몰트(Detmold)에서 가구공이었던 아버지와 오늘날의 폴란드에 속하는 브레슬라우에서 추방된 노동자였던 어머니 사이에서 태어났다.

　　그는 기센(Giessen) 대학교에서 법학과 정치학을 전공하였으며, 1991년 법학 석사학위를 받았다. 정치경력을 살펴보면 1991년 니더작센(Niedersachsen) 주 총리였던 게르하르트 슈뢰더(Schoeder)와 함께 일했고, 슈뢰더가 주총리가 된 후 1999년 총리실 실장으로 임명되었다. 2005년 사민당(SPD)과 기민당(CDU)이 연합하는 연정이 구성되면서 슈타인마이어는 외무부 장관으로 임명되었으며 2007년에는 부총리를 겸임하였다.

　　2009년 총선에서 사민당 소속 총리후보로 선출되어 기민당 메르켈 총리에 도전했으

슈타인마이어 대통령 취임 초일봉투 F.D.C

나 사민당의 지지율은 낮아지고 많은 의석을 잃었다. 이에 기민당과 기사당 연합은 연정파트너로 사민당을 배제하고 우파에 가까운 자유민주당(FDP)을 택했다.

이에 따라 슈타인마이어는 부총리와 외무부 장관 자리를 내놓았다. 2013년 다시 외무부 장관으로 복귀하였고, 2017년 2월 연방 대통령 선거에서 마침내 제12대 독일연방공화국 대통령으로 당선되었다. 독일연방공화국 총리는 2005년 이래 현재까지 앙겔라 메르켈(A. Merkel) 총리로 국정을 책임지고 분주히 활동하고 있다. 제11대 독일연방공화국 대통령인 요아힘 가우크는 임기를 마치고 퇴임하였다. 대통령 재임 시에는 한독 수교 130주년을 맞아 국빈 방한한 바 있다.

지난(2017년) 2월 대통령 선거에서 당선되고 12대 독일연방공화국 대통령으로 3월 공식 취임식을 마친 슈타인마이어 대통령께 경의를 표하며 한국 우취인들을 대신하여 진심으로 축하의 인사를 드린다.

'평화, 평화, 평화'를 외치는 문
분단과 냉전의 상징에서 통일의지의 기념비로 바뀌

*이 글은 1990년 시점에 집필된 것으로 2019년 현재 시점과 내용상 상당부분 차이가 있음을 양지 바람.

최근 국제 정세는 급변하고 있다. 동유럽에서 일고 있는 개혁의 물결은 결코 하루 아침에 이루어진 것이 아니다. 그것은 우선 천년 이상 동유럽인의 마음 속에 면면히 이어져 내려온 그리스도교의 문화 전통이 무신론적 사회주의 체제를 결코 용납할 수 없음을 뜻한다. 동구권의 변화에 힘입은 동·서 양독(兩獨)의 재통일 가능성은 같은 정치적 운명의 분단국인 한국으로서는 실로 큰 관심사가 아닐 수 없다.

"게르만 민족은 독일의 통일을 이미 실현시키고 있다"고 브란트(W. Brandt) 전 서독 총리는 얼마 전 한 인터뷰에서 말했다. 서베를린 시장을 지내면서 제2차 세계대전 후 국토 분단의 쓰라림을 뼈저리게 체험하고 또 그의 동방정책으로 대소(對蘇), 양독 관계 개선의 획기적 거보를 이룩한 이 노(老) 재상의 말은 독일 통일의 문제를 단적으로 잘 표현해 주고 있다.

'경제통일'은 이미 이루어져

동·서 분단의 상징으로 28년간 굳게 장벽으로 닫혔던 전 베를린의 심장부에 위치한 브란덴부르크 문이 오늘날은 베를린 시의 동·서를 연결하는 관문이 되고 '독일민족은 하나'라는 의지의 기념비가 되었다.

지난 1989년 11월 9일, 굳게 막혔던 베를린 장벽이 개방되던 날의 감격을 결코 잊을 수 없다. 필자가 지난 1989년 6월 21일 제3차 단국대 교직원 연수단의 일행과 함께 역사적 사건의 현장인 베를린의 장벽과 브란덴부르크 문 앞에 있는 전망대에서 공산 동베를린의 모습을 바라볼 때만 해도 삼엄한 경계 모습을 한 동독 군인들을 목격할 수 있었다.

마침내 베를린 장벽이 한 방의 총성 없이 붕괴되었다. 동·서 분단과 냉전의 상징이었던 브란덴부르크 문, 베를린 장벽이 제거되어 오늘날 자유롭게 통행할 수 있다는 것은 장벽이 쌓인 동안 자유를 위하여 서베를린으로 탈출하려다 목숨을 잃은 수많은 고귀한 생명의 희생이 있었다는 사실을 결코 잊어서는 안 될 것이다.

최근 콜 서독 총리와 모드로 동독 총리간의 본(Bonn) 정상회담에서 단일 통화 합의를 봄으로써 통일을 위한 큰 장애물을 넘어 '경제통일'은 이미 이루어진 셈이다.

하나인 독일교회가 통일의 구심점

양독은 동방정책 이후 동 · 서독 사이의 기본 조약 체결로 문화, 스포츠, 상업 용무일 경우 서로의 왕래를 허용해 왔으며, 서신 왕래는 물론 전화까지도 개방하였고, TV, 라디오를 서로 자유롭게 접할 수 있었다(동 · 서 양독은 문화 유산을 공유하는 일들을 계속해 왔는데 악성 베토벤이나 시성 괴테는 독일 국민 모두의 것이지 어느 한쪽만의 것이 아니었다).

서울에서 개최된 세계 평화의 축제인 제24회 서울올림픽 때에도 동 · 서독이 모두 참가했던 사실을 기억한다. 체신부 올해의 업무보고에서 '남 · 북 통신협정'을 적극 추진하겠다고 밝힌 것은 통일에 대비한 적절한 조치로 다행한 일이라 생각된다.

한반도에는 아직 남 · 북 통일을 어렵게 하는 일들이 발생하고 있으니 안타까운 마음이다. 우리 민족의 평화 통일 여정이 비록 멀다 할지라도 인내를 가지고 상호 신뢰를 바탕으로 우선 가능한 것부터 교류를 시작할 수 있을 것이다.

동 · 서 양독은 동독 선거 후 통일의 날이 더욱 빨리 닥쳐올 전망이다.

독일의 경우 잊어서는 안 될 한 가지는 교회의 역할이다. 분단된 독일의 동질성을 유지하는 데는 가톨릭 교회가 한 몫을 차지했다. 예컨대 베를린 교구의 교구장은 동베를린에 거주하며 서베를린을 관할할 뿐만 아니라 동독교회를 대표하며 독일 주교단에 소속되어 있다. 그러므로 독일이 비록 정치적으로는 분단되어 있더라도 교회적으로는 분단되어 있지 않은 것이다. 이처럼 하나인 독일교회가 물심양면으로 동독 개혁의 구심점이요, 통일의 원동력이다. 정신적 통일은 이미 이루어진 셈이다.

"평화, 평화, 평화를 외치노라"

바티칸은 이미 오랫동안 동유럽 여러나라의 공산주의 정권들과 진지하게 교섭을 벌여 왔다. 특히 교황 요한 바오로 2세에 의해 국무원장(총리)에 임명된 이래 카사롤리 추

베를린 장벽 붕괴 전 단국대학교 연수단과 함께 들른 브란덴부르크 문 앞에서

기경은 교황 측근에서 바티칸의 동방정책을 더욱 효과적으로 추진해 왔다.

작년(1989년) 12월 1일에는 고르바초프의 요청으로 소련에 교황 방문이 실현되어 바티칸과 소련의 외교 관계 수립에 합의가 이루어졌다. 동유럽 교회의 구심점은 평화의 사도 교황 요한 바오로 2세이다. 브란덴부르크 문 앞에는 한 기념 조각상이 서 있는데 "나는 세상에 나가 평화, 평화, 평화를 외치노라"라고 쓰여 있다.

2차 세계대전에 파괴된 빌헬름교회의 종탑 앞에서

우리는 지난 제2차 세계대전과 6.25 한국전쟁을 잊을 수 없다. 전쟁은 모든 것을 잃게 한다는 것, 평화도 잃고 통일도 잃는다는 계시이다. 평화는 그러나 그 터전 위에서 오랜 세월을 인내한다면 모든 것을 얻을 수 있다는 계시이다.

"평화는 전쟁보다 더 좋다. 평화는 가능하다"라는 교황 요한 바오로 2세의 한 평화의 메시지 중에 하신 말씀이 생각난다.

서베를린의 중심가인 쿠어퓌르스텐담에는 빌헬름 황제 기념 교회의 지난 2차 세계대전시 파괴된 종탑이 우리의 시선을 끈다. 베를린 시민들은 그 교회탑을 바라봄으로써 전쟁의 쓰라림을 잊

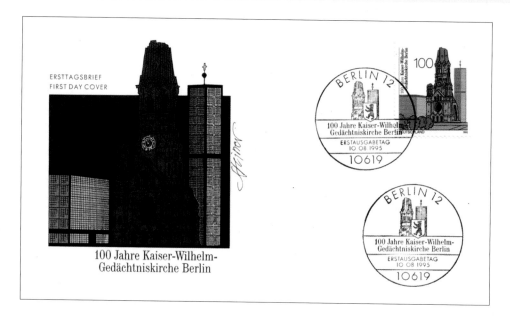

지 말고 평화 유지를 위하여 노력하라고 말해 주는 듯 필자에게는 느껴졌다. 동 · 서 양 독일인들은 지금 사순절 동안 검소하고 절제있는 생활을 통하여 고통을 이겨내고 영광 의 부활절을 맞이하듯이 재통일을 준비하고 있음은 실로 부러운 일이다. 베를린과 우리 가 인연이 있는 일 중에 빠뜨릴 수 없는 것은 1936년 제16회 베를린 올림픽 때 손기정 선 수가 올림픽의 꽃이라 불리는 마라톤을 제패했던 일이다.

새봄을 맞이하여 한반도에서도 민족의 염원인 평화통일을 위한 변화가 있기를 기대 해 본다. 끝으로 역사적 현장을 볼 수 있도록 교직원 연수 기회를 갖게 해 준 대학 당국 에 진심으로 감사드린다.

국립중앙박물관을 찾아서

　국립중앙박물관(National Museum of Korea)은 용산 개관 5주년과 G20 서울 정상회의 개최를 기념하여 소장하고 있는 유물 약 25만여 점 가운데 명품 20선(M20 : MASTERPIECES 20)을 선정하였다. 필자는 G20 서울 정상회의가 끝난 직후인 지난 2010년 11월 14일, 국립중앙박물관을 찾았다. 국립중앙박물관은 올해의 주요 행사였던 G20 서울 정상회의의 영접장이자 만찬장으로 사용되었다. 우리나라의 문화를 세계 정상들에게 소개할 수 있는 좋은 기회가 되었기에 필자의 견해로도 참으로 잘한 일이라고 생각한다. 명품 20선 감상에 앞서 색다른 전시회를 볼 수 있는 기회가 있었다.

　마침 기획전시실에서 고려불화대전이 전시되고 있었던 것이다. 이를 보기 위해 수많은 관람객들이 장사진을 이루고 있었는데, 필자는 고려 불교문화에 참으로 경탄하지 않을 수 없었다. 고려불화는 불교문화의 백미로 특히 화려한 색채의 조화, 당시 아름다움의 세계를 창조했던 고려인의 높은 품격을 그대로 보여주는 것이기 때문이다.

　이번 전시회는 세계 몇 나라에 흩어져 있는 고려불화의 명품들을 한 자리에 모은 전시였다. 이번 특별전을 통해 우리 선조들의 높은 문화적 수준과 깊은 종교적 경지를 예술적으로 승화한 고려불화를 새롭게 인식할 수 있는 기회를 갖게 되어 기쁘고 뿌듯한 마음으로 전시실을 나왔다. 그리고 전에도 몇 번 찾은 적이 있던 국립중앙박물관 본관으로 입장하였다.

국립중앙박물관 명품 20선은 약 25만여의 소장 유물 가운데 우리나라의 문화를 이해하는 데 도움이 될 만한 것들을 시대별로 선별하여 선정한 국보나 보물들이었다. 보는 것만으로도 감탄이 절로 나오는 엄선된 중요 문화재들을 한꺼번에 볼 수 있다는 것은 참으로 의미 있는 일이다. 아래 G20 서울 정상회의에 참석한 세계 정상들에게 선보인 문화재의 내용을 간략히 소개한다.

1. 빗살무늬토기
　신석기시대, 기원전 8000년경 한반도에 처음으로 출현하였으며 신석기문화를 대표한다.

2. 돌칼
　선사시대의 독창적인 석기이다.

빗살무늬토기

돌칼

오리모양 토기

3. 오리모양 토기
　3세기 삼한시대의 것으로 제례 때 필요한 음료를 담기 위한 용기이다. 요판 보통우표로 1983년 2종 연쇄로 발행되었다.

4. 말 탄 사람이 그려진 벽화편
삼국시대(고구려), 5세기 것으로 쌍영총 돌방무덤의 벽면조각이다.

말 탄 사람이 그려진 벽화편

백제금동대향로

5. 백제금동대향로
　삼국시대(백제), 6~7세기 것. 이 향로는 왕실의 의례에 사용된 것으로 받침과 몸체, 뚜껑으로 구성되었다. 역동적인 용과 연꽃봉오리, 아름다운 산수와 악기를 연주하는 천인이 조각된 이상세계, 그리고 영원불멸의 봉황으로 이루어진 세계적 걸작품으로 백제문화의 꽃을 피우고 있다.

6. 말 탄 사람 토기

말 탄 사람 토기

신라시대(삼국시대), 6세기 것으로 국보 91호. 사람이 말을 타고 있는 모습의 이 토기는 물을 붓고 따를 수 있는 주전자이다.

황남대총 황금유물

7. 황남대총 황금유물

삼국시대(신라 5세기) 금관, 금 허리띠, 관 꾸미개

8. 반가사유상

반가사유상

삼국시대 조각으로 국보 83호. 한쪽 다리를 무릎 위에 얹고 생각에 잠긴 모습이다. 이 자세는 인간의 생로병사를 고민하며 명상에 잠긴 싯다르타 태자의 모습에서 비롯되었다. 주조기술과 조형성이 뛰어날 뿐만 아니라 철학적, 종교적 깊이를 지닌 세계적인 걸작으로 우표로도 오래 전부터 소개되었다.

감산사 미륵보살 · 아미타불

9. 감산사 미륵보살 · 아미타불

통일신라시대의 것으로 국보 81호(미륵보살), 국보 82호(아미타불). 단단한 화강암을 소재로 한 예술적 수준이 높은 작품이다.

10. 감은사터 동탑 사리갖춤

통일신라, 7세기 것으로 보물 1359호. 부처님의 유골인 사리를 탑 안에 넣기 위한 용기이다.

물가풍경무늬정병

11. 물가풍경무늬정병

고려 12세기, 국보 92호. 정병은 승려들이 마실 물을 담았던 휴대용 용기였다.

12-1. 세계 최초의 금속활자

고려, 12세기. 1989년 과학 시리즈 우표로 발행되었다.(덮을 '부覆' 자임)

고려시대 실물 금속활자

12-2. 거란군을 물리치려고 새긴 대장경의 인쇄본

거란군을 물리치려고 새긴 대장경의 인쇄본

거란군을 물리치기 위해 새긴 대장경의 인쇄본으로 고려시대 목판본 초조대장경이다.

13. 청자연꽃넝쿨무늬매병

백자 매화 대나무무늬 항아리

12세기 고려의 것으로 국보 97호이다. 아름다운 비색과 화려한 문양 표현이 뛰어난 한국을 대표하는 도자기이다. 이 매병의 둥근 어깨부터 굽에 이르는 부드러운 선은 고려청자만의 곡선미를 잘 보여준다.

14. 경천사10층석탑

국보 86호. 고려 1348년에 대리석으로 만든 10층석탑이다. 국립중앙박물관 1층 동쪽에 우뚝 서 있다.

경천사10층석탑

15. 백자 매화 대나무무늬 항아리

16세기 조선시대 것으로 국보 166호이다. 순수와 절제의 아름다움이 돋보이는 백자는 유교 이념을 추구한 왕실에서 애용하였다.

백자 끈무늬 병

16. 백자 끈무늬 병

16세기 조선시대에 만들어진 것으로 하얀 바탕에 철화연료로 그린 끈무늬는 들고 다닐 수 있는 술병의 이미지를 표현한 것이다. 굽바닥에는 한글이 적혀 있다.

단원 풍속도첩

17. 단원 풍속도첩

김홍도(金弘道, 1745~1805 이후)가 그린 것으로 보물 527호. 풍속화의 대가인 김홍도는 다양한 계층의 서민들을 관찰하여 그들의 일상을 특유의 익살과 해학으로 재탄생시켰다.

북, 장구, 피리, 대금, 해금의 가락에 맞춰 춤추는 무동의 흥거운 몸짓에 원형구도와 어울려 생생한 현장감을 준다.

18. 끝없이 펼쳐진 강과 산

조선 18세기의 작품으로 조선시대의 대표적인 산수화가인 이인문(李寅文, 1745~1824 이후)의 작품이다.

19. 송도기행첩

강세황(1713~1791) 작. 조선 18세기에 그려진 것으로 황해도 송금(지금의 개성) 지역을 직접 여행하며 그린 진경산수화첩. 체험에 바탕한 참신한 구도와 맑고 따뜻한 색채의 사용이 특징이다.

20. 우리나라 전국지도

18세기 조선시대. 보물 1538호. 우리나라 전체를 약 42만 분의 1 정도로 축소하여 지도의 정확성을 획기적으로 높였다. 북부지방을 포함한 국토의 윤곽을 거의 실제와 가깝게 그리는 데 성공하였다.

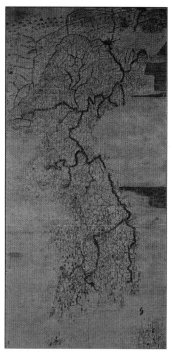

우리가 박물관에서 작품을 감상할 때 '박물관은 과거를 담는 그릇일 뿐만 아니라 현재와 미래를 담는 그릇' 이라는 인식을 가지고 감상한다면 문화인으로서 긍지를 가질 수 있을 것이다. 또한 이번 G20 서울 정상회의와 명품 20선의 전시회를 본 누구에게나 대한민국의 찬란한 문화를 재인식하는 계기가 되었기를 바란다.

문화의 보고인 박물관 관람은 지적인 양식을 많이 얻을 수 있는 좋은 기회인 까닭에 특히 우취인들은 우표와 더불어 우리 문화에 대한 관심과 애정을 더욱 더

우리나라 전국지도

갖는 것이 좋겠다. 필자는 우표를 문화재(Kulturgut), 문화재 중에서도 특이한 문화재라고 말하고 싶다. 앞으로 박물관에 있는 문화재들이 우표의 소재로 채택되어 한국이 문화강국이 되는 데 일조하기를 바라고 아울러 유네스코 지정 세계문화유산이 증가하리라 기대한다.

그 외 우표에 도안(디자인)된 소중한 우리 문화재들

백제무녕왕릉유물

백제무녕왕릉유물(금귀걸이-왕)

백자철회포도문호

청자상감운학문매병

독일 고전주의 문학에 대한 고찰
Über die deutsche Klassische Literatur
— 괴테와 실러의 작품을 중심으로

1. 괴테의 청년시대
2. 괴테의 작품
3. 괴테와 실러

필테마 (테마 우취 클럽 회지)
PHILTHEMA
4호

독일문학사상 쌍벽을 이루는 괴테(Goethe)와 실러(Schiller)는 이념에만 몰두하여 사물에 대한 관찰이 결여되어 있는 실러가 괴테의 영향으로 자연에 눈을 돌리게 되어 독일 고전주의 문학은 실로 이 두 작가의 상호작용으로 이룩되었다. 그들은 인간과 학문을 겸비한 시인이기에 오늘날까지 동서(東西)의 구분없이 존경을 받고 있다.

〈그림1〉 괴테 탄생 200주년

〈그림2〉 젊은 베르테르의 슬픔

1. 괴테의 청년시대

요한 볼프강 폰 괴테(Johann Wolfgang von Goethe, 1749~1832)는 일찍이 독일의 질풍노도운동(Sturm und Drang)을 이끌어서 독일 문학 사상 하나의 새로운 전기를 만들었으며 그 후 여러 단계를 거쳐 발전을 거듭하면

〈그림3〉 괴테의 이태리 여행

서 독일 문학사에 전에 없었던 황금시대를 이룩하였다. 詩聖 괴테는 1749년 8월 28일 마인 강변의 프랑크푸르트(Frankfurt)에서 태어났다(그림1).

프랑크푸르트는 오늘날 독일 최대의 상업도시로서 유럽 최대의 국제공항을 갖고 있다. 프랑크푸르트대학은 이곳에서 태어난 독일 최고의 시성 괴테의 이름을 따서 괴테대학으로도 불리운다.

2. 괴테의 작품

괴테의 주요 작품으로는 우선 '젊은 베르테르의 슬픔' (Die Leiden des jungen Werthers, 1774)이 있다. 이 작품은 주인공이 친구에게 사상과 감정이 솔직하고 진실하게 표현되고 있다. 독일 작품으로서 독일뿐만 아니라 우리나라를 포함하여 전 세계에서 가장 많은 독자를 가지게 된 최초의 작품이다(그림 2).

'에그몬트' (Egmont, 1787)는 괴테가 이태리 여행중에 완성한 희곡으로 그의 질풍노도운동 시대와 고전주의 시대의 중간적 요소를 보여주는 작품이다.

'이피게니에' (Iphigenie auf Tauris, 1786)는 괴테의 고전주의 문학의 대표작으로 손꼽히는 것으로 역시 그의 이태리 여행중에 완성된 5막극이다(그림 3).

독일 고전주의의 황금시대는 위에 나온 작품들 및 '탓소' (Torquato Tasso, 1789)와 같은 작품들이 기초가 되어 성립을 보게 된 것인데 문학사에서는 특히 1800년을 중심으로

〈그림4〉 괴테의 초상과 작품

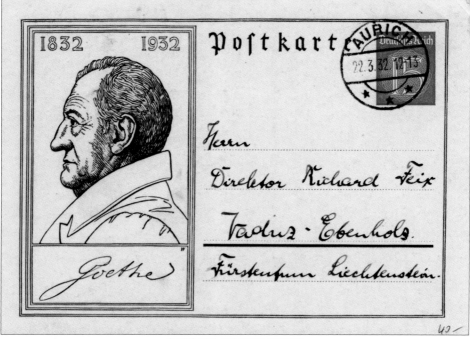

〈그림5〉 괴테 서거 100주년 축 내용

<그림6> 실러 탄생 200주년

해서 전후 십수 년 간을 독일 고전주의(Deutsche Klassik)라 부른다. 괴테와 실러 두 거성이 이 시대를 대표한다.

1789년 이후 괴테는 바이마르(Weimar)에 창설된 궁정극장의 총감독으로 26년간 자신의 작품을 포함하여 수많은 명작을 상연시켜서 독일연극사상 크나큰 공적을 이루었다. 괴테는 실러를 만나 1794년부터 1805년에 걸쳐 교류하게 됨으로써 '새로운 시인의 봄'을 맞았다. 괴테의 예술은 관조에서 출발하고 있는 것이기 때문에 자기가 친히 경험하고 있는 것이 아니고서는 아무 것도 쓰지 못하는 데 비해, 실러의 예술은 항상 이상과 관념에서 출발하여 공상의 세계를 마음대로 나타낸다. 괴테는 인생의 모든 현상을 몸소 체험하여 자기자신을 그 속에 완전히 담그었다가 거기서 우러나오는 체험을 다시금 예술적으로 형성하는 것, 다시 말하면 그는 우선 인생을 겪고 그 인생의 경험으로부터 관념을 발전시키는 데, 실러는 그 반대로 먼저 두뇌로 관념을 형성하여 놓고 그 다음에 거기에 적합한 표본을 찾아서 변증법적으로 현상을 전개하는 것이었다.

괴테의 작품인 '헤르만과 도로테아'(Hermann und Dorothea, 1797)는 지극히 독일적인 내용에 고전적인 형식을 부여한 작품이다.

'파우스트'(Faust 1부 1808: 2부 1832)는 괴테의 최고 명작으로 손꼽힌다(그림 4). 시

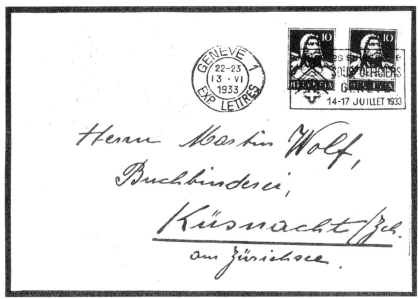

〈그림7〉 실러의 작품 빌헬름 텔

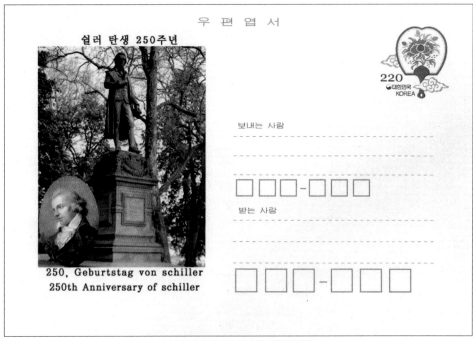

실러 탄생 250주년 기념 엽서(등기실체)

성 괴테는 83세의 고령으로 숨을 거두고 바이마르에 영원한 휴식 속에 잠들고 있다. 괴테에 대한 우취자료는 독일에서는 물론 다른 나라들에서도 발행된 바 있다(체크리스트 생략)(그림 5).

3. 괴테와 실러

실러(Friedrich von Schiller, 1759~1805)는 괴테와 함께 독일고전주의 시대의 쌍벽을 이룬다. 실러는 1759년 11월 10일 위르텐베르크(Würtemberg)의 소도시 네카(Neckar)강변의 마르바하(Marbach)에서 태어났다(그림 6).

그의 생가는 오늘날까지도 잘 보존되어 박물관으로 쓰인다. 그의 처녀작으로는 '군도'(Die Rauber, 1781)가 있다. 이 작품의 주제는 사회악에 대한 도전, 압제, 인습에 대한 반항, 자유와 이상에 불타는 젊은 정의감 등에 있다.

그의 대표작으로는 '간계와 사랑'(Kabale und Liebf, 1784), '돈 카롤로스'(Don Carlos, 1787), '발렌시타인'(Wallenstein, 1800), '마리아 슈트아르트'(Maria Stuart, 1800), '빌헬름 텔'(Wilhelm Tell, 1804) 등이 있다(그림 7).

(그림8) 바이마르 국립극장 앞에 서 있는 괴테와 실러 동상

그의 시 '환희의 찬가'(An die Freude)는 독일이 낳은 樂聖 베토벤에 의하여 작곡되었다. 1964년 일본 동경 올림픽 때는 독일이 당시는 동서로 분단되어 동서독 양 國歌 대신 연주되었으며 1989년 11월 9일 동서분단의 상징이었던 베를린의 브란덴부르크 문이 개방된 후 마침내 1990년 10월 3일 동서독이 통일되어 베를린에서 개최된 통일기념 음악회에서도 '환희의 찬가'가 지구촌에 울려 퍼져서 사람들의 가슴을 뭉클케 하였던 일이 회상된다. 아울러 한반도의 평화적 통일도 머지않은 장래에 성취되기를 기원하는 마음 간절하다.

괴테와 실러의 동상은 문학을 통하여 가까웠던 그들의 우정을 말해 주듯이 바이마르시 중앙광장에 나란히 우뚝 서 있다.(그림 8)

DER BOTSCHAFTER
DER BUNDESREPUBLIK DEUTSCHLAND
주한독일연방공화국 대사
Michael Geier
미카엘 가이어

인 사 말

먼저, 한독친선우표전시회에 오신 것을 환영합니다. 예부터 우표는 국제 교류의 상징이라고 할 수 있습니다. 우표가 없다면, 서로 다른 국가에 사는 사람들 간의 서신교환이 이루어질 수 없기 때문입니다. 우표를 수집하는 취미 역시 국제 친선을 촉진시키는 역할을 하기도 합니다. 이러한 의미에서 본다면, 한독관계 발전을 위해 노력하는 주한독일대사관이야말로 한독친선우표전시회 개최를 위한 최적의 장소가 아닌가 하는 생각을 해봅니다.

이번 전시회는 다양한 주제와 모티브를 담고 있는 우표를 통해 지난 120 여년 동안 한국과 독일 양국 사이에 있었던 주요 사건들과 양국의 주요 인사들을 보여줍니다. 신차식 교수님의 열정과 노력이 없었다면 이번 한독친선우표전시회는 열릴 수 없었을 것입니다. 이에 대해 신차식 교수님께 특별한 감사의 말씀 드리겠습니다.

그밖에도 이번 전시회를 지원해주신 모든 분들께 감사의 말씀 드리겠습니다.

한독친선우표전시회의 성공을 기원하며, 많은 참여 부탁드립니다.

Grußwort

Ich freue mich sehr, Sie zu unserer Deutsch-Koreanischen Briefmarkenausstellung begrüßen zu können. Briefmarken sind ja von jeher ein Symbol für den internationalen Austausch, denn ohne sie gäbe es keinen Postverkehr zwischen den Menschen verschiedener Nationen. Auch das Hobby der Philatelie hat einen völkerverbindenden Charakter.
Darum ist unsere Botschaft, in der wir für die Förderung der deutsch-koreanischen Beziehungen arbeiten, vielleicht ein passender Ort für eine Ausstellung dieser Art.

Wir können hier die große Vielfalt der Themen und Motive sehen, die uns über Briefmarken nahe gebracht werden. Die Ausstellung erlaubt uns einen Blick auf wichtige Ereignisse aus der mehr als 120 Jahre dauernden Geschichte der deutsch-koreanischen Beziehungen und erinnert an bedeutende Persönlichkeiten, die in unseren Ländern eine wichtige Rolle gespielt haben.

Sie wäre nicht zustande gekommen ohne den Enthusiasmus und den unermüdlichen Einsatz von Professor Shin, dem ich meinen ganz herzlichen Dank aussprechen möchte.
Mein Dank gilt ebenso allen beteiligten Organisationen für ihre großzügige Unterstützung.
Ich wünsche der Ausstellung guten Erfolg und viele interessierte Besucher.

Michael Geier
Botschafter der Bundesrepublik Deutschland

주한독일대사
미카엘 가이어

뤼브케 독일대통령 내방기념 우표

POSTAGE STAMP TO COMMEMORATE THE STATE VISIT OF PRESIDENT
Dr. h. c. HEINRICH LÜBKE OF FEDERAL REPUBLIC OF GERMANY

1967년 3월 2일 발행   체신부 발행

쉴러 서거 200주년 기념 한독 친선 우표 전시회를 열며

신차식 (단국대 명예교수)

금년 독일에서는 "한국의 해 2005"를 맞아 프랑크푸르트 국제도서전, 노대통령 방독 등 양국 간의 문화 외교 교류를 위한 각종 행사들이 열립니다. 또한 2005년은 독일이 낳은 세계적 시성 괴테 (Goethe)와 독일문학사에서 쌍벽을 이루는 쉴러 (F.Schiller)의 서거 200주년이 되는 해이며 통독 15주년이 되는 해이기도 합니다. 이러한 뜻깊은 해를 맞아 오랫동안 우표를 사랑해온 우취인으로서 양국간의 우의를 다지는데 작은 보탬이 되고자 이번 전시회를 준비하게 되었습니다. 한국과 독일 두 나라가 지리상으로는 멀리 떨어져 있지만 이 조촐한 전시회가 두 나라를 더욱 가까이 느끼게 할 수 있는 가교 역할을 할 수 있기를 희망합니다. 전문 우취인들이 보기에는 여러모로 부족함이 많겠으나 일반 관람객들에게는 양국의 우표문화를 이해하는데 조금이나마 도움이 된다면 기쁨과 보람이 되겠습니다.

이번 전시회가 열리기까지 도움을 주신 모든 분들게 깊은 감사를 드립니다. 전시회를 초청해주시고 전시장소를 제공해 주신 미카엘 가이어 주한 독일 대사님의 호의에 깊은 감사를 드립니다. 또한 행사를 주관, 후원해 주신 서울 체신청과 서울 용산 우체국 여러분께 고마움을 전합니다. 필자에게 국무에 바쁘신 와중에도 2002년이래 수차례 격려의 감사 친서를 보내주신 요한네스 라우 (Johannes Rau) 독일 연방공화국 대통령께도 이 자리를 빌어 충심한 감사를 드립니다. 또한 IMOS 우취회장 D.Germann씨의 호의와 지원에도 감사의 인사를 드립니다. 필자와 오랫동안 펜팔을 하다가 돌아가신 은인 Fritz Wexler 선생의 고마운 마음 또한 잊을 수 없습니다. 끝으로 이번 전시회를 찾아 주시는 모든 분께 감사드립니다.

"모든 사람은 형제들이다" (Alle Menschen werden Brüder) - F. Schiller (1759-1805)

독일 통일에 대한 고찰

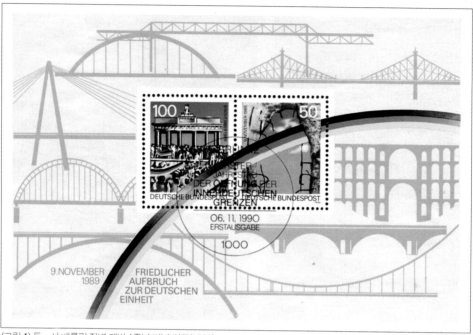

(그림 1) 동·서 베를린 장벽 개방 1주년 기념 쉬트(1990)

1989년 11월 9일 동독(Deutsche Demokratische Republik)과 서독(Bundesrepublik Deutschland) 사이에 자유왕래가 허용됨에 따라 동서 베를린(ost und west Berlin)을 가로 막았던 베를린 장벽(die Berliner mauer)-(그림 1)이 붕괴되고 현재는 아주 작은 일부만 기념으로 남아 있게 되었다. 베를린 장벽(장벽)은 바로 냉전(冷戰)시대에 동서분단의 상징(symbol der teilung)으로 1961년 동베를린 쪽에서 자유 서베를린으로 탈출하는 것을 방지하기 위하여 높이 축조된 콘크리트 벽이다.

1963년 12월에는 크리스마스를 기해 베를린 장벽을 일시 개방한 적도 있었다. 역사적으로 잠시 고찰해 보면 1989년 베를린 장벽이 붕괴되기 직전에 당시 동독에 속했던 도시 라이프치히(Leipzig)의 니콜라이

(그림 2) 독일통일우표(1990)와 통일1주년 기념일부인(1991)

교회(Nikolaikirche) 촛불 행진으로 시작된 평화로운 혁명(friedliche revolution)을 거치면서 군중 행렬이 마치 파도처럼 밀려가 48년간이나 서 있던 베를린 장벽이 붕괴된 것이다. 1990년 7월 1일 먼저 경제통일이 되고, 같은 해 10월 3일 동독의 5개 주가 서독의 11개 주에 편입되면서

(그림 3) 독일 통일을 이룩한 헬무트 콜 전, 독일 총리(2012)

마침내 흡수 통일(einheit)이 이루어졌다.

동서독은 양쪽이 모두 통일을 위해 직접 만나 회담도 하면서 서로 많은 노력을 기울였다. 소련의 고르바초프(Mikhail S. Gorbachyev)와 서독의 콜 총리간의 회담과 상호방문도 있었다. 오랫동안 서베를린 시장을 역임했던 빌리 브란트(Willy Brandt) 총리의 동방정책(東方政策, Ostpolitik)도 독일통일에 큰 도움이 되었다. 브란트 총리는 후에 노벨평화상(Nobelpreis)을 수상했다.

지난 10월 11일 독일 통일의 달에 통일의 주역이었던 헬무트 콜(Helmut Kohl) 전 독일 총리 얼굴을 디자인한 기념우표(그림 3)가 발행되어 통일을 한층 더 빛나게 하는 행사가 거행되었다. 콜 총리는 독일 연방 총리로서 뿐만 아니라 유럽연합의 명예시민(Ehrentbuerger von EU)으로 추대되었기 때문이다. 한국과 독일 양국은 내년(2013년)에 수교 130주년(130 Jahre diplomatische beziehungen)을 맞이하게 되었다. 이를 기념하기 위하여 여러 행사가 개최될 예정이며 특히 문화행사로 한독 양국간 공동우표가 내년 6월 발행될 것으로 보인다. 한국과 독일 양국은 1945년 제2차 세계대전 후 국가 분단의 공동운명(das gleiche Schicksal der Teilung)을 겪기도 했다.

1964년 12월에 우리나라 박정희(朴正熙) 대통령이 국가 수뇌로서는 처음으로 독일을 방문하였다. 이때 분단의 현장인 베를린 장벽을 바라볼 기회와 한국에서 간 광부와 간호사들을 위로하며 울음바다를 이루었던 일은 잔잔한 감동으로 잊을 수 없는 사건이었다. 필자는 당시 독일유학중 뮌헨에서 개최된 한국문화의 밤에 참가내빈들의 통역 및 안내를 맡게 되었고, 우리 대통령 내외분을 뵐 수 있었던 처음이자 마지막 기회가 되었다.

1967년에는 독일의 하인리히 뤼프케(H. Lübke) 대통령이 방한하여 한독 양국간 문화

그림 4) 독일 통일 20주년 기념 우표 및
기념일부인(2010)

협정이 체결되어 양국의 우호가 더욱 결실을 보았다. 그 다음 해 주한독일문화원(Goethe-institut)이 설립되었으며 오늘날 한국과 독일은 경제적으로 주요 교역 상대국이 된 것이다.

1999년 독일이 낳은 세계적인 시성(詩聖) 괴테(Wolfgang Goethe) 탄생 250주년을 맞아 한국과 독일이 공동으로 괴테 우표를 발행하였다. 괴테 우표 발행을 위하여 필자가 노력했던 것이 오늘의 기쁨이며 보람으로 생각된다. 괴테우표 발행 후 독일연방 라우(J. Rau) 대통령으로부터 감사친서를 받고 무척 기뻤으며 영광으로 생각되었다. 한국괴테학회로부터 감사패를 받기도 했다.

앞으로 기대되는 한반도의 남북통일(Koreanische Wiedervereinigung)은 독일통일을 거울삼아 남북 양측이 상호신뢰를 바탕으로 한 대화로 소통을 한다면 자유와 평화통일이 이루어지는 그날도 머지않을 것으로 생각된다.

필자는 어느 날 서울 보라매공원을 산책하다가 남북통일기원 시비를 발견하고 뒷면에 새겨진 서경보* 스님의 통일기원 시(Gedicht)를 읽은 후 깊은 감명을 받고서 이를 독일어로 옮겨 보았다.

*통일기원(Wunsch zur Koreanischen Wiedervereinigung)

삼천리 금수강산이	Das schöne Korea ist in
양쪽으로 갈라져 있으니	Nord und Sued geteilt,
하나의 민족이 헤어져	Ein Volk lebt immer
살아가고 있구나	noch getrennt.
만약에 이 강토 삼천리가	Wenn unser Land wieder vereinigt würde,
통일이 된다면	könnte man Berge besteigen,
만고의 근심하던 마음이	unbeschwert, und lange Sorge hätte
산을 오르고도 남으리	endlich ein Ende.

*서경보(徐京保, 1914~1996) : 승려. 법명(法名)은 일붕(一鵬). 불국사 주지, 동국대학교 불교대학장, 세계선학회 회장, 한중불교학술연구회장 역임. 주요저서 불교입문강화(佛敎入門講話), 불교사상(佛敎思想).

한반도의 통일이 이루어지는 그날을 기대하면서 다양한 자료 중에서 우취자료를 중심으로 선별하여 정리했다. 이 글의 우취자료들은 필자가 독일 동호인들을 통하여 수집한 것들 중에서 선별하여 정리한 것이다.

*독일 통일 관련 우취 자료

1. 1990년 10월 3일 독일통일의 날 기념우표(Deutsche Einheit) 2종과 특인 발행.
2. 1990년 11월 베를린 장벽 붕괴 1주년 특별 우표 2종과 기념인 발행.
3. 통일 후 1992년부터 96년까지 5년에 걸쳐 각 16개 연방 이름을 알파벳 순서로 문장과 지도를 도안으로 통일 기념우표 16종이 발행됨. 통일 전에는 동독은 'DDR', 서독은 'Deutsche Bundespost'로 우표에 국호를 표기했던 것이 통일을 계기로 'Deutschland'로 변경되었음.
4. 2000년 10월에는 통일 10주년 기념우표와 특인이 발행.
5. 2010년 10월에는 통일 20주년과 기념우표가 특인이 발행되었고, 기념인의 1종은 3색 컬러인이 등장되었음.
6. 2012년 통일 22주년을 맞아 행사 개최지인 뮌헨(München)에서 기념인이 발행되었음.
7. 독일 통일의 달인 10월에는 통일의 주역으로 통일을 성공으로 이끈 지도자 헬무트 콜 전 총리의 얼굴을 도안한 우표가 발행되었으며, 기념인은 베를린(Berlin)과 본(Bonn)에서 각기 다른 도안으로 발행되었음.
8. 필자는 독일 통일 15주년부터 22주년까지 주문형 엽서를 제작하여 앞면에서는 독일통일을 축하하고, 뒷면에는 한반도의 통일을 기원하며 독일우취인들에게 보내 좋은 반응을 받음. 한국엽서에 독일우표를 사용하여 필자에게 보낸 엽서도 있음.
9. 1967년 3월 서독의 뤼프케 독일 대통령 내방 기념우표와 소형시트도 발행되었음.

남북통일 기원 시비

프랭크 시나트라 이야기

프랭크 시나트라(Frank Sinatra) 사망 10주기 기념우표 초일봉투

필자는 지난 4월과 5월 두 달에 걸쳐 미국여행을 마치고 귀국했다. 그곳에 체류하는 동안 몇 번의 여행을 통하여 많은 새로운 것을 보기도 하고 여러 가지를 체험할 수 있는 기회를 가질 수 있었다. Grand Canyon/그랜드캐년, Yosemiti National Park/요세미티 국립공원에서는 웅대한 자연의 모습을 감상하고, 로스엔젤레스 헐리웃 유니버설 스튜디오(LA Hollywood Universal Studio)에서는 몇몇 영화촬영세트장 등을 구경하였다.

특히 'Jurassic Park/쥬라기 공원'을 체험할 수도 있었다. 샌프란시스코(San Francisco)의 상징이며 거대한 금문교(金門橋, Golden Gate Bridge)의 이름에서 따온 'Golden Bridge Park/골든 브리지 공원' 안에서 필자가 공원 중심의 한쪽에 우뚝 서있는 독일이 낳은 시성(詩聖) Goethe/괴테와 Schiller/실러 동상을 발견하여 참으로 기뻤다.

이 동상은 이미 100여 년 전인 1902년에 미국과 독일협회가 샌프란시스코 시민들에게 헌정(獻呈)한 것으로 100년만인 2002년에 보수되어 오늘의 모습을 볼 수 있으며, 독일 고전주의(古典主義) 문학을 꽃피운 바이마르(Weimar) 시내 국립극장 앞에 서있는 괴테와 실러 동상과 거의 같은 크기이다.

이 글에서는 지면관계상 우취에 관한 이야기로 한정코자 한다. 필자가 지난 5월 13일 샌프란시스코 근교 도시인 블린(Dublin)에 살고 있는 딸네 집에서 머물고 있던 때에 그곳 우체국에 갔었는데, 가는 날이 장날이라고 그날 때마침 새 우표가 발행되는 날이었다. 바로 프랭크 시나트라(Frank Sinatra) 사망 10주기 기념우표다. 그의 생전에 모자를 쓴 얼굴 모습과 사인을 도안으로 한 우표였다.

판문점-그 분단의 현장을 찾아서

-한반도의 평화통일을 염원하며

　필자는 지난 1996년 여름 북한선교위원회 주선으로 당국의 허락과 협조를 받아 북한 선교회원 일행과 함께 남북한 민족분단의 현장인 판문점을 방문할 기회를 갖게 되었다. 1950년 한국전쟁을 경험하였기 때문에 전쟁이란 얼마나 비참한지를 잘 알고 있다. 한국 전쟁 46주년인 오늘날까지도 한반도는 남북한이 분단된 채 머물고 있는 현실이다. 판문 점은 일개 주막거리에 불과했던 곳이다.

　1953년 한국전의 휴전 회담장소가 되면서부터 일약 세계의 이목을 집중시켰고, 그로 부터 조국의 평화통일을 위해 남북대표자들이 이곳에서 적십자회담, 군사정전회담, 남 북 스포츠교류회담 등을 가진 바 있으며, 앞으로도 이곳에서 남북한 간의 회담이 계속 될 것이다. 군사분계선 남쪽에 위치한 '자유의 집'은 남쪽 방문객을 위한 기념촬영의 배경으로 흔히 쓰이고 있다. 판문점이 이러한 역사적인 곳이기 때문에 이곳을 방문하는 관광객의 발길이 끊이지 않고 있다. 필자는 독일 유학시절에 동·서독과 동·서베를린 의 분단 상황을 자세히 지켜볼 수 있었다. 독일의 분단상황을 보면서 한반도의 분단상 황을 상기하곤 했으며 분단의 슬픔을 더욱 뼈저리게 느낄 수 있었다.

　독일 게르만 민족은 지난 1989년 11월 9일, 28년간 서있던 베를린 장벽이 무너지고 이 듬해인 1990년 10월 3일 마침내 동·서독은 분단을 마감하고 통일의 날을 맞이하였다. 베를린의 브란덴부르크 문은 동·서분단의 상징에서 독일 통일의 상징으로 변모되었 다. 독일에서는 통일 후 아름다운 통일기념우표와 시트가 발행되어 세계의 많은 우표 수집가들에게 기쁨을 나눠주었다. 독일이 통일되기까지는 동·서독간의 많은 노력과 희생이 요구되었다는 사실을 잊어서는 안 될 것이다.

　이제 한반도는 통일에 대비하여 독일통일의 교훈을 참고할 수 있을 것이다. 한반도는 세계 유일의 분단국으로 남아 있다. 판문점은 아직도 남북한 분단의 상징으로 엄연히

존재하고 있다. 공동경비구역안 한쪽에는 한국전쟁 때의 16개 유엔 참전국들의 깃발이
나부끼고 있었으며, 이름 모를 온갖 새들만이 남북한 경계를 자유로이 날고 있었다.
　필자가 전방 도라산 전망대에서 서울과 의주 사이를 달리다 비무장지대에 멈춰선 녹

DMZ의 자연 (세 번째 묶음)

Nature in **DMZ** (3rd)
2018.6.25.

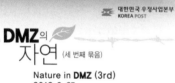

슨 철마를 망원경으로 바라보는 순간 분단의 비극을 더욱 피부로 느낄 수 있었다. 남북 양측에는 경비병들이 방문객들을 묵묵히 지켜볼 뿐이었다. 남북한간의 긴장감이 고조되고 있음을 피부로 느낄 수 있었다.

1978년 10월 17일 판문점에서 멀지 않은 곳에서 발견된 제3 땅굴은 북쪽의 남침야욕을 보여주는 뚜렷한 증거임을 확인할 수 있었다.

북한측에서는 정전협정을 위반하는 무모한 무력도발을 중지하고 하루속히 대화의 장으로 나와 한반도의 평화적 통일 문제를 상호 신뢰를 바탕으로 진지하게 논의할 수 있는 부단한 노력이 우선되어야 할 것이다. 독일에서는 베를린 장벽을 사이에 두고 많은 젊은이들이 자유를 찾다가 희생되었다. 자유는 얼마나 고귀한가!

한반도에서도 휴전선을 사이에 두고 여러 가지 사건들이 발생하였다. 그중 한 가지 예로 1976년 8월 18일 판문점에서 일어난 참혹한 도끼만행사건을 들 수 있을 것이다. 이 사고로 미군장교 2명이 살해당하고 미군 4명과 한국군 4명이 중상을 입었다.

독일 베를린의 중심가인 쿠어필스덴담에 우뚝 서있는 빌헬름 기념교회의 제2차 세계 대전 때 파괴된 교회 종탑은 오늘날 우리들에게 전쟁의 참혹성을 잘 보여주고 있다.

필자는 한국전쟁 때 당시의 참상을 직접 경험하였다. 전쟁은 많은 것을 잃게 한다. 인간의 귀중한 생명의 희생을 요구하며 너무나 비참할 뿐이다. 필자는 평화의 사도 요한 바오로 2세 교황 성하가 "평화는 전쟁보다 더 좋다. 평화는 가능하다"고 한 평범한 진리의 말을 회상한다. 1950년에 발발한 한국전쟁시 동족상잔의 비극이 남긴 교훈을 되새기며 우리의 기도와 노력으로 분단의 벽을 허물어 한반도에서도 민주주의에 바탕을 둔 대화를 통한 진정한 평화적 통일이 성취되어 오늘날 공산치하에 살고 있는 북한 동포들이 판문점을 자유로이 왕래할 수 있는 그날이 오기를 비는 마음 간절하다.

그리하여 통일 기념우표가 발행되는 그날을 기다려 본다. 이에 앞서 이산가족들이 우선 통일 전 독일에서처럼 자유로이 문안서신 왕래라도 실현되기를 기대한다. 임진강 건너 '자유의 다리' 부근에서 땀 흘리며 통일에 대비하여 자유로를 닦고 있는 모습은 한반도의 미래를 밝히는 듯 늠름해 보였다.

금년(1996년)에는 예기치 않은 북한 무장공비 사태로 평화통일 기원 미사가 무산되어 참석하려던 회원의 일원으로서 아쉬움을 금할 수 없다. 하지만 앞으로는 이러한 불행이 다시는 없기를 바라고 겨레가 염원한 통일을 이 땅에 이룩할 수 있도록 더욱 열심히 기도해야 할 것이다.

독일 여행기

　필자는 지난 2002년 여름방학 동안 독일을 3주간 여행할 기회를 가졌다. 주목적은 여행의 연구 자료 수집 차였으며 6월 28일 출국하여 7월 18일에 귀국하였다.

　독일을 여행하는 동안 우취에 관련된 것 중에서 일부분만을 적어 보려고 한다.

　출국을 앞두고 필자는 너무나 바쁜 하루를 지내야 했다. 독일연방공화국 요한네스 라우(Johannes Rau) 대통령이 국빈으로 한국을 방문하는 날이었기 때문이다.

　독일 대통령의 방한 소식을 주한 독일 대사관을 통해 미리 들었기 때문에 필자는 우취인으로서 무엇을 할 수 있을까를 생각해 보았다.

　필자는 독일 라우 대통령이 우취가임을 알고 있었기 때문에 '나만의 우표'를 만들어 드리려고 결심하고 구로동 체성회로 가서 독일 대통령 국빈방문 기념우표를 주문하여 디자인이 완료되었다.

　두 장의 대지에 독일 대통령의 방한을 기념하여 방한초일인 6월 27일자 중앙우체국 소인을 날인하여 한 장은 대통령께 드리기로 하고 다른 한 장은 한국의 우취인을 위하여 사인을 요청하고 무사한 여행을 기원하는 내용의 편지를 썼다. 그리고 1999년도 한·독 간 공동우표로 발행한 괴테 탄생기념 우표 전지와 대통령 국빈방문 기념 '나만

독일 연방공화국 대통령 방한기념으로 만든 나만의 우표

의 우표'를 틀을 사서 넣고 독일 대사에게 대통령이 투숙할 호텔로 전할 것을 부탁하고 출국 준비를 서둘러야만 했다.

출국 전 필자는 중앙우체국에 가서 선물용으로 월드컵 우표와 태극기 우표를 샀다. 비용이 적게 들고 가장 한국을 알릴 수 있는 선물로 적합하다고 생각했기 때문이다.

필자의 여행기간은 3주간이나 독일의 여러 곳을 다녀왔으며 여러 분야의 인사들을 만날 기회로 활용하였다. 28일 오후 독일항공(LH)편으로 출국하였고, 옆자리에는 마침 독일회사 직원과 대화를 많이 나누게 되었다. 화제는 당연 월드컵에 관해서였고 서로 월드컵 축구 인사를 나누었다. 동승한 독일인에게 맨 먼저 월드컵 기념우표를 선물했다.

28일 오후 독일항공(LH) 편으로 출국한 지 약 11시간의 비행 끝에 프랑크푸르트 국제공항에 무사히 도착하여 독일친지의 영접을 받고 자동차편으로 그날의 숙박지인 라인 강변의 아름다운 관광도시 보파르트(Boppard)로 향했다. 라인강변을 따라 약 한 시간 가량 걸리는 거리였고, 운전을 하던 콘라트 씨는 "바로 이 지역이 유엔에서 오늘 세계문화유산으로 확정되었다는 소식을 들었다"고 전해 주었으며, "내년쯤 독일의 문화유산 기념우표로 발행될 가능성이 있다"고 말해 주었다.

독일 우정공사가 처음으로 발행한 알프스를 배경으로 나만의 우표가 아닌 우편엽서와 봉투를 만들어 여행객을 즐겁게 해 주고 있다. (전시장에서 직접 제작판매) 실체 봉투는 필자가 헤르만 헤세 탄생 125주년 기념 행사지 인 헤세의 출생지 칼브(Calw) 우체국에서 직접 만든 것임

'로렐라이(Lorelei)' 언덕을 지날 무렵 하차하여 로렐라이를 배경으로 기념촬영을 하였다.

다음날인 29일은 아침 일찍 일어나 제103차 우취인대회가 열리는 가르미슈(Garmisch)로 가기 위해 독일의 고속철도(ICE)를 탔다. 가르미슈로 가는 경유지인 남부 바이에른(Bayern) 주 수도이며 1972년도 올림픽의 개최지인 뮌헨(München)으로 가는 동안에도 승객들로부터 월드컵 4강 축하인사를 받았다. 뮌헨은 남부독일의 문화중심지이며, 필자에게는 제2의 고향이라 할 수 있다. 1960년대 초반 당시는 김포공항행 도로가 일부분 미처 포장이 덜된 때로 기억이 된다. 한 독일의 우취인의 협조로 장학금을 알아보던 끝에 독일정부 초청 장학생으로 공부하던 곳이기 때문이다.

우표에 마르크화로 표시된 것은 6월 30일로 사용이 금지된 초일 봉투

뮌헨에서 가르미슈행으로 옮겨 탔다. 남부독일은 유학시절 몇 년간 있는 동안 자주 수학여행을 통하여 비교적 잘 알고 있는 지역이다. 9년 만에 다시 차창으로 스쳐가는 풍경과 도시들은 다시 찾아온 나를 반겨주는 듯 느껴졌다.

목적지인 가르미슈 전에 무르나우(Murnau)역을 지날 때는 옛날 필자가 처음 독일에 와서 독일어 강좌를 받던 곳으로 근 40년 전의 추억이 주마등처럼 스쳐갔다. 그해 가을 스타펠 호숫가를 거닐던 일이며, 택시운전사가 명함까지 주고 짐을 날라 주던 그날이 회상되었다.

마침내 가르미슈역에 도착했다. 우취인대회가 열리는 가르미슈는 1936년 동계올림픽의 개최지로 알프스가 오스트리아와 국경을 이루는 천혜의 관광도시이다.

지방도시라 대회장까지 걸어가도 될 정도였다. 알프스의 풍경은 정말 아름다웠고 대회장은 많은 방문객들로 만원이었다. 그곳에서 평소에 알고 있던 우취인들과의 만남은 정말 반가웠다. 아들러(Adler) 회장은 나를 친절히 반겨주었다. 이번 우취인 대회는 독일어권인 독일, 오스트리아, 스위스 우취인들이 대부분이고 동양인으로는 필자밖에 없었다. 대회기간 동안 전시회도 있었으며, 우취상들의 부스도 상당히 많았다.

이번 우취인대회는 마침 지방축제와 동시에 개최되었으므로 외래 관광객과 전시회 관람자들이 많았으며, 우취계와 독일 우정사업본부가 공동개최한 관계로 더욱 성공적이었다고 한다. 대회기간 동안 5종의 기념인이 발행되었으며, 매일 전시장 밖에서는 악대들의 연주도 있었다.

특기할 사항은 6월 30일 마지막 날은 그동안 우편요금이 마르크화와 유로화로 병행되었고, 사용되던 우표가 마르크화는 이날이 유효기간이 만료되는 날이었다.

독일에서는 이번 행사기간동안 처음으로 '나만의 엽서'와 '나만의 봉투'가 발행되었다는 사실이다. 우리나라처럼 '나만의 우표' 제도는 아직 없다 한다.

드레스덴의 츠빙어 궁 앞에서 필자

전시장에서도 도쿄에서 개최되는 월드컵 결승전 TV중계가 있었다. 독일이 준우승으로 결정되자 더러는 약간 아쉬워하였으나 젊은이들은 오픈카를 타고 경적을 울리면서 시내를 질주하고 있었으며, 경찰은 만일의 사고에 대비하여 이들을 보호하느라고 바쁜 모습을 보였다. 필자는 "대~한민국"을 외치며 손을 흔들어 주었다.

라파엘의 승천하는 마돈나

7월 4일은 노벨문학상 수상자인 헤르만 헤세 탄생 125주년 기념우표가 발행되는 날이있다. 필자는 헤세의 출생지 칼브(Calw)까지 찾아가 이곳에 도착한 후 곧바로 우체국으로 향했다. 소도시인데도 외지에서 온 많은 우취인들로 장사진을 이루고는 자기 차례를 기다리고 있었으며, 우체국 직원이 기념인을 위하여 봉사하고 있었다.

필자의 차례가 돌아오자 기념우표를 사서 2종의 기념인을 소인하기에 바빴다. 출생지인 이곳 외에는 구 서독의 수도 본(Bonn)과 수도 베를린(Berlin) 중앙우체국에서 다른 기념인이 발행되었다. 독일의 문화도시로 유명한 드레스텐(Dresden)은 세계적으로 유명한 '츠빙어'(Zwinger) 궁 안에 있는 미술관과 셈퍼(Semper) 오페라하우스가 있는 곳이다.

7월 11일은 수도 베를린을 거쳐 괴테의 도시 바이마르와 음악가 바하의 도시 드레스텐을 방문했다. 우표를 통해서 이미 알고 있는 라파엘의 '승천하는 마돈나'를 보고 싶은 것이 이번 드레스텐 방문 목적의 하나이기도 했다. 안내원을 통해 라파엘의 작품을 먼저 감상하고 시간이 되는 대로 다른 예술품을 짧은 시간에 감상할 수 있었다.

최근 엘베강의 홍수로 드레스텐 시가가 일부 물에 잠겨 이곳 박물관에 소장된 예술품을 예비군까지 동원해서 안전지대로 옮기는 동안 그중 일부가 손상된 것은 예술을 사랑하는 많은 이들에게 슬픔을 안겨주었다. 독일 슈뢰더 수상의 적극적인 지원으로 예술품이 보호될 수 있었으면 하는 마음 간절하다.

7월 18일 귀국하여 있는데 뜻밖에도 독일 대통령의 친서와 '나만의 우표' 대지에 사인을 해 보내왔다. 출국시에 독일연방 대통령 방한시에 그 기념으로 대통령의 사진을 넣고 '나만의 우표' 2종을 만들어 앨범리프에 붙여 보낸 것에 대한 답례였다.

500 Jahre Reformation
루터 종교개혁 500주년을 보내며

2017년 10월 31일은 루터 종교개혁 500주년의 날이었다. 독일 종교개혁가 마르틴 루터(Martin Luther, 1483~1546)는 비텐베르크(Wittenberg)에서 1517년 10월 31일 종교개혁을 일으켰다. 여기에서는 우취자료를 중심으로 살펴보고자 한다.

우선 루터는 독일의 위대한 인물이며 세계 역사에 큰 영향을 끼쳐 우취자료가 발행된 바 있다. 1983년 서독에서는 루터 탄생 500주년을 맞아 그의 큰 업적인 독일어 성경 번역을 강조하는 우표가 발행되었다. 올해는 특히 종교개혁 500주년을 맞아 다양한 우취자료가 나왔다. 종주국인 독일에서 관련 우표가 3종이나 발행되었고, 특히 여러 가지 기념인이 나왔다.

마르틴 루터 종교개혁 500주년
루터의 위대한 업적 중 하나인 독일어 성경 번역 기념우표 및 기념인

우리나라에서도 개신교 신학자들이 선언서를 채택했으며 기념엽서(주문형)와 미터스탬프가 발행되어 종교 도시 비텐베르크에서 개최된 기념행사를 더욱 빛나게 할 수 있었다.

2017년 10월 31일은 독일에서 합법적으로 공휴일로 지정하고 기념 축제와 여러 행사를 개최했다. 또한 구텐베르크(J.Gutenberg)인쇄술이 전 종교개혁에 큰 역할을 할 수 있었다. 마인츠 구텐베르크 박물관에는 한국의 인쇄술과 직지에 관련한 자료가 전시되어 우리의 인쇄문화가 빛나고 있다. 끝으로 우취자료를 보내준 우취동호인들에게 고마운 마음을 전하고 싶다.

종교개혁 500주년 기념(성경의 '태초에 말씀이 계셨다'를 인용)

"인쇄는 가장 고귀하고 소중한 은총의 선물이다."
— 마르틴 루터

독일 우편 당국에서 발행한 공식 맥시멈카드

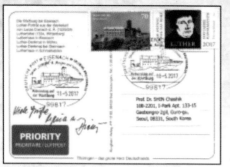

아이제나하에서 발행된 기념인
루터가 은신하며 독일어 성경을 번역한 바르트부르크성

115회 독일 우취인의 날 기념
종교개혁 발상지 루터 도시에 있는 교회

1530년 설교하는 루터의 모습

종교개혁 500주년 기념 게르머링(Germering) 발행
마틴 루터와 비텐베르크교회, 게르머링 우취교환의 기념으로 제작
된 기념인2017년 2월 12일 실체

루터가 은신하며 성경을 번역한 바르트부르크성

1933년 독일제국 시대인 11월 루터 탄생 450주년 기념엽서 발행
바그너 우표가 첨부되어 미국으로 체송된 귀한 실체

1982년 5월 마르틴 루터 탄생 500년 기념
독일 동서 분단 시 동독에서 우표 4종 발행

1961년 5월 보통우표
독일저명인물시리즈
루터 영국이 디자인되어 서독 본
(Bonn)과 베를린(Berlin)에서 각각 발행

종교개혁 500주년 기념 발행 주문형 엽서

ERSTTAGSBLATT

Schätze aus deutschen Museen

22/2018   **Deutsche Post**

'이태리 여행' 독일 박물관 보물 확정 기념

괴테 탄생 200주년 기념 엽서

괴테 서거 150주년

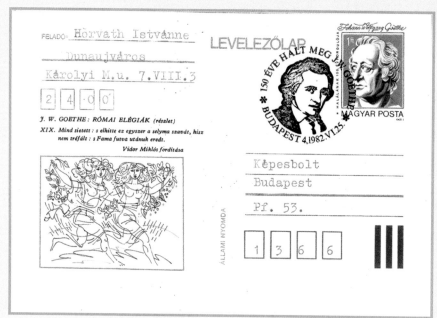

괴테의 작품 '로마의 비가' 기념엽서(헝가리 발행)

괴테의 사인이 든 기념인 등기 우편

괴테의 작품: 로마의 비가 Römische Elegien

FELADÓ _____

LEVELEZŐLAP

Johann Wolfgang Goethe

HALÁLÁNAK 150. ÉVFORDULÓJA

1 Ft

MAGYAR POSTA

J. W. GOETHE : RÓMAI ELÉGIÁK (részlet)

X. Élvezd hát szerelem-hevitette tanyád, mielőtt még
lábad a léthei ár szörnyű vizébe merül.

Vidor Miklós forditása

ÁLLAMI NYOMDA   ÁRA : 1.40 Ft

FELADÓ _____

LEVELEZŐLAP

Johann Wolfgang Goethe

HALÁLÁNAK 150. ÉVFORDULÓJA

1 Ft

MAGYAR POSTA

J. W. GOETHE : RÓMAI ELÉGIÁK (részlet)

XX. Szép erejében a férfi, ha bátor, nyilt is amellett,
jobban szépiti még szinte a Rejtelem őt.

Fodor József forditása

ÁLLAMI NYOMDA   ÁRA : 1.40 Ft

여러 가지의 괴테의 모습

Johann Wolfgang von Goethe, Verschifedene postalische Porträts Goethe

괴테의 생애와 작품

괴테의 초상화는 화가 스틸러 Stieler의 작품이며,
우표는 1957년 프랑스에서 발행한 세계 유명 작가 시리즈 중의 괴테

K. STIELER

1957년 11월 9일 프랑스 파리의 일부인

컬러 트라이얼

괴테의 파우스트 원도

고전주의 Klassik

괴테의 대표작 파우스트

Faust

ERSTTAGSBRIEF   FIRST DAY COVER

Mignon

미뇽의 노래1

Kennst du das Land, wo die Zitronen blühn,
Im dunkeln Laub die Gold-Orangen glühn,
Ein sanfter Wind vom blauen Himmel weht,
Die Myrte still und hoch der Lorbeer steht,
Kennst du es wohl?

Dahin! Dahin
Möcht' ich mit dir, o mein Geliebter, ziehn!

그대 아시나요, 저 레몬꽃 피는 나라?
짙은 잎새 속에서 황금빛 오렌지가 빛나고
푸른 하늘에선 부드러운 바람이 불어오는 곳
치자꽃 고요히, 드높이 월계수, 서 있는 곳
그대 아시지요?

그곳으로! 그곳으로
그대와 함께, 오 내 사랑이여, 가고싶어요.

1. 한국 – 독일 친선우표전시회 개막을 알리는 테이프커팅식   2. 프랑크푸르트 시의회 의장, 총영사와 함께
3. Frankfurt am Main은 라인(Rhein)강 지류인 Main강변에 있는 대도시로 오더(Oder) 강변에 위치한 구 동독(DDR)에 있는 또 하나의 프랑크푸르트로 구분된다.

한국 · 독일 친선우표전시회를 다녀와서
Deutsche-Koreanische Briefmarken-Ausstellung

　‘독일 통일 26주년’ 과 ‘우표의 날’ 을 기념으로 한독우취 문화교류회와 독일 MOENUS우취회와 공동으로, 독일에서는 최초로 10월 1일부터 독일 통일의 날인 10월 3일까지 FRANKFURT Ronneburg Saalbau(한국의 구민회관과 같은 역할을 하는 곳)에서 열렸다. 물론 한반도 평화통일을 기원하는 우표전시회이기도 하다.

　독일 현지시각 10월 1일 오전 11시, 한국식으로 진행된 테이프 커팅식 후 보도 폰 쿠

4. 프랑크푸르트시 1200주년 기념우표(독일, 1994)
5. 프랑크푸르트와 독일의 시성 괴테(Goethe) 프랑크푸르트대학교는 약 4만 명의 학생이 재학 중인데 괴테의 출생지인 이곳을 기념하여 괴테대학교라고도 불린다. 괴테공원에 서 있는 거대한 괴테의 동상이 그의 위대한 작품을 이야기한다. 1949년에 괴테 탄생 200주년을 맞아 3종의 우표가 발행되었으며 괴테 탄생 250주년인 1999년에도 한국 · 독일 양국에서 공동우표가 발행되기도 하였다.

츠레벤(Bodo von Kutzleben) 집행위원장이 사회를 보았다. 이번 전시회의 의의를 설명하고 특히 독일처럼 한국도 어서 통일이 되길 희망한다고 말했다. 총 33작품이 전시되었는데 한국 측은 '통일기원', '유네스코문화유산(직지, 아리랑)', '우리의 섬 독도', '평화의 섬 제주도' 등 한국의 민속과 예술, 아름다움을 담은 작품들이 교민들과 독일 관람객들에게 호평을 받았다.

독일 측의 22작품은 테마별로 엄선된 작품들이 우취가들의 관심을 끌었다. 백범흠 주 프랑크푸르트 총영사의 축사는 그동안 전시회 준비로 고생한 양국 관계자들에게 큰 위로가 되었다. 한국에서는 라제안 한국우취연합회 회장을 대신하여 김삼원 사무국장이 축사를 했다. Robert Lange 프랑크푸르트 시의회 의장은 '우리는 이산가족으로 살아가는 것이 얼마나 힘든 일인지 잘 알고 있다'며 '한반도에도 하루 속히 상호 화해와 평화 통일이 이루어지길 기원한다'고 축사를 했다. Dieter Germann 독일우취연합 최고위원은 전시회 개막을 축하하며 우리 모두에게 즐거운 시간이 되길 바란다고 전했다. Moersel 해센주우취회장도 같은 의미의 축사를 하였다.

통일독일의 수도 베를린(Berlin), 항구도시 함부르크(Hamburg), 남부 독일에 위치한 문화도시 뮌헨 (München), 대성당으로 유명한 퀼른(Köln)에 이어 다섯 번째로 큰 도시인 프랑크푸르트는 항공교통의 요충지며 금융의 중심지다. 유럽연합(EU)의 중앙은행이 자리 잡고 있으며 인구 70만 중 약 만오천 명의 교포가 인근에 모여 산다. 한국과 독일 양국은 2013년 수교 130주년을 맞아 경복궁에 있는 향원정과 음악가 바그너(Wagner)의 고향 바이로이트(Bayreuth) 태양궁전을 소재로 디자인한 공동우표를 발행하여 당시의 3부 요인이 모두 참석한 가운데 우표전달식을 거행했다.

이번 전시회를 통해서 왜 독일을 우취강국이라고 부르는지 알 수 있었다. 그들은 조직위원회에서 준 자료를 꼼꼼하게 살피면서 작품을 진지하게 관람하고 평가한다. 개인적으로 〈괴테의 생애와 작품(Goethe Leben Werke und Wirkung)〉을 출품하여 괴테의 고향에서 명예 금상을 수상한 것은 큰 기쁨이며 보람이다. 이번 전시회가 성공리에 개

경복궁 향원정 Gyeongbokgung Palast Hyangwonjeong Pavillion

한국 – 독일 수교 130주년 기념우표를 첨부한 FDC

최될 수 있었던 것은 양국의 우정 당국과 봉사해 주신 모든 분들의 도움 덕이라고 생각
한다. 공항 도착부터 출발일까지 친절하게 호스트를 해준 Baumgaertel 부부, 전시회 내
내 한국의 음식을 제공해 준 교민들의 정성이 있기에 전시회가 더욱 빛날 수 있었다. 총
영사 이하 영사관 직원들의 관심은 지금도 잊을 수 없다. 1963년, 독일 펜팔 친구의 외
무성 독일정부 장학생 추천으로 국비장학생으로 독일에서 공부하게 된 기억을 떠올리
며 그동안 독일에 지녔던 약간의 채무감을 이번 전시회를 통해 다소 덜 수 있어서 개운
하다. 끝으로 한국과 독일 양국의 우정 당국과 도움을 주신 모든 분께 깊은 감사의 마음
을 전하고 싶다.

Frankfurt ist die Vaterstadt von Goethe und das neue Tor zur Welt.
Nach der EINHEIT fliesst die Elbe friedlich, grenzenlos, ins Meer.
Das Brandenburger Tor, Symbol der Teilung, Symbol der EINHEIT.
                     — Schoenes Deutschland

Koreanische Wiedervereinigung in Frieden und Freiheit wiinschend
Prof. SHIN Chashik(Berno) aus Republik KOREA

아름다운 독일 프랑크푸르트는 괴테의 고향인 동시에 세계로 통하는 관문이다.
브란덴부르크 문은 분단의 상징에서 독일 통일의 상징으로 변모되었다.
                     — 〈아름다운 독일〉 중에서

Frankfurt am Main
Skyline + Dom

글 · 신차식 (단국대 명예교수)
bernoshin@lycos.co.kr

▲ 마인강이 흐르는 프랑크푸르트의 전경을 담은 엽서

뫼누스우취회 창립 100주년 기념 전시회의 개요

전시회 개최일 : 2011년 11월 19일~27일(9일간)
전시장 : 길고 넓은 복도가 중앙에 설치된 공공 문화공간
　　　　 Saalbau Bornheim*
전시작품수 : 35작품
참가국 : 4개국(독일, 한국, 네덜란드, 스위스)
우취자료 : 기념우표 1종, 기념인 2종(창립 및 100돌 기념)
기념엽서 : 5종
전시작품 : 모든 작품이 오픈클래스로 복도 양면에 전시
특이사항 : 마지막 날(11월 27일), 대강당은 관람자와 우취
　　　　　 인끼리 우취자료를 교환하고 우취상들의 상거
　　　　　 래가 가능했는데, 약 500명이 참가하였다. 저력
　　　　　 을 가진 우취 선진국의 면모를 볼 수 있었다.

* 시립 공공 문화공간으로 대강당, 극장, 도서관, 레스토랑
　 지하주차장까지 갖춘 건물이며, 지하철역에서 가까운 거
　 리에 위치해 있다.

프랑크푸르트를 다녀와서

'Moenus 1911'
기념주간 성공리에 폐막

　　독일의 프랑크푸르트(Frankfurt)에서는 100년의 역사를 가진 뫼누스우취회 100주년 기념행사, 열린우취로 개최한 2011 프랑코포르티아 (FRANCOFORTIA 2011) 우표전시회와 공룡특별전, 프랑크푸르트 우표 및 화폐전시회를 150회 대교환의 날을 정점으로 9일간 진행하였다. 개최 장소는 시립 종합문화공간 보른하임(Bornheim)으로 최적의 장소였다. 5일간은 전시회와 함께 청소년 극장에서 10가지 공연이 있었으므로 거의 6,000명의 청소년들이 전시장을 찾았으며, 다섯 자리 숫자에 이르는 관객들이 전시장을 거쳐

갔다. 전시 시간은 아침 8시부터 밤 11시까지였는데, 직장인들을 특히 배려한 것이다. 물론 공룡전시회는 학생 단체관람이 많았다.

경쟁전에 출품된 29작품에는 관객들이 12,108점을 주었다고 한다(독일에서는 특이하게 심사위원뿐만 아니라 관람객들도 작품에 점수를 준다). 영광스럽게도 독일에서 괴테 전문수집가로서 '괴테의 아들(Goethes Sohn)' 이란 별명으로 불리는 한국 출신의 필자가 「괴테의 생애와 작품세계」로 610점을 받아 최고상인 금상을 차지했고, 은상은 592점으로 스위스의 우취가가, 동상은 590점으로

참가 4개국(독일, 한국, 네덜란드, 스위스)의 국기가 걸린 전시장 입구에서.

7명으로 구성된 청소년 단체가 동상을 받았다. 또 14세의 어린 학생이 「센켄베르크(Senckenberg) 공룡박물관」이란 작품으로 4위를 하였다.

▌전시회 첫날, 우취인 만남의 날 스케치

약 100명의 뫼누스우취회 회원들의 부부와 초청 인사들이 함께 한 가운데 저녁 6시부터 만찬을 겸하여 행사가 진행되었다. 필자는 한국을 대표하여 인사말을 할 차례에 우

왼쪽부터

전시회의 주요 내용과 전시회 기념우표가 담긴 상장.

100주년 기념인이 디자인된 전시회 카탈로그

선 뜻 깊은 행사에 초대해 준 데 대하여 감사의 인사를 한 후 '아름다운 독일(Schoenes Deutschland)' 이라는 제목으로 자작시를 낭독하고 '프랑크푸르트는 괴테의 영원한 고향이며 세계로의 관문이다' 라는 한 문장을 즉석에서 추가하여 박수갈채를 받았다.

프랑크푸르트는 어떤 곳인가

프랑크푸르트는 독일의 수도인 베를린, 북부의 항구도시 함부르크, 남부의 문화도시 뮌헨에 이어 독일 철도교통의 요충지이며 세계로 통하는 항공로의 중심지이자 세계금융의 중심도시로서 유럽중앙은행이 자리하고 있는 곳으로 1200여 년의 역사를 자랑한다. 그 중 이곳의 세계도서전도 빼놓을 수 없다. 문화적으로는 세계적 시성 괴테의 고향으로 그의 생가는 오늘날 박물관으로 유명하다. 이곳을 흐르는 마인 강변을 따라 여러 박물관이 위치하고 있으며 우편박물관도 있다(베를린에는 두 개의 우편박물관이 있다). 프랑크푸르트대학은 '괴테대학' 으로 불리기도 한다. 이곳의 유명인사이기 때문이다. 이번 전시기간 동안 틈틈이 문화시설들을 둘러보곤 했다. 괴테박물관은 두 번이나 찾았다. 시내에 위치한 괴테 광장에는 괴테 동상이 우뚝 서 있으며 근처에 위치한 우체국을 들렀는데 크리스마스 우표를 사려는 이들이 줄지어 있는 모습이 인상적이었다.

출발 하루 전에는 유명한 철학자 쇼펜하우어(Arthur Schopenhauer, 1788~1860)가 잠들어 있는 중앙공원 묘를 찾기도 했다. 하루는 전철로 한 시간 정도 거리에 위치해 있는 마인츠(Mainz)에 다녀올 수 있었다.

마인츠 시는 독일의 젖줄인 라인강과 마인강이 합류하는 곳에 자리하고 있다. 이곳엔 바로 인쇄술을 발명한 구텐베르크(J.Gutenberg) 동상이 자리하고 있다. 구텐베르크 박물관에는 한국관도 있어 우리의 인쇄문화를 이해할 수 있도록 배려하였고, 특히 한국의

독일우정청에서 발행한 기념우표

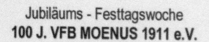

Jubiläums - Festtagswoche
100 J. VFB MOENUS 1911 e.V.

Mainhatten feiert „MOENUS"
19. bis 27. November 2011
SAALBAU Bornheim – Frankfurt am Main

Jubiläumskarte 01.s ✧ 100 Jahre VFB „MOENUS 1911" e.V.

Herrn

Bodo Kurzleben

Arnsburger Str. 24

60385 Frankfurt a. M.

1. Frankfurter Weihnachtsbörse
150. Jubiläums-Großtauschtag

Philatelie „LIVE" erleben
27. November 2011
SAALBAU Bornheim – Frankfurt am Main

Jubiläumskarte 04.s ✧ 100 Jahre VFB „MOENUS 1911" e.V.

Herrn
Dr. med.
Hans-Günther Döring
Friedrich-Ebert-Strasse 31

74321 Bietigheim-Bissingen

뫼누스우취회 창립 기념인과 100주년 기념인이 도안된 기념엽서

구텐베르크 박물관

구텐베르크 동상과
직지우표

직지문화자료가 전시되어 한국문화의 우수성에 대한 자부심을 느낄 수 있었다.

다만 일본자료 설명서는 비치되어 있는데 한국자료 설명서는 없어서 아쉬움을 느꼈으며, 우리나라에서 발행된 직지우표 전지 하나라도 비치되면 더욱 좋겠다는 생각이 들었다. 구텐베르크 박물관 맞은편에는 얼마 전 독일 우표로도 발행된 오랜 역사를 지닌 성당이 위치하고 있는데, 마침 대성당 광장에서는 성탄시장이 열리고 있어서 크리스마스 분위기를 맛볼 수 있었다.

전시회 기간 동안 필자의 숙소는 호텔이 아니라 독일의 일반 가정이었다. 주최 측의 주선으로 하인리히(Heinrich) 변호사 댁에 머물게 된 것이었는데, 그곳에서의 친근한 인상은 오래 기억에 남을 것 같다. 아침식사는 주최 측의 인사와 거의 매일 함께 하였다. 체류 기간 동안 몇몇 우취인들의 개인 초대를 받기도 하였는데, 우취의 사랑 속에 한 형제임을 느낄 수 있었으며 특히 손님을 대접하는 순수한 친절성은 정말 잊을 수 없다.

필자는 감사의 뜻으로 챙겨간 우리나라 우취자료를 선물했는데, 자료를 받고 기뻐하며 감사를 표하는 그들의 모습은 무슨 상을 받을까 하는 지나친 경쟁의식에 연연하지 않고 우취를 즐기는 평소의 모습 그대로를 보여주고 있었다.

이번 독일 여행은 개인적으로 경제적 부

도착부터 출국까지 세심하게 배려해 주었던 회장 하이디 아스틀(H. Astl) 여사, 보도 폰 쿠츠레벤(Bodo v. Kutzleben) 집행위원장과 함께.

담은 되었으나 반세기에 걸친 우표수집에서 비롯된 결과로서 우취를 통한 민간외교의 보람을 느꼈다. 더구나 뫼누스우취회 100주년 기념행사에서 최고상인 금상을 수상한 것은 필자 개인의 영광일 뿐 아니라 가난했던 시절, 독일의 장학금 혜택으로 공부한 한 사람으로서 꾸준한 노력으로 우표문화를 이해하고 나아가서는 국위선양에 조금이나마 일조가 되었기를 바란다.

끝으로 작품을 초대해 준 뫼누스우취회 회장 하이디 아스틀(H. Astl) 여사에게 감사하며, 출품작을 준비하는 데 도움을 주신 분께도 고마운 마음을 전한다. 특히 어려웠던 1960년대에 독일 장학금을 주선해 주었던 우취인 고(故) 벡슬러(F. Wexler) 선생을 기억하며, 지난 10월 송부한 독일 통일 21주년 축하 주문형엽서에 회답해 준 불프(Wulff) 현 독일연방공화국 대통령께도 자상한 친절성에 깊은 감사를 표한다. 보도 폰 쿠츠레벤(Bodo von Kutzleben) 부부와 카르바하(Karbach) 부부의 초대에 감사드리고 이번 행사에 참여하도록 도움을 준 나의 펜팔 친구 나흐티갈(Nachtigal) 씨의 협조에도 감사를 표하고 싶다.

The 250th Anniversary of Johann Wolfgang von Goethe's Birth

By Prof. **Shin, Cha-Shik** Ph.D
German Department Dankook University

This year 1999 falls on the 250th anniversary of Goethe's birth. For this reason, Weimar, the city of European cultural heart then, which is the 2nd native place of Goethe, now attracts keen attention of people, all over the world.

Today, nobody doubts that Goethe was the most important central figure in the German literary circles, who had very much influenced its development as well as its overall sociopolitical sectors, although the German Classics have not started nor been initiated solely by any single person.

On this memorable occasion of his 250th birth, a joint plan has been prepared and is to be carried out by Korea and Germany. It is to simultaneously issue a postage stamp commemorating his 250th birth on the forthcoming August 12th by both parties in order to make the occasion more meaningful and significant.

So far, the amicable relationship of mutual cooperation in all aspects between these two countries has been steadily strengthened for the past 120 years since their initial establishment of formal diplomatic relations in 1883. Now Germany has become one of the three important trading partners of Korea, that is, abreast with the U.S.A. and Japan. The existing cultural ties between Korea and Germany, we all anticipate, will become even closer although their topographic distance remains far and apart as before, because of this joint plan of two countries.

In the past, as we all know very well, the painful state of the enforced division of Germany, that is, into the East and the West for so long time had abruptly ceased on the occasion of historical breakdown of the notorious Berlin Wall in 1989. Eventually they have achieved the long-awaited

German integration on October 3rd, 1990. Now the united Germany is slowly coming around, regaining its old economic prosperity and successfully overcoming their miscellaneous adversity right after their reunification.

The newspaper of Korea recently reports that an exhibition of Korea's ancient relics and remains that all rank high in the national collections of treasure class of Korea has been open on the 3rd of last June at the Exhibition Hall of Villa Huegel of Essen city, with great fanfares and much ado under the official name of "Korea Die alten Koenigreiche"(Ancient kingdom of Korea) and in the presence of His Excellency the President of Germany and a large number of more than 200 visitors.

At this exhibition (in Essen), the total 325 exhibits of the first class Korean relics are now displayed. The exhibits include the renowned gilt bronze Maitreya meditating with his one leg crossed over the other in a half-seated position, the typical symbol of Korean fine arts, and other 15 items of the national treasure class.

This artistic array of Korean cultural treasures will be displayed in Essen until October 17th, and then in Munich of southern Germany (November 4th 1999~February 20th 2000), in Zurich of Switzerland and then will be turned around to other three more places of Europe. The items are to be kept displayed for longer than one full year.

The hosting organ of this exhibition, that is, "the Ruhr Cultural Foundation", estimates that the show would easily attract as many visitors as approximately 200 thousand altogether. Such estimation backs up the remark of a Korean correspondent there who reported that public attention and their interest in Europe toward Korean culture in general have become keener and been steadily

괴테(GOETHE) 탄생 250주년기념

우 표 전 시 회
BRIEFMARKEN~AUSSTELLUNG
기간:1999.3.27 ~ 4.11 장소 : 예술의 전당 오페라하우스

▲ Tape-Cutting at the Stamp Exhibition for the Commemoration of the 250th Birth of Johann Wolfgang von Goethe

mounting.

On the other hand, the Goethe-Festival was open in Korea from March 26th up until April 11th under a joint sponsorship of two organs, that is, the Korea Goethe Society and the Seoul Arts Center, with generous support from the Goethe Institute Seoul (German Cultural Center).

Amongst the first package programs that had been performed in the Festival there were his poetic drama "Faust", the prose drama "Iphigenie" and "Stella". Then, these numbers were followed by the academic lectures, the poem-recital, the exhibitions of books and postage stamps all relative to Goethe, a midnight-session of cinema and lastly the concert to his memory.

The stamp exhibition, in particular, was quite popular with many visitors and philatelists, providing them with an excellent opportunity for their understanding of Goethe's culture which was very well reflected on those stamps. Its tape-cutting ceremony was officially conducted under the pres-

3-1. Leben von Goethe

3-1-1. Birth of Goethe

A stamp exhibition was open on the occasion of the "Year of Goethe"

WUNSIEDEL : This is the city located in the upper region of "Franken Mountain Range" that is covered mostly with fir trees. Here, the municipal government officially established the "Week of Goethe" and celebrated his birth.

The city of Frankfurt, which is the native place of Goethe, issued a special commemorative date stamp on the occasion of the 200th anniversary of his birth.

and the similar stamp but issued in Korea for the commemoration of the 200th birth of Goethe in 1949 have drawn much attention of people.

Aside from such stamps, there were many other exhibits of course, for example, the postcards and the commemorative postmarks.

Moreover, the design of the stamp for the commemoration of the 250th birth of Goethe, which is to be jointly issued on the forthcoming August 12th in Korea and Germany, and the design for its Souvenir Sheet have arrested immediate attention and a deep interest of people. Such advance exhibits of stamp-designs were possible through the good offices of the Ministry of Information and Communication.

Furthermore, a special meter-stamp and a telephone-card, both for the commemoration of the Goethe's 250th birth, were issued while the Exhibition was on. The public response toward such issues turned out to be quite encouraging and favorable, all finding them positive and much helpful for their comprehension and understanding of the German literature.

Johann Wolfgang von Goethe was born in Frankfurt on the southern bank of the River Main on August 28, 1749, that is, 250 years ago. His old house of birth is now used for a public museum, under the name of "the Goethe Museum".

However, he moved out of this place of cradle and went to Weimar, his second native place, in 1775, and stayed there on until he died at eighty three in 1832.

ence of many distinguished figures. They were, for example, the German Ambassador, His Excellency Dr. Claus Vollers, the President of Korea Goethe Society, the President of the German Language and Literary Society of Korea, the Director of Goethe-Institute Seoul, the Vice-president of the Philatelic Federation of Korea, the exhibitor Prof. SHIN and many other visitors of the exhibition.

Amongst the stamp exhibits, the first stamp of Goethe issued in the principality of Altona in 1899

3-1. Leben von Goethe
3-1-1. Birth of Goethe

The Portraits of Goethe, with his different looks and visages as seen at each stage of age-Shown in the order of chronology and starting from the lowest face value.

<The 250th Anniversary of Goethe's Birth> This depicts a symbolic salute of Weimar, the city of Goethe, to the world.

In his lifetime, Goethe produced many priceless and splendid masterpieces, and left them behind for us. Some of them, for example, are the "Faust", a poetic drama depicting the aspiration of a man, the romantic and tragic tale "the Sorrows of Young Werther" (Die Leiden des jungen Werthers) and "the Wild Roses" (Heidenroslein) in his poetry. These are only a few of his works that are considered most typical of his works and well known in Korea.

"The Wild Roses" is so popular that it was remade into music by the famed composers, "Fr. Schubert" and "Werner", printed on the textbooks of German language for Korean high school students, and we all occasionally enjoy its tune coming on the air.

Finally, I pray to God for ever closer friendly relationship to be developed between Korea and

Germany in future and for more active globalization of Korean philately on the occasion of the joint issue of postage stamps. Likewise, I fervently wish our dream for the unification of the South and the North be achieved and come true soon in the Korean peninsula as it was possible in Germany.

Last but not least, I bless in advance, in the capacity of the first initiator of the very idea of joint issue at the beginning and as one of the ardent stamp lovers, for the successful inauguration ceremony of the joint issue (of postage stamps) on August 17th this year in Weimar and on October 4th in Seoul.

檀國大學校 論文集：人文·社會科學篇, 第34輯, 1999.
DANKOOK UNIVERSITY FACULTY RESEARCH PAPERS : Vol.34, 1999.

괴테의 이름을 가진 독일 가로명에 대한 고찰*
- 괴테의 이름이 가로명칭에 끼친 영향을 중심으로 -

신 차 식

Ⅰ. 머 리 말

우리는 유럽을 여행할 때 흔히 도시의 거리에나 광장, 또는 공원 등지에 우뚝 서 있는 유명 인사들의 동상이나 조각상, 기념물 등을 볼 수 있다. 그 동상들은 훌륭했던 정치가, 시인, 작가, 음악가, 예술가, 과학자, 발명가, 철학가 등이 대부분이다. 생전에 사회에 공헌하고, 인류에 미친 영향이 크므로 후세 사람들이 그들의 공적을 기리기 위하여 세운 것이다.

우리가 독일로 여행한다면, 예를 들면 함부르크(Hamburg)에는 재상 비스마르크 동상이, 베를린(Berlin)에는 프리드리히 대왕의 동상이, 마인츠(Mainz)에는 구텐베르크 동상이, 프랑크푸르트(Frankfurt am Main)에는 시인 괴테(Goethe)의 동상이, 마르바흐(Marbach)에는 독문학에서 괴테와 쌍벽을 이루는 극작가 프리드리히 쉴러(Friedrich Schiller)의 동상이 쉴러 국립 박물관을 바라보며 서 있는 모습을 볼 수 있다. 1999년 특히 유럽의 문화 수도(Kulturhauptstadt)로 지정된 바이마르(Weimar)에서는 괴테와 쉴러 동상이 국립 극장 앞에 우뚝 서 있는 모습을 발견하게 된다.

프랑크푸르트 대학은 시성(詩聖) 괴테의 이름을 따서 요한 볼프강 괴테 대학(Johann Wolfgang von Goethe-Universität)으로 불리고 있으며 독일어 및 독일 문화를 세계에 보급하는 기관으로는 역시 괴테의 이름을 딴 괴테 인스티투트(Goethe-Institut)의 중앙 본부가 독일의 제3의 대도시인 뮌헨(München)에 있다. 세계 여러 나라에 Goethe-Institut가 설치되어 있으며, 한국에도 1971년이래 한국과 독일 양국의 문화 협정에 의하여 서울에 독일 문화원이 설립되었다. 주한 독일 문화원은 오늘날 한국과 독일 양국의 문화 교류의 장으로 큰 구실을 하고 있다.

한국에서는 고등학교 학생 이상이면 괴테의 이름을 알게 되고 괴테의 시 "들장미(*Heidenröslein*)"

신차식 인문과학대학, 교수(문학박사), 독어학.
*이 논문은 단국대학교 대학연구비 지원에 의하여 연구되었음.

는 한국인의 애창곡으로 사랑을 받고 있으며 "파우스트(*Faust*)"와 "젊은 베르테르의 슬픔(*Die Leiden des jungen Werthers*)"은 널리 애독되는 그의 대표 작품이기도 하다. 그러므로 괴테는 한국인에게도 잘 알려진 시인이다.

　필자는 수차에 걸친 독일 도시 여행을 통하여 가로명들(Straßennamen)이 많은 인명에서 유래함을 유의하게 되었다. G. Koß는 그의 저서 「명칭론 연구」(*Namenforschung*)에서 "가로명은 역사의 거울이다.(Straßennamen sind ein Spigel der Geschichte.)"라고 말한바 있다.[1]

　이 글에서는 인명 중에도 작가의 이름 그 중에도 특히 1999년 뜻깊은 탄생 250주년을 맞이하는 시성 괴테(Goethe)의 이름을 가진 독일 도시들의 가로명에 대해 조사하였다.

II. Leipzig시 가로명의 내용적 고찰
(Inhaltsbezogene Betrachtung)

　독일의 여러 도시들 중에서 라이프치히(Leipzig)시를 조사대상으로 선택한 이유는 구동독(DDR)의 도시였던 이 도시가 1989년 베를린 장벽이 붕괴되는 통일의 과정에서 민주화 운동의 핵심지역으로 떠올랐기 때문이다. 특히 라이프치히 시민들이 평화적으로 니콜라이 교회를 중심으로 벌인 촛불데모는 당시 세계적으로 큰 주목을 받았다.

　Leipzig시의 가로명을 내용에 따라 다음과 같이 필자 나름대로 분류를 시도해 보았다.[2]

1. 유명한 인명에서 유래하는 가로 명칭

　독일의 가로 명칭에는 역사적으로 이름을 빛냈던 많은 인명(Personennamen)이 쓰여지고 있는 것이 일반적인 경향이다. 가로명을 관찰해 보면 가로명에 역사적 인물들이 숨쉬고 있는 듯한 기분을 느낄 수 있다.

(1) 철학자, 사상가 및 교육자

Albert-Schweitzer-Str., Disterweg, Fichtestr., Kantstr., Leibnizstr., Leibnizweg, Nietzschestr., Pestalozzistr., Rousseaustr., Schellingstr., Schopenhauerstr., Voltairestr., Wittgensteinweg usw.

(2) 작곡가 및 음악가

---

1) Gerhard Koß : *Namenforschung*, Eine Einführung in die Onomastik,Tübingen 1990, S. 91
2) 신 차 식 : 동독도시의 가로명칭에 대한 연구, Leipzig시의 가로명을 중심으로, 독어독문학 제 46호, S. 58f.에서 인용.

Beethovenstr., Chopinstr., Gustav-Mahler Str., Haydnstr., Mendelssohnstr., Mozartstr., Robert-Schumann-Str., Schubertstr., Sebastian-Bach-Str., Tschaikowskistr. usw.

(3) 시인, 작가들의 이름에서 유래하는 가로명

Bertolt-Brecht-Str., Cervantesstr., Chamissostr., Cladiusstr., Dantestr., Dostojewskistr., Eichendorffstr., Fontanestr., Goethesteig, Goethestr., Gottfried-Keller-Str., Gottschedstr., Grimmweg, Hans-Sachs-Str., Hauptmannstr., Hebbelstr., Heinrich-Mann-Weg., Hölderlinstr., Kleiststr., Klopstockstr., Körnerplatz, Körner-Str., Kurt-Tucholsky-Str., Leo-Tolstoi-Str., Lessingstr., Mörikestr., Puschkinstr., Raimundstr., Shakespeareplatz, Schillerplatz, Schillerstr., Schillerweg, Stifterstr., Stormstr., Swiftstr., Tieckstr., Uhlandstr., Wielandstr., Wilhelm-Busch-Str. usw.

1) 독일의 수도 베를린의 가로명 중 시인 및 작가들의 성명과 문학 작품에서 유래하는 가로명은 다음과 같다.[3]

Bergengruenstr., Chamissoplatz, Chamillostr., Eschenbachstr., Fontane Promenade, Fontanestr., Goethestr. Gottfried-Keller-Str., Grimmelshausenstr., Heinrich-Mann-Str., Hoffmann-von-Fallersleben-Platz, Hölderlinstr., Kleiststr., Klopstockstr., Mörikestr., Novalisstr., Rilkepfad, Schillerhof., Schillerplatz, Schillerpromenade, Schillerring, Schillerstr., Stormstr., Sudermannstr., Thomas-Mann-Str., Tucholskystr., Uhlandstr., Wedekindstr., Wielandstr., Wilhelm-Busch-Platz, Wihelm-Busch-Str. usw.

2) 중소도시인 Weimar에는 괴테를 비롯한 시인과 작가들의 이름을 가진 가로명은 다음과 같다.[4]

Bettina-von-Arnim-Str., Eduard-Mörike-Str., Georg-Büchner-Str. Gerhart-Hauptmann-Str., Goetheplatz, Gottfried-Keller-Str., Hinrich-Heine-Strl., Hinrich-von-Kleist-Str., Hoffmann-von-Fallersleben-Str., Lessingstr., Puschkinstr., Rainer-Maria-Rilke-Str., Schillerstr., Theodor-Körner-.Str., Theodor-Storm-Str., Thomas-Mann-Str., Wielandplatz, Wielandstr., William-Shakespeare-Str. usw.

(4) 성서에 나오는 이름이나 사도, 성인, 성녀의 이름에서 유래하는 가로명[5]

Agnesstr., Barbarastr., Benediktusstr., Berthastr., Davidstr., Hedwigstr., Hubertusstr., Jacobstr., Josephstr., Klarastr., Kolbestr., Lorenzstr., Lukasstr., Marthastr., Mathildenstr., Martinstr., Petersstr., Stephanstr.,

---

3) 신차식 : 베를린 가로명에 대한 연구 Ⅰ, 장충식 박사 회갑 기념 논총, 인문·사회과학편, S. 403. 참조.
4) Vgl. Stadtplan „Weimar", 1993.
5) 문화적 배경에 기독교(Christentum)에 의한 종교적 영향이 끼친 결과로 다른 여러 도시들에도 유사한 현상을 발견 할 수 있다.

Thomasstr., Ulrichstr. usw.

(5) 발명가, 과학자, 학자 등의 이름에서 유래하는 가로명

Ampereweg, Darwinstr., Disterweg, Gaußstr., Gutenbergplatz, Gutenbergstr., Humboldtstr., Keplerstr., Kopernikusstr., Liebigstr., Max-Plank-Str., Newtonstr., Ohmweg, Ossietzkystr., Paul-Heyse-Str., Röntgenstr., Schlegelstr., Siemensstr., Virchowstr. usw.

(6) 미술가 및 조각가의 이름에서 유래하는 가로명

Albrecht-Dürer-Platz, Albrecht-Dürer-Weg, Cranachstr., Goyastr., Holbeinstr., Kaulbachstr., Rembrandtstr., Renoirstr., Rodinweg, Rubensstr., Schadowstr., Tilman-Riemenschneider-Weg, Tischbeinstr., Zillerstr. usw.

2. 지명(Ortsnamen)에서 유래하는 가로명

Bamberger Str., Berliner Str., Bochumer Str., Chemnitzer Str., Dresdner Str., Eisenacher Str., Fürther Str., Hannoversche Str., Heidelberger Str., Heilbronner Str., Landbergstr., Marbachstr., Mainzer Str., Mannheimer Str., Marbachstr., Meißner Str., Prager Str., Rothenburger Str., Saarlouiser Str., Stuttgarter Str., Ulmer Str., Würzburger Str. usw.

3. 동물 이름(Tierennamen)에서 유래하는 가로명

- 가축 및 야생동물 이름이나 새, 곤충 및 파충류 -
Ameisenstr., Amselweg, Drosselweg, Eichhörnchenweg, Fasanenpfad, Froschweg, Hasenpfad, Igelstr., Kaninchensteig, Lerchenrain, Rehpfad, Schmetterlingsweg, Schwanenweg, Strochweg, Taubenstr. usw.

4. 식물계(Pflanzenwelt)의 이름에서 유래하는 가로명

- 꽃의 이름, 과일, 풀,나무와 같은 식물계의 이름에서 유래하는 것
Birkenstr., Blumenstr., Hainstr., Kastanienallee, Kleeweg, Lindenallee, Lindenstr., Lilienstr., Nelkenweg, Rosenweg, Traubergasse, Tulpenweg, Weidenweg usw.

5. 종교적인 문화배경에서 유래하는 가로명

Augustinerstr., Kirchplatz, Kirchweg, Klostergasse, Liebfrauenstr., Nikolaikirchhof, Nonnenstr., Nonnenweg, Peterskirchhof usw.

6. 동화의 이름이나 문학작품명에서 유래하는 가로명

(1) 동화의 이름에서 유래하는 가로명

Dornröschenweg, Frau-Holle-Weg, Froschkönigweg, Gretelweg, Hänselweg, Rapunzelweg, Rotkäppchenweg, Schneewittchenweg, Sterntalerweg usw.

(2) 문학작품, 전설, 신화 등의 주인공의 이름에서 유래하는 가로명

Berlichingenstr., Brunhildstr., Don Carlos-Str., Moritzstr., Siegfriedplatz, Siegfriedstr. usw.

7. 풍경, 지형, 건물 등에서 유래하는 가로명

Brunnenstr., Brückenstr., Burgplatz, Burgstr., Grasweg, Hügelweg, Parkallee, Schloßgasse, Schloßweg, Tannenwaldstr., Universitäts-Str., Waldplatz, Waldstr., Wasserturm, Wiesenweg, Wiesenstr. usw.

8. 역사적 인물에서 유래하는 가로명

- 독일 역사에서 나치(Nazi) 독재에 저항운동을 했던 백장미(Die weiße Rose) 운동의 인물에서 유래한 가로명 -
Christoph-Probst-Str., Geschwister-Scholl-Str. usw.

9. 별이름이나 방위(Himmelsrichtungen)에서 유래하는 가로명

Jupiterstr., Morgensternstr., Nordplatz, Nordstr., Ostplatz, Oststr. usw.

10. 독일 연방주 이름에서 유래하는 가로명

Bayerischer Platz, Brandenburger Str., Hessenstr., Saarländer Str., Sachsenstr., Thüringer Str. usw.

위에서 살펴본 이외에도 직업이나 전설, 신화 등에서 유래하는 가로명칭(예 : Gerberstr.,

Goldschmiedstr., Melker Weg, Mühlenstr., usw.)을 내용적으로 규정 지우는 요소들이 매우 다양하다는 사실이 증명된다.

Ⅲ. Leipzig시 가로명의 형태적 고찰
(Gestaltbezogene Betrachtung)

· 가로명의 다른 명칭들

　독일 가로명의 상위개념(Oberbegriffe)으로 대표적 명칭으로는 Straße(-str.)가 주류를 이루고 있으나 가로의 유래와 형태에 따리 다음과 같은 하위개념(Unterbegriffe)으로 명칭이 쓰이고 있음이 조사되 있나.[6]

　1. Platz (-platz) :

Albrecht-Dürerplatz, Gutenbergplatz, Jägerplatz, Schillerplatz usw.

　2. Hof (-hof) :

Lindenhof, Paffelhof, Peterskirchhof usw.

　3. Teich (-teich) :

Am Bauernteich, Am Langen Teich, Am Parkteich usw.

　4. -berg :

Am Eichberg, Am Kirschberg usw.

　5. Ende :

Nr. 1-Ende, Nr. 2-Ende, Nr. 96-Ende usw.

---

6) 우리 나라에서는 독일의 Straße, 즉 거리(도로)에 해당하는 기본어(Grundwörter)로는 길, 로(路), 대 로(大路) 따위로 구분한다.
　보기 : 소월길, 새문안길: 남대문로, 대학로, 통일로: 강동대로, 송파대로 등.

6. Winkel (-winkel) :

Am Eichwinkel, Portitzer Winkel, Sonnenwinkel usw.

7. Graben (-graben) :

Am Krummen Graben, Am Mühegraben, Lösegraben usw.

8. Gasse (-gasse, -gäßchen) :

Borngasse, Grünegasse, Johannisgasse, Salzgäßchen usw.

9. Pfad (-pfad) :

Fasanenpfad, Fuchspfad, Hasenpfad, Rehpfad usw.

10. Ring (-ring) :

Goeldeler-Ring, Martin-Luther-Ring, Nibelungenring, Schöner Ring usw.

11. Allee (-allee) :

Jahn-Allee, Lindenallee, Max-Reger-Allee usw.

12. Weg (-weg) :

Albrecht-Dürer-Weg, Drosselweg, Grüner-Weg, Waldweg, Hopfenweg usw.

13. -steig :

Birkhahnsteig, Goethesteig, Kaninchensteig usw.

14. Markt (-markt) :

Lindenauer Markt, Neustädter Markt, Neumarkt usw.

이외에도 -Nest, -Brühl, -Kamm 등과 결합하여 가로명이 조어되는 몇 가지 다른 유형들도 있다.

IV. Goethe의 이름을 가진 가로명

괴테의 이름을 가진 도시의 가진 도시의 가로명을 고찰하기 위하여 Goethe-Institut 발행의 한 책자(Strassenatlas)를 근거로 하여 독일의 도시들 중에서 70개 도시를 선택하여 그 분포도를 분류·조사해 본 결과, 이 가운데 52개 도시는 괴테의 이름을 가진 가로명을 갖고 있었으며, 나머지 18개 도시만이 괴테의 이름을 가진 가로명이 없었다. 이를 백분율로 보면 괴테의 이름을 가진 가로명이 74%에 이르고, 괴테의 이름을 갖고 있지 않은 도시는 26%에 머물고 있다. 백분율 74%는 상당히 높은 수치라 생각된다. 따라서 독일 도시들의 가로 명칭 부여(Namengebung)에 시성(詩聖) 괴테가 얼마나 큰 영향을 미치고 있는가를 잘 말해주고 있다.

괴테의 이름을 가진 가로명이 있는 도시명과 가로명은 다음과 같다.

연번	도 시 명	가 로 명 칭	연번	도 시 명	가 로 명 칭
1	Aachen	Goethestr.	27	Hannover	Goetheplatz, Goethestr.
2	Baden-Baden	Goetheplatz	28	Heidelberg	Goethestr.
3	Berlin	Goethestr.	29	Heilbronn	Goethestr.
4	Bielefeld	Goethestr.	30	Ingolstadt	Goethestr.
5	Bochum	Goethestr.	31	Jena	Goethestr.
6	Bonn	Goethestr.	32	Kaiserslautern	Goethestr.
7	Brandenburg	Goethestr.	33	Karlsruhe	Goethestr.
8	Bremen	Goetheplatz	34	Kassel	Goethestr.
9	Bruchsal	Goethestr.	35	Kiel	Goethestr.
10	Chemnitz	Goetheplatz, Goethestr.	36	Krefeld	Goethestr.
11	Cottbus	Goethestr.	37	Leipzig	Goethestr. Goethesteig
12	Darmstadt	Goethestr.	38	Mageburg	Goethestr.
13	Dessau	Goethestr.	39	Mainz	Goetheplatz, Goethestr.
14	Dortmund	Goethestr.	40	Mannheim	Goethestr.
15	Dresden	Goetheallee	41	München	Goetheplatz, Goethestr.
16	Eisenach	Goethestr.	42	Nürnberg	Goethestr.
17	Erfurt	Goethestr.	43	Offenburg	Goethestr.
18	Essen	Goethestr.	44	Pforzheim	Goethestr.
19	Frankfurt/Main	Goetheplatz, Goethestr.	45	Regensburg	Goethestr.
20	Frankfurt/Oder	Goethestr.	46	Rostock	Goetheplatz, Goethestr.
21	Freiburg i. Br.	Goethestr.	47	Schwerin	Goethestr.
22	Freidrichshafen	Goethestr.	48	Ulm	Goethestr.
23	Gera	Goethestr.	49	Villingen-Schwenningen	Goetheplatz, Goethestr.
24	Gotha	Goethestr.	50	Weimar	Goetheplatz
25	Gütersloh	Goethestr.	51	Wismar	Goethestr.
26	Hamburg	Goethestr., Goetheallee	52	Würzburg	Goethestr.

이 글에서 조사된 70개의 도시중에서 괴테의 이름을 가진 가로명이 없는 나머지 18개의 도시 이름은 다음과 같다.

1. Aalen 2. Augsburg 3. Bamberg 4. Braunschweig 5. Düsseldorf 6. Duisburg 7. Halle (Saale) 8. Koblenz 9. Köln 10. Lübeck 11. Münster 12. Potsdam 13. Saabrücken 14. Schwäbisch Gmünd 15. Schwäbisch Hall 16. Stuttgart 17. Wiesbaden 18. Wolfsburg.

독일 도시들의 가로명은 지명이나 지형지물 등에서도 유래하지만 주로 인명을 중심으로 결정되며, 그 중에서도 인류와 사회에 큰 영향을 끼친 시인이나 작가들, 특히 세계적 문호 괴테의 이름이 가로 명칭 속에 잘 반영되고 있음을 이 글에서 증명되었다.

괴테는 그와 쌍벽을 이루는 쉴러(F. Schiller : 1759~1805)와 함께 독일문학의 황금기를 이룬 대표적 작가로서 불후의 문학작품을 통하여 독일문학을 계몽주의(Aufklärung)에서 고전주의(Klassik)로 발전시켰다. 괴테와 쉴러가 서로 우정을 나누고 작품활동을 하던 문화의 중심지 바이마르가 1999년 괴테 탄생 250주년을 맞이하여 유럽 문화의 수도로 지정된 것도 괴테의 명성을 잘 말해주고 있다. 괴테가 독일문학을 통하여 우리 인류에 미친 영향은 실로 크다 하겠다.

가로(Strasse)의 뜻으로 쓰이는 다른 것으로는 -platz, -steig, -allee -ring등이 있다. Goethe의 이름을 가진 가로명은 조사된 모든 도시에 고르게 분포되어 있다. 따라서 독일의 대부분의 도시에는 Goethe의 이름을 가진 가로명이 있다는 예측이 가능하다. 1990년 독일 통일 후 다시 수도로 확정된 Berlin에는 Goethe의 이름을 가진 가로의 숫자가 4개나 있다. 물론 행정구역은 다르다. 같은 행정구역에는 같은 가로명이 한 번만 부여되어야 하는 원칙이 있기 때문이다.[7]

V. 맺 음 말

독일에서 괴테의 이름을 가진 가로명이 괴테가 태어난 마인강변의 프랑크푸르트(Frankfurt)나 그가 오랫동안 작품 생활을 했던 바이마르(Weimar)와 같은 연고지는 물론이고, 특별히 관련이 없는 다른 여러 도시들에도 골고루 분포되어 있다는 사실은 괴테의 명성이 그만큼 높다는 것을 증명하는 것이다.

이처럼 독일 도시의 가로명은 지명(Ortsnamen)이나 인명(Personenamen)에서 유래하는 경향이 현저히 높다. 인명 중에서도 특히 괴테와 같은 작가들의 이름이 가로 명칭 부여에 중요한 구성 요소임을 알 수 있다.

가로명을 작명할 때 활용되는 이름의 구송요소(Bestandteile)는 인물명 외에 동·식물명, 도시명, 지명, 강이름, 동화 및 동화 주인공들의 이름 등 매우 다양하다.

반면 우리나라에서는 도시들의 가로명이나 동명(洞名)이 이들 지역과 관련된 인물의 이름에서 유래하는 경우가 거의 없는 실정이다. 우리나라에서도 신도시의 가로명칭을 정할 때 그 지역과 연고가 있거나, 혹은 연고가 없다하더라도 위인들의 생애와 업적을 후세에 더욱 기릴 수 있도록 그들의 이름으로 기로명이나 동명을 짓기를 제안하는 바이다. 앞으로 이 글이 이 분야의 연구에 작으나마 도움이 되기를 바라며.

괴테(Johann Wolfgang von Goethe 1749~1832)는 그의 유명한 작품들 뿐만 아니라 도시들의 가로명을 통해서도 "세계시민(Weltbürger)"으로서 그의 이름이 찬란히 빛날 것이다.

참 고 문 헌

Bach, Adolf : *Deutsche Namenkunde*. Band Ⅰ.
Deutscher Bundestag : *Fragen an die deutsche Geschichte*, 1993.

7) Vgl. G. Koß : *Namenforschung*, S. 91. (Jeder Straßenname darf nur einmal vorkommen.)

Dieter., Günter : *Reiseführer für Literaturfreunde*, Berlin 1993.

Falk Verlag AG : *Leipzig* (Stadtplan), Hamburg 1993.

_____ : *Berlin*, Hamburg 1995.

_____ : *Chemnitz*, Hamburg 1995.

_____ : *Dresden*, Hamburg 1995.

_____ : *Mainz und Wiesbaden*, Hamburg 1995.

_____ : *München*, Hamburg 1995.

Fleischer, Wolfgang : *Deutsche Sprache*, Leipzig 1993.

Goethe-Institut : *Deutsch lernen Deutschland kennenlernen*, Strassenatlas, RV Verlag 1998.

Hoffmann, Alexander : *Die neuen deutschen Bundesländer*, München 1991.

Kluge, Friedrich : *Etymologisches Wörterbuch der deutschen Sprache*, Berlin 1975.

Koß, Gerhard : *Namenforschung*, Tübingen 1990.

Moser, Hugo : *Deutsche Sprachgeschichte*, Tübingen 1969.

Polenz, Peter : *Geschichte der deutschen Sprache*, Berlin 1978.

Schmidt, Wilhelm : *Geschichte der deutschen Sprache*, Stuttgart/Leipzig 1993.

Steger, Hugo : *Probleme der Namenforschung im deutschsprachigen Raum*, Darmstadt 1977.(Wege der Forschung 383)

김 성 대 : 「도이치 언어학 개론」, 단국대 출판부, 서울 1995.

신 차 식 : Berlin 시의 가로명에 대한 연구 I, 장충식 박사 회갑기념 논총, 인문-사회과학편, 서울 1992.

_____ : 동독 도시의 가로명칭에 대한 연구 - Leipzig 시의 가로명을 중심으로 -, 독어독문학 제 46호, 서울 1995.

서울특별시 : 서울의 가로명 연혁, 1988.

유 재 영 : 「전래지명의 연구」, 원강대학교 출판국, 1982.

이 영 택 : 「한국의 지명」, 태평양 출판사, 서울 1986.

허 발 · 이 덕 호 : 「독일어사」, 고대출판부, 서울 1972.

論 文 集

ZUSAMMENFASSUNG

독문 요약

Deutsche Straßen mit dem Namen Goethes

Cha-shik Shin—

Es handelt sich in der vorliegenden Arbeit um eine Untersuchung der Straßennamen der deutschen Städte, die nach Goethe benannt worden sind. Die Namensbestandteile, die bei der Benennung von Straßen verwendet werden, sind sehr unterschiedlich. In Deutschland haben viele Straßen die Namen berühmter Personen wie Politiker, Dichter, Schriftsteller, Komponisten(Musiker), Künstler, Naturwissenschaftler, Erfinder, Philosophen usw.

In anderen Fällen wurden Straßen nach Pflanzen(Bäumen, Blumen), Tieren, Städten, Flüssen, Gestalten aus der Literatur und der Märchenwelt usw. benannt.

Nach meiner Untersuchung überwiegen die Namen von Dichtern und Schriftstellern. Zum Beispiel gibt es in Leipzig 42 Straßen mit solchen Namen. Dazu gehören 2 Straßen, die den Namen Goethes haben.

Der allgemeine Begriff „Straße" kann durch eine Reihe von genaueren Bezeichnungen wiedergegeben werden : -Platz(-platz), -Allee(-allee), -Weg(-weg), -Steig(-stieg), -Gasse(-gasse, -gäßchen), -Hof(-hof), -Ring(-ring), -Markt(-markt), -Pfad(-pfad), -Graben(-graben), -Winkel(-winkel) usw.

Es wurden 70 deutsche Städte untersucht; 52 davon haben Straßen mit dem Namen Goethes, d. h. 74%. Diese erstaunlich hohe Frequenz des Namens zeigt den Bekanntheitsgrad und die Popularität des größten deutschen Dichters.

Der „Weltbürger" Goethe lebt somit nicht nur durch sein dichterisches Werk, sondern auch durch eine Vielzahl von Straßennamen fort und bleibt so im Bewußtsein der Allgemeinheit erhalten.

괴테와 실러(Goethe und Schiller)
—삶과 대표 작품을 중심으로

독일이 낳은 괴테는 그리스의 호머, 이태리의 단테, 영국의 셰익스피어와 더불어 세계 4대 시성(詩聖)으로 일컬어진다. 독일문학(Deutsche Literatur)을 유럽 근대 문학의 수준으로 끌어올리고 보다 더 고도로 발전시킨 사람이 괴테였다. 그의 서정시에서는 괴테의 생명이 언어가 되고 리듬이 되고 또한 노래가 되어 있으며, 어느 시대에나 통용하는 영원한 정신과 감정이 노래되어 있다. 한국에서도 괴테가 1771년 스트라스부르크에서 창작한 시(詩) '들장미(Heidenrslein)'는 오늘날까지도 불려지고 있다(그림 1).

시성 괴테의 생애를 살펴보면 요한 볼프강 괴테(Johann Wolfgang Goethe)는 우선 부

(그림 1) 세계 4대 시성의 한 분인 괴테를 기념하여 만든 우표

(그림 2) 프랑크푸르트에 있는 괴테의 생가

(그림 3) 괴테의 대표작 〈젊은 베르테르의 슬픔〉을 기념 제작한 우표

유한 가정에서 1749년 8월 28일 마인 강변의 프랑크푸르트(Frankfurt)에서 태어났다(그림2). 아버지 요한 카스팔은 법학사로서 황실 고문관이었고, 어머니 카타리나 엘리자베트의 부친은 프랑크푸르트 시장이었다. 1759년 어린 괴테가 일찍이 인형극을 통해 파우스트 전설을 알게 되었다. 1849년 괴테 탄생 100주년을 기념하여 알토나(Altona) 공국에서 괴테의 초상을 디자인으로 한 세계 최초의 우표가 발행되었다(로컬 스탬프).

1765년 그가 16세가 되었을 때 라이프치히(Leipzig) 대학에서 법학을 전공했다. 그가 21세가 되었을 때 스트라스부르크 대학에 입학하고 프리데리케를 사랑하였으며 철학자 헤르더(Herder)를 만나 큰 감화를 받게 되었다.

1772년 23세 때 법학사가 된 후 사법 연수를 위해 당시 법의 도시인 베츨라(Wetzlar)로 가게 되었다. 이때 알게 된 롯데(Lotte)와의 연정을 경험한 2년 후 그의 대표작 '젊은 베르테르의 슬픔' (Die Leiden des jungen Werther)을 단숨에 집필하여 세상에 내놓았다 (그림3).

1775년 그가 26세일 때 바이마르 공화국 공작인 칼 아우구스트(Carl August)의 초대로 바이마르(Weimar)에 가게 되었다. 27세가 되던 해인 1776년 추밀원 고문관으로 임명되었고 일메나우(Ilmenau) 광산으로 가 광산을 경영 광업부흥에 힘쓰게 되었다.

1786년 괴테는 이태리 여행길에 로마에 도착했으며 2년 후 바이마르로 돌아간 후 프리드리히 실러(Friedrich Schiller)와 만나 두 사람 사이에 친교를 맺게 되었다.

1789년 '로마의 비가'(Römische Elegien)를 완성하였다.

1790년 자연과학 연구에도 몰두하였다.

1794년 45세 되던 해 실러와의 친교가 더욱 두터워지게 되었다. 괴테와 실러는 고전주의(Klassik)의 요람인 바이마르에서 고전문학의 꽃을 피운 주인공이다(그림 4).

괴테는 실러를 예나(Jena) 대학 역사학 교수로 추천하기도 했다. 실러가 예나대학 교수로 재직하였기 때문에 오늘날 예나에 있는 대학의 이름을(프리드리히) 실러 대학으로 부르며 프랑크푸르트 대학은 괴테 대학으로 부르기도 한다. 마인츠 대학을 구텐베르크 대학으로 부르는 것처럼 독일에서는 지명에서 유래하는 대학 명칭과 그곳에서 출생하고 자기 고향을 빛낸 인물의 이름에서 유래하는 두 개의 명칭을 갖는 것이 보통이다(그림 5).

1806년 괴테의 대표작인 '파우스트(Faust)' 제 1부가 완성되었다(그림 6).

1808년(59세) 프랑스 황제 나폴레옹(Napoléon, 1769~1821)을 만났다. 나폴레옹은

(그림 4) 바이마르에서 고전문학을 꽃 피운 주인공으로서의 괴테와 실러 기념 우표

(그림 5) 예나대학을 실러대학으로 프랑크푸르트대학은 괴테대학으로 부를 정도로 고향을 빛낸 인물로서의 괴테와 실러

(그림 6) 괴테의 대표작 〈파우스트〉 기념

(그림 7) 괴테 기념 엽서

괴테의 '젊은 베르테르의 슬픔'을 일곱 번이나 읽었다는 일화가 전해지고 있다.

괴테가 63세 되던 1812년에는 음악가 베토벤(Beethoven)과도 만나는 기회가 있었다. 괴테가 70세 되던 1819년 '서동시집'이 간행되었다. 괴테가 82세 되던 해 '파우스트(Faust)' 제2부가 완성되었고, 그의 자서전 '시와 진실'(Dichtung und Wahrheit)이 완성되었다. 1832년 3월 22일 '좀 더 빛을!'이란 말을 남기고 83세로 세상을 떠났다(그림 7).

괴테와 실러는 독일 고전주의 문학의 꽃을 피운 작가로 쌍벽을 이루고 있으며 괴테의 도시 바이마르에 있는 국립극장 앞에는 괴테와 실러 동상이 우뚝 서서 두 사람간의 우정을 잘 나타내고 있으며, 이곳 지하 묘지에 괴테와 실러가 나란히 누워서 영원한 휴식 속에 잠들고 있다. 괴테와 실러가 깊은 우정을 나누던 바이마르는 700여 년의 역사를 가진 도시로서 1999년 괴테 탄생 250주년이 되던 해 유럽 문화수도로 지정되어 괴테를 더욱 빛나게 하였다(그림 8).

괴테는 작가로서 뿐만 아니라 정치가 자연과학자, 교육자로서 삶을 살았고 '세계시민'(Weltbürger)으로 살고 있는 것이라 생각된다. 독일에는 괴테 탄생지인 프랑크푸르트, 그가 오랫동안 살았던 바이마르, 뒤셀도르프에는 괴테 박물관이 있으며 다른 여러 도시에서도 괴테 동상을 볼 수 있다. 이웃나라 오스트리아의 수도 빈(Wien)과 이태리 로마에서도 괴테 동상과 만날 수 있다.

실러의 고향인 네카(Neckar) 강변의 마르바하(Marbach)에는 국립 실러 박물관이 있으며 독일 여러 도시에 실러의 동상이 서 있다.

실러는 괴테보다 10년 뒤인 1759년 마르바하에서 태어나 1805년 바이마르에서 서거한 작가로서 오늘날 불리는 '환희의 찬가' (An die Freude)는 바로 그가 작사하고 베토벤이 작곡한 것이다. 1964년 도쿄 올림픽 때에는 당시 분단국인 동·서 독일은 양국가 대신 실러의 '환희의 찬가' 로 대신하기로 합의했다. 우리나라에서 알려진 그의 작품으로는 '빌헬름 텔' (Wilhelm Tell)이 있다. 앞으로 2년 후(2005년)면 실러의 해로 추모 200주년을 맞는다. 독일 우정성(Deutsche Post)에서는 실러 서거 200주년 추모기념 우표를 발행하리라 예측된다.

끝으로 우리나라 작가도 노벨 문학상을 탈 수 있는 날이 오기를 바라는 마음이다. 한국이 명예 주빈국으로 2005년에 개최되는 세계 최대 프랑크푸르트 도서박람회 때 한국의 문화가 세계적으로 홍보될 수 있는 계기가 되기를 기대한다.

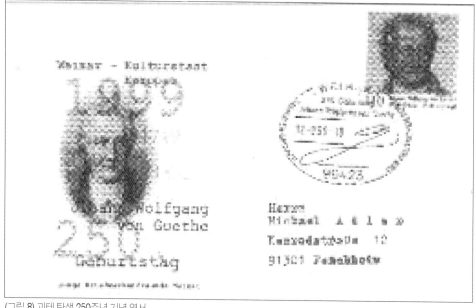

(그림 8) 괴테 탄생 250주년 기념 엽서

① 실러 서거 100주년 기념엽서

실러의 해 2005년을 맞이하여
Schillerjahr 2005
─실러의 생애와 작품

모든 사람은 형제가 된다.
Alle Menschen werden Brüder.
─ 프리드리히 실러(F.Schiller, 1759~1805)

　올해(2005년)는 독일의 문호 괴테/Goethe와 쌍벽을 이루는 프리드리히 실러/Friedrich Schiller의 서거 200주기가 되는 매우 뜻깊은 해이다.

　실러는 1759년 네카/Neckar 강변에 위치한 마르바하 Marbach의 가난한 가정에서 태어났다. 그는 로르흐와 루드빅스부르크에서 유년시절을 보냈고 그의 장래 희망직은 목사가 되는 것이었지만, 지방 영주인 칼오이겐 명령으로 군사학교에 입학하였다. 군대식으로 통솔하는 영내 훈련은 그를 괴롭혔지만 문학과 친숙해짐으

② 실러 서거 150주년 기념 (구 동독 발행)

llen sein ein einzig Volk
von Brüdern

②

③ 실러 탄생 200주년 기념 (구 동독 발행)

③

로써 드라마의 초안을 쓰고 축제의 시가를 지었으며 사교생활을 하면서 동료들과 열렬한 토론을 벌렸다.

실러가 그 당시 공부하던 칼학교에서 10년 연장자인 괴테를 처음 만나게 되었다. 훗날 그들 둘은 다시 없는 문학적 동지가 되어 독일 문학사상에 빛나는 인물이 되었다. 그들의 작품은 우리 인류의 문화재로서 우리를 감동시킨다. 괴테를 처음 만났을 때 이미 실러의 문학에 대한 정열은 불타기 시작하고 있었다.

칼학교/Karlsschule의 철저한 자유 억압이 그로 하여금 오히려 강력한 자유에의 투지를 발현시켰으며 문예서적을 전혀 읽지 못하게 하는 학교 당국의 엄중한 감시가 오히려 그의 문학에 대한 정열을 부채질하였다. 그래서 그는 당국의 눈을 피해 가며 세익스피어, 레싱, 클롭스톡, 루소와 괴테의 작품들을 탐독하였고, 그 당시의 질풍노도/Sturm und Drang 운동에 전폭적인 공명을 가지고 있었다. 특히 사상면으론 철학자 루소의 영향이 컸으며 자기가 스스로 부자연한 탄압에 허덕이고 있었기 때문에 '자유와 자연' 이라는 루소의 모토는 그대로 실러 자신의 것이 되었다.

④ 실러 탄생 200주년 기념(구 서독 발행)

⑤ 실러 초상화

SCHILLERJAHR

2005

Briefmarkenschau
in der
Stadtbücherei Kiel
anlässlich des
200. Todestages

Frau
Angelika Schubert
Knooper Weg 3

24103 Kiel

⑫ F. 실러 서거 200주년 우표전시회 특별엽서

실질적으로 독일의 낭만주의라고 할 수 있는 이 운동은 곧 그 영향력을 영국을 비롯한 다른 서유럽의 국가에 전파시키지만, 독일에서는 곧 사라지고 만다.

실러의 문학적 성향도 이와 비슷하여 실러는 발표한 '돈 칼로스/Don Carlos'를 분기점으로 하여 청년기의 파괴적·격정적 경향을 넘어 건설적·객관적인 세계관으로 발전시켜 나가게 된다.

하지만 그의 작품에 일관되게 흐르는 자유추구라는 기조는 그의 마지막 작품인 '빌헬름 텔/Wilhelm Tell'에까지 이어지고 있다.

⑥ 실러 서거 200주년 기념 엽서 마르바하
⑧ 독일의 수도 베를린/ Berlin 특인
⑩ 실러 서거 200주년 기념 엽서 및 특인

⑦ 실러 국립박물관 마르바하/ Marbach
⑨ 통일 이전 서독 수도 본/ Bonn 특인
⑪ 실러 서거 200주년 기념 우표전시회 키일/ Kiel

⑭ 200주년 기념우표첩

⑬ 실러 특별 전시회 주관자 Druffner 박사와 함께

　실러 서거 200주년을 맞아 독일에서는 지금 그의 고향 마르바하와 고전주의 문학의 요람인 바이마르/Weimar에서 실러 특별 전시회가 개최되고 있다. 300쪽에 달하는 전시 목록도 출판되었고 독일우정청/Deutsche Post에서는 실러 서거 200주년 기념 우표를 기일에 맞춰 발행하였다. 그의 생가가 있는 마르바하는 물론 현재 수도 베를린/Berlin, 전 수도 본/Bonn에서도 발행되었을 뿐만 아니라 그와 연관되는 루드비히 스부르크, 키일, 튀링엔주의 수도 에어푸르트/Erfurt에서는 기념인이 발행되었으며, 키일/Kiel에서는 실러 서거 200주기 기념 우표전시회가 개최되고 400매 한정 우표첩과 기념특인이 발행되었다.

　우리나라에서는 주한 독일 대사관에서 실러 서거 기념 우표전시회가 지난 3월 개최된 바 있고 두 종의 고객맞춤형 우편엽서가 제작되었는데 엽서 중 하나는 뒷면에 실러의 최초 작품인 '떼도적(일명 군도)/Räuber'이 인쇄되었다.

　그의 처녀작인 '떼도적'에서는 전제정치에 대한 증오심을 표현하고 있다.

　1782년 1월 만하임/Mannheim에서의 초연이 성공을 거두었다. 이 드라마에서는 자유/Freiheit에 대한 갈망, 사회의 도덕적인 타락에 대한 분개가 폭발하고 있다.

　실러의 계속적인 집필을 공작이 금지시켰기 때문에 실러는 칼 군사학교를 탈출하고 말았다. 그의 건강이 악화되었을 때 곤란과 궁핍으로 여러 해 동안 어려움을 겪어야만 했다. 올해(2005년) 실러 서거 200주년을 맞아 독일에서는 그의 작품들이 여러 곳에서 공연되었으며 우리나라에서도 '떼도적' 전 작품이 국립극장 무대에 처음으로 올랐다. 우리나라 공연팀이 독일측에 초청되어 실러 드라마가 처음으로 공연되었던 바로 그 장소에서 성공리에 공연을 끝냈다고 한다.

이번 일은 양국의 문화교류에도 기여하였다. 금년은 특히 독일에서는 '한국의 해' 로 보내고 있기에 10월 19일부터 23일까지는 프랑크푸르트 국제도서 전시회가 개최되며 한국이 주빈국으로 참여하게 되었다.

괴테와 실러는 서로 편지교류를 통하여 깊은 우정을 나누었다. 유럽의 고전주의 문학이 꽃을 피웠던 문화도시 바이마르 국립극장 앞에 우뚝 서 있는 괴테와 실러 동상은 그 두 사람의 우정을 잘 말해 주고 있다. 이 동상은 이미 여러 번 우표와 엽서자료로 활용되었다. 그의 작품 중 '환희의 찬가/An die Freude' 는 악성 베토벤에 의하여 제9교향곡에 포함되어 불려진다. 실러는 선배인 괴테의 추천으로 예나 대학에서 역사교수로 활동할 수 있었고 오늘날 그 대학은 실러대학으로 불리운다.

올해는 또 독일 통일 15주년이 되는 해이기도 하다. 1990년 독일이 통일되었을 때 기

⑮ 고객맞춤형 우편엽서

⑯ 마르바하 실러의 생가(현재 박물관) 앞에서 필자   ⑰ 바이마르 국립극장 앞 괴테와 실러 동상

넘음악회가 동서분단의 상징에서 통일의 상징으로 변모된 브란덴부르크 문 앞에서 "모든 사람은 형제가 된다"(Alle Menschen werden Brueder)로 시작하는 '환희의 찬가'가 울려 퍼졌다.

실러는 평생을 고난 속에서 항상 더 높은 이상을 바라보며 매진한 시인이었다. 그는 꾸준히 진선미의 실현과 자유, 정의 및 휴머니티를 위하여 싸웠으며, 그의 사회적인 지위와 경제적인 생활이 호전되기 시작했을 때는 이미 그의 육체적 정력이 마지막까지 소진되어 있었다. 그래서 그는 불꽃같은 정신력을 발산시킨 문학작품을 남기고 1805년 5월 9일 향년 46세로 세상을 떠나 지금은 고전주의 문학의 고장 바이마르 지하묘지에 괴테와 나란히 영원한 휴식 속에 잠들고 있다.

실러에 대한 우취자료는 많으나 여기서는 그의 서거 200주기를 중심으로 정리해 보았다. 필자를 초대해 준 마르바하 실러박물관 전시팀과 우취자료에 협조해 준 모든 우취인들께 감사드린다. 그곳을 40년 만에 다시 찾을 수 있었던 것에 참으로 행복을 느끼고 특히 게르만/Germann Imos 회장, Melber, Bucken, Dr. Hanle 그리고 페게/Feege 가족에게도 감사인사를 드리고 싶다.

프리드리히 폰 실러
탄생 250주년 기념
Zum 250. Geburtstag
von Friedrich Schiller

2009년은 실러의 탄생 250주년이 되는, 독일 문학사상 매우 뜻 깊은 한 해였다. 프리드리히 실러(1759~1805)는 독일 고전주의(Klassik) 극작가이자 시인이며 문학이론가이다. 실러는 독일 남서부에 위치한 뷔르템부르크주 네카(Neckar) 강변의 마르바하

국립극장이 공연한 실러의 작품 '군도'

실러 탄생 250주년 기념일 부인이 찍힌 초일봉투. 그의 출생지인 마르바하에서 발행되었다.

(Marbach)에서 1759년 11월 10일에 태어났다. 원래는 사관학교를 졸업한 군인으로서 슈투트가르트(Stuttgart)에 주둔한 부대의 군의관으로 복무하였으며, 1789년에는 예나 (Jena)대학교 역사학 교수로도 재직한 바 있다.

그러나 실러는 1784년, 작품 '간계와 사랑'을 발표하면서 극작가로 등단하였다. 1794 년부터 10년 연상인 요한 볼프강 괴테(Goethe)와 친분을 나누었으며 후에 그와 함께 독 일 고전주의를 대표하는 작가로 쌍벽을 이루어 독일문학을 꽃피우게 하였다.

지난 2005년에는, 실러 서거 200주년을 기념한 '실러의 해' (Das Schllerjahr 2005)를 맞 아 각종 행사가 개최되었다.

특히 실러가 문학활동을 하던 만하임(Mannheim)에서는 국제 실러 축제 (Internationale Schillertage)가 열려 각국 극단이 참여하여 실러의 작품을 공연하였으며, 우리나라의 국립극장도 참여해 폐막공연으로 실러의 '떼도적' (군도, Die Räuber)을 선 보이기도 하였다. 실러의 대표 희곡으로는 '군도/Die Räuber' (1781), '간계와 사랑 /Kabale und Liebe' (1784), '빌헬름 텔/Wilhelm Tell' (1804) 등이 있다. 우리나라에서는 '빌헬름 텔'이 영어발음인 '윌리엄 텔'로 소개되어 많이 알려져 있다.

또 우리나라에서도 애창되는 '환희의 찬가/An die Freude'는 실러의 작품에 곡을 붙

⑰ 국립극장 앞 괴테와 실러 동상

인 것으로, 악성 베토벤(Beethoven) 교향곡 9번으로 잘 알려진 곡이다. 연극배우 고 김동원 선생의 자서전《미수의 커튼콜》에 의하면 그는 이미 1952년 8월 '윌리엄 텔'(이해랑 연출)에 출연하였고, 1975년 11월 국립극장에서 국립극단이 75회 공연으로 올린 작품인 '빌헬름 텔'에서 악역 게슬러 총독역을 맡았었다.

한편 독일 고전주의 문학에서 실러와 쌍벽을 이루는 괴테의 작품 중 대표작인 '파우스트(Faust)'는 2년 후인 1977년 국립극장에서 공연되었다. 이때 파우스트역에는 장민호, 메피스토역은 연극배우 고 김동원 선생이 맡았다. 우리 나라에서는 1966년 10월에 초연되었고 1970년 5월에 재공연되었다.

실러의 작품 중 '간계와 사랑'은 1959년 실러 탄생 200주년을 맞아 한국외국어대학 독어과 재학생들이 당시 을지로 입구에 있던 원각사에서 원어극을 공연한 바 있다.

1781년 출판된 작품 '군도'는 독일 연극사에 새 이정표를 세웠다. 실러의 처녀작 5막 15장은 괴테의 작품인 '젊은 베르테르의 슬픔'의 영향을 받았다. 다음 해 1782년 만하임극장에서 초연되었고, 질풍노도(Sturm und Drang)시대의 대표작이 되었다. 이 작품에서는 주인공을 통하여 통렬한 사회비판, 자유(Freiheit)를 향한 불타는 동경, 몰아치는 폭풍을 선명하게 표현하고 있다.

실러는 요한 볼프강 괴테와 함께 독일 고전주의 문학의 쌍벽으로 가장 중요한 작가 중 한 인물로 존경을 받고 있다.

♠실러 관련 우취자료 고찰♠

최초의 실러 우표는
시성 괴테 탄생 100주년인
1849년, 북부 독일의
알토나(Altona)공국에서
발행되었다.

1926년, 독일제국(Deutsches Reich)시대에는 실러
인물을 도안으로 보통우표가 발행되었다.

1934년 역시 독일제국시대로, 실러 탄
생 175주년 기념우표가 나왔다.

1955년 농·서독 분단시절에는 실러 서거 150주기 우표 3종이
소형시트(동독 Deutsche Demokratische Republik 발행)로 나왔다.

1959년에는 서독(당시 임시 수도
본과 서베를린)에서 실러 탄생
200주년 기념우표가 발행되었다.

1962년(동·서독 분단시절)에는 서독에서 독일 저명인사 시리즈로
실러 보통우표가 발행되었다.

동독(D.D.R)에서는 1989년 실러의 예나(Jena)대학 교수
취임연설 200주년 기념 소형시트가 나왔다.

1990년 독일 통일 이후인 2005년에는 독일우정국(Deutsche Post)
에서 실러 서거 200주년 기념우표와 기념특인 2종이 발행되었고,
한국에서는 한·독 친선우표전시회가 주한 독일대사관에서 개최
되었다. 이때 5종의 나만의 우표가 제작되었다.
전시회 기념인도 발행되었는데 우리나라 국보 1호인 남대문과
독일 통일의 상징인 베를린의 브란덴부르크 문(Brandenburger
Tor)이 디자인되었다(좌측 자료).

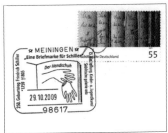

지난 2009년 11월에는 실러 탄생 250주년을 맞아 1종의 기념우표가 발행되었으며 기념인도 8종이나 발행되었다. 실러 탄생 250주년 기념인은 고향인 마르바하(Marbach)와 전 수도 본, 그리고 현 수도 베를린(Berlin)에서 2종, 킬(Kiel)에서 기념인 1종과 계기인 1종, 실러가 체류하던 마이닝엔 (Meiningen), 로르히(Lorch)에서 계기인 1종이 발행되었다. 위 자료는 베를린과 본, 마이닝엔에서 발행된 기념인이다.

독일 우정당국이 발행한 실러 탄생 250주년 기념우표 도안에는 '예술은 자유의 딸이다'(Die Kunst ist eine Tochter der Freiheit)라는 작가의 명언을 담고 있다.
실러는 특히 자유를 강조한 작가로 유명하다. 제시된 자료 가운데 좌측의 것은 킬(Kiel)에서 발행된 기념인이 찍힌 실체봉투이다. 실러를 도안으로 한 여러 우표들도 함께 볼 수 있다. 우측의 것은 최근 필자에게 도착한 실체이다.

독일에서는 기념우표가 발행되면 기념인은 직접 연관되는 곳, 즉 출생지와 살던 곳 등에서 발행되는 것이 보통이다. 우리나라에서는 실러 탄생 250주년을 맞아 주문형엽서가 제작되어 독일 우취인들로부터 좋은 반응을 얻었다. 제시된 자료는 실러의 고향에 위치한 박물관의 기념인이 찍힌 실체엽서이다.

실러의 우취자료 중에는 인물 외에도 작품을 도안으로 하여 발행된 '빌헬름 텔' (Wilhelm Tell), '군도' (떼도적, Die Rauber), '간계와 사랑' (Kabale und Liebe) 등이 있다. 좌측의 자료는 실러의 모습과 그의 생가 사진이 담긴 기념엽서로, 김성환 화백이 직접 그린 '빌헬름 텔' 의 한 장면이 그려져 있다.

> 끝으로 이 글을 쓰는 데 우취자료를 협조해 준 독일 우취동호인들에게 고마운 마음을 전하고 싶다.
> - Zum Schluss danke ich von Herzen meinen deutschen Brieffreunden für die Hilfe und Freundlichkeit.
>
> ☆ Prof.(em.) C. S. SHIN bernoshin@hanmail.net

프리드리히 실러의 연보
Chronik von Friedrich Schiller

1759년 11월 10일, 네카(Neckar) 강변의 마르바하(Marbach)에서 출생.

1772년 최초의 비극 습작.

1773년 공작이 세운 사관학교에 공작의 명으로 입학.

1776년 교사 아벨의 권유로 세익스피어 탐독. 작품 '군도' (Die Rauber)의 첫 부분을 씀.

1780년 사관학교 졸업과 동시에 군의관이 됨.
슈투트가르트(Stuttgart)에서 군의관 및 시인으로 생활함.

1781년 '군도' 자비 출판.

1782년 1월, '군도' 가 만하임(Mannheim)에서 공연되어 대대적인 성공을 거둠.
실러는 휴가를 받지 않고 초연을 관람. 허가없이 만하임을 여행했다는 이유로 2주간 금고형.
공작으로부터 의학 이외의 저술 금지령을 받음. 9월, 부대 탈영.

1782년 12월, 후원자 볼초겐 부인의 초대로 튀링엔(Thuringen) 주의
마이닝엔(Meiningen) 근교 바우어바하(Bauerbach) 농가에
이듬해 7월까지 체류(오른쪽 자료 참조).

1783년 '간계와 사랑' (Kabale und Liebe) 탈고.
'돈 칼로스' (Don Carlos) 작업에 착수.
샬로테 폰 볼초겐 연모. 7월, 만하임행. 만하임 작가로 1년 전속 계약. 와병.

1784년 4월, '간계와 사랑' 이 마인강변의 프랑크푸르트(Frankfurt)에서의
초연에 이어 만하임에서 공연되어 대대적인 성공을 거둠.

1785년 라이프치히(Leipzig)와 드레스덴(Dresden)에 체류. 쾨르너가와 친교.
'돈 칼로스' 간행.

1787년 바이마르(Weimar)에 체류. 빌란트(Wieland), 헤르더(Herder) 등과 교제.

1788년 괴테(Goethe)와의 첫 만남. 12월, 예나(Jena)대학의 비정규 교수로 초빙됨.

1789년 5월, 예나(Jena)로 이주. 유명한 예나대학 취임강연.

1790년 2월, 샬로테 폰 렝엔펠트와 결혼. '30년 전생사' 발표 시작.

1793년 미학논문 발표. 9월, 괴테와 원형식물에 관한 대화로 친교가 두터워짐.
바이마르의 괴테 집에 거처.

괴테와 실러 동상
좌측이 괴테, 우측이 실러이다.

1795년 논문 '인간의 미적 교육에 관하여' (Uber die astetitische Erziehung des Menschen) 발표.
잡지 '호렌(Horen)' 첫호 발간.

1797년 발라드의 해. 괴테와의 경쟁으로 '발라드' 집필.

1799년 12월, 예나에서 바이마르로 이사.

1802년 '빌헬름 텔' (Wilhelm Tell) 집필 계획. 귀족의 작위를 받음.

1804년 연초 '빌헬름 텔' 완성.

1805년 4월, 마지막 연극 관람. 5월 9일 사망.

우 편 엽 서

쉴러 탄생 250주년

220
대한민국
KOREA

보내는 사람

□□□-□□□

받는 사람

□□□-□□□

250. Geburtstag von schiller
250th Anniversary of schiller

쉴러 Friedrich Schiller(1759-1805) 탄생 250주년

빌헬름텔
Wilhelm Tell

Zitat : Die Liebe will ein freies Opfer sein. *(Wilhelm Tell)*

제111차 독일 우취인대회에 다녀와서
111. Deutscher Philatelistentag

지난 2010년 9월 9일부터 13일까지 5일 간 필자는 독일 튀링겐주의 숲지대로 형성된 인구 약 5만의 도시 수울(Suhl)에 머물고 있었다. 독일연방 우취연합회장의 공식 초청으로 제111차 우취인대회에 참석하기 위함이었다.

행사가 끝나는 13일, 그곳을 출발하여 독일 몇몇 도시를 돌며 일주일 가량을 더 체류한 뒤 귀국하는데 이번 방문은 우취인생 반세기 동안 가장 큰 기쁨과 감동을 주는 시간으로 기억될 듯하다.

시상식 장면. 왼쪽부터 하르티히 독일연방우취연합회장, 베르크만 튀링겐 우취회장, 필자, 아들러 독일연방우취연합회 명예회장
현지 신문에 보도된 사진

행사 카탈로그

필자의 수상을 추천해 준 아들러
독일연방우취연합회 명예회장과 함께

필자는 9월 9일, 목적지인 행사본부 호텔에 여장을 풀고 다음날 아침 일찍 전시장에 들러 가지고 간 작품을 당무자에게 건네주고 함께 작품을 설치했다. 이번 필자 초청은 전시작품과는 별개로, 필자 나름대로 우취를 통하여 한국을 알리는 기회로 활용하였다.

작품내용은 첫째 한국문화, 둘째 필자의 주테마인 괴테, 셋째 한국과 독일의 관계로 모두 5틀로 준비하였다. 한국문화 소개에서는 유네스코 세계문화유산으로 등재된 한국의 아름다운 문화를 선보였으며, 특히 독일 구텐베르크(Gutenberg)의 활판인쇄술보다 78년이 빠른 직지를 소개하면서 한국에 대한 자부심을 느낄 수 있었다.

또 괴테 작품도 많은 관심을 받았다. 한·독 관련 작품에서는 한국이 독일의 통일을 축하한 데 대하여 매우 기뻐하였으며, 독일인들은 한반도의 통일을 기원한다는 마음도 전해 주었다.

행사가 진행되고

9월 10일(금) 11시에는 2010년 '우표의 날'(Tag der Briefmarke)에 발행된 새 우표의 프리젠테이션과 전달식이 본부 호텔 강당에서 거행되었다.

먼저 이곳 시장이 나와 이 우표를 증정받았고, 다음은 행사주최 회장이, 그리고 나서는 필자의 차례였다. 참으로 기쁜 순간이었다. 다음 날, 그곳 신문은 독일연방우취연합회장이 필자에게 우표를 전달하는 장면을 크게 보도하였으

며 관련 사진들과 함께 인터넷에도 보도되었다.

이어 12시에는 전통음식 만찬에 초청되었고, 개막식 행사는 종합전시관 1층 로비에서 오후 2시에 시작되었는데 이때 특별우체국과 부스, 안내데스크 등이 그리고 몇몇 곳에서는 강연회와 문헌전시가 함께 진행되기도 했다. 이후 거행된 시상식에서는 독일연방우취연합회장이 축사 후 필자를 소개하면서 연단으로 안내되었다. 귀빈을 비롯한 약 500명의 초청인사가 참석한 가운데 엄숙하면서도 결코 무겁지 않은 분위기에서 그들이 수여하는 명예금상을 받는 순간 감격하지 않을 수 없었다.

필자는 연단 즉석에서 "영광스럽고 기쁘고 감사하다"고 말한 후 괴테의 시 '은행잎' (Ginkgobiloba)을 독어로 낭송하고, 이어(한국말을 알아들을 수 없는 줄 알면서도) 우리말로 번역을 해 다시 한 번 낭송하여 큰 박수를 받았다. 우표취미생활 50여 년만에 큰 축하박수를 받은 것은 처음이다. 한 동양인을 우취선진국인 독일인들이 이렇게 축하함은 결국 위대한 괴테(Goethe, 1749~1832)가 있었기 때문일 것이다.

필자가 10년 전에 괴테 탄생 250주년을 맞아 우표 공동발행을 제안했던 것은 분명 양국의 친선을 위하여 유익한 일이었다고 생각한다. 당시 독일연방공화국 라우 대통령이

마치 동화 속 나라에 온 듯한 호수 안의 슈베린성

(위) 세계에서 가장 크다는 주간 신문사 'Die Zeit'
(아래) 함부르크 대학본부

친서로 필자에게 감사했던 것도 괴테 덕분이리라. 10년이 지난 오늘날 명예금상을 받은 것은 무엇보다 값진 선물이며, 이번 수상을 추천한 독일연방우취연합회 명예회장 아들러(M. Adler) 씨와 이번 행사를 주최한 독일연방우취연합회 하르티히(Hartig) 회장과 튀링엔우취회 베르그만(Dr. Bergmann) 회장께 감사드리고 그동안 도움을 주신 우취인 여러분께 지면을 빌어 진심으로 감사드린다.

함부르크를 돌아보며

9월 13일, 며칠간 정들었던 곳을 떠나야 하는 날이 왔다. 호텔에서 체크아웃을 하고 기차편을 이용하여 괴테의 도시 바이마르(Weimar)를 경유, 튀링겐주의 수도 에르푸르트(Erfurt)를 지나 젊은 시절의 괴테가 법학을 공부하던 라이프치히(Leipzig)에서 하차하여 괴테가 방문했던 아우에르바흐 술집(Auerbachs Keller)에 들렀다. 이어 독일 통일을 위한 민주화 촛불 행진이 있었던 니콜라이교회 등을 둘러보다가 기차를 놓치는 바람에 베를린에서의 계획에 다소 차질이 있었다. 부득이하게 대사관 방문과 라우 대통령 묘소 참배계획을 취소하고 베를린에서 함부르크행 열차를 갈아탔

함부르크 시청사

다.

　함부르크(Hamburg) 도착 다음날, 함부르크대학의 스타인하르트(Steinhart) 교수와 함께 승용차편으로 독일 통일 이전에는 구동독에 속했던 메클렌부르크 포어폼메른주의 수도인 슈베린(Schwerin)으로 향했다. 그곳에서는 특히 슈베린성(Schweriner Schloss)을 관람한 것이 기억에 남는다.

　슈베린성은 슈베린시 중심의 호수 안 섬에 자리하고 있는, 메클렌부르크의 영주들이 살던 곳으로 오늘날에는 한편은 메클렌부르크 포어폼메른주의 의회건물로 쓰이고 내부는 관광객들에게 개방되어 옛 건축문화뿐만 아니라 당시의 문화를 잘 보여주고 있다. 슈베린성은 참으로 화려하고 기품 있는 모습의 성이었다.

　관람을 마치고 다른 곳으로 이동하기 위해 고속도로를 달리던 중 스타인하르트 교수는 "이곳이 바로 과거 20년 전 동·서독 간 국경지대"라고 설명해 주었다. 그 자리에는 표지석이 서 있는 것을 볼 수 있었다.

　함부르크 체류 이튿날은 시내관광을 했다. 함부르크는 독일의 수도인 베를린 다음가는 두 번째 도시로 엘베(Elbe)강 하류 연안과 북해에 면해 있는 곳이다. 예부터 흔히 '세

'압록강은 흐른다'의 작가 이미륵 선생의 묘 앞에서

계로의 관문'(Tor zur Welt)으로 통용되던 곳이기도 하다. 이곳에서는 세계에서 가장 큰 주간신문사 'Die Zeit'를 볼 수 있었고 우뚝 솟은 시청건물도 눈에 띄었다. 또 멀리서 필자를 한 번 만나보겠다고 찾아온 우취인 Iken 씨를 만날 수 있었는데, 스타인하르트 교수와 함께 서로 인사를 나누었다.

우리 일행은 함부르크대학 식당으로 가서 점심식사를 하며 환담을 나누었다. 독일 우표지를 통하여 이날의 만남이 이루어졌다. Iken 씨와는 처음 만났지만 서로 우표선물을 교환하고 헤어졌으며, 귀국 후에도 편지를 교환하고 있다. 우취에는 국경이 없다.

함부르크에 체류하는 동안 날씨는 큰 도움을 주었다. 구한국 우편물 중에 제물포에서 함부르크로 간 엽서와 봉투들이 있다는 것은 과거 한·독 간의 우편물 교류를 잘 증명해 주고 있다.

남부독일을 향하여

북부독일 여행지인 함부르크를 떠난 것은 16일 아침이었다. 연결되는 기차가 연착하는 바람에 예정된 뮌헨행 고속열차 ICE를 놓칠 뻔하였는데 마침 한 출근 중인 여성 한

분의 호의로 역까지 편히 갈 수 있었다. 당시 그곳에는 동양인이 필자밖에 없었는데, 나의 당황하는 모습을 보고 다가와 승용차로 편의를 제공해 준 것이 얼마나 다행한 일이었는지! 도움을 준 분의 고마운 마음을 지금도 잊을 수 없다. 그날 예정대로 남부독일 중심지 뮌헨에 무사히 도착할 수 있었고 플랫폼에서 기다리던 이미륵(한국 태생의 '압록강은 흐른다'의 작가) 박사 기념사업회 송준근 회장을 만나 짐을 그의 승용차에 싣고 이미륵 묘소가 있는 뮌헨 근교 그레펠핑(Graefelfing)으로 향했다. 그리고 얼마 후 목적지에 도착한 우리는 묘소 근처에 주차를 한 후 참배 준비물을 갖추고 묘소에 들러 참배하였다.

뮌헨대학 현관에 자리하고 있는 '백장미운동' 기념비. 히틀러 정권 당시 지하조직으로 활동하던 이들 가운데 이 대학 출신들의 이름이 새겨져 있다. 당시 후버 교수는 이 운동을 이끌었으나 전쟁 전인 1943년 숄 자매와 함께 처형당했다.

1995년에 이미륵 박사 기념사업회에서 묘소를 정비하였고, 금년에 독지가들의 정성으로 묘소 영구보전을 당국으로부터 확인받았다고 한다. 뒤이어 이미륵 선생의 친구였던, '백장미운동'(Die Weisse Rose)으로 히틀러 정권에 항거하다가 1943년 처형당했던 후버(K. Huber) 교수의 묘소도 찾아 송 회장과 함께 참배하였다.

이번 독일 방문에서의 명예 금상 수상과 고마운 이들과의 만남에 대해 감사한 마음이 크다. 특히 한국문화를 우취선진국에 소개함으로써 우리나라에 대한 인식을 새로이 할 수 있는 기회를 갖게 된 것을 기쁨과 보람으로 여기며, 오늘이 있기까지 필자에게 도

라이프치히에 서 있는 괴테 동상. 그는 이곳에서(대학시절) 법학을 공부했다.

움을 주셨던 모든 분들께 또 한 번 감사드린다.

초창기 1960년대부터 펜팔로 인연을 맺어 당시 어려웠던 시절 유학의 길을 터준 벡슬러(F. Wexler) 씨. 뮌헨에 유학하는 동안 수호천사처럼 돌봐주시다가 영원한 휴식 속에 잠들어 계신 나의 은인께도 깊이 감사드린다. 그분을 통하여 우표를 알게 됐고, 그동안 받은 은혜와 옛 시절을 회상할 때 지금 이 순간도 행복하다는 고백을 하지 않을 수가 없다. '수집가는 행복한 사람이다' 라는 괴테의 명언은 그야말로 기막힌 명언이다.

덧붙이는 글

이번 행사기간 동안 지인들을 다시 만날 수 있었고, 많은 분들을 새로이 알게 되어 참으로 기쁘기 그지없다. 특히 독일 통일 관련 우표를 한국에서 전시할 수 있도록 공식적으로 대여해 주시면서 한반도의 평화적 통일을 염원하여 준 나의 펜팔친구 Nachtigal 씨의 호의에 깊은 감사를 드린다.

남부독일 바이에른에 머무는 동안 성지인 안덱스(Andechs) 수도원을 방문할 수 있도록 해준 Chilian 가족과 친절하게 필자를 맞아준 Wurm 가족, Stehle 가족, Baumgartner 가족, Melber 부부 등에게도 고마운 마음을 전하며 가정에 행운을 기원한다.

라인강변에 위치한 경치가 아름다운 보파르트(Boppard)에 머무는 동안 코블렌츠(Koblenz)와 란스타인(Lahnstein), 바트 엠스(Bad Ems)를 둘러볼 수 있도록 해준 Karbach 부부의 호의도 잊을 수 없다.

마지막으로 행사기간 동안 필자를 보살펴 주신 Germann 씨 부부에게도 참으로 고마운 마음을 전하고 싶다. 독일 우취인들의 한결같은 긍정성과 친절성에 다시 한 번 경의를 표한다.

※ 제111차 독일 우취인대회의 우취자료는 우표의 날 기념우표와 함께 모두 4종의 기념인이 제작되었으며, 전시장 현장에서는 Deutsche Post가 함께하는 나만의 봉투를 제작할 수 있었다.
　－독일에서는 나만의 우표 대신 나만의 봉투를 만들고 있다.
　－전시장에는 50여 초청작품이 전시되었고 많은 우취자료를 가진 우취인들과 우취상들도 분주히 움직이고 있었다. 전시장 옆에 위치한 자기 박물관에는 자기 우표 작품이 전시되었는데 한국 도자기우표들도 여러 개가 전시되어 반가웠고 실체를 갖고 싶다는 뜻을 전해와 협조할 예정이다. 앞으로 한·독 간 우표 교류의 장이 좀 더 넓어지기를 바라는 마음이다.

우표수집가 고(故)

요하네스 라우/Johannes Rau

전 대통령을 추모하며(Mein aufrichges Beileid)

지난 2004년 6월 4일간 독일연방공화국 대통령의 임기를 무사히 마친 요하네스 라우가 금년(2006년) 1월 27일 75세 나이에 병환으로 서거하였다는 소식을 듣고 필자는 애석함을 느끼지 않을 수 없었다. 주한독일대사관으로부터 서거 소식을 받은 후 대사관에 찾아가 심심한 조의를 표했다. 라우 대통령과 필자가 인연이 된 것은 1992년도 당시 독일 우정성(Deutsche Post)에서 발행하던 우표 잡지『unser hobby』3호에 게재되었던 그의 인터뷰 기사를 통해서였다.

라우는 당시 노르트라인 베스트팔렌(Nordrhein-Westfalen) 주의 총리로 있으면서도 우취가로 활동을 했다는 내용이 실려 있었다. 우취경력은 당시 40년이었으나 그가 서거하기까지 반세기 동안 우취활동을 하였으며, 서거 직전인 금년 5월에도 에센(Essen)에서 개최되는 세계우표전시회 대회장을 수락하여 전시 목록을 준비중이었기에 더욱 독일국민들 뿐만 아니라 그를 아는 많은 외국인들도 그의 서거를 추모하고 있는 것이다.

라우는 고매한 인격을 갖춘 분이었다고 한다. 그가 서거하자 그를 추모하기 위해 3월 2일에 추모우표를 신속히 발행하였다(그림 1).

필자가 라우 대통령과 우정을 나눌 수 있었던 것은 우리 두 사람이 모두 우표를 사랑하는 우취인이었기 때문이다. 2002년 월드컵이 막바지인 준결승전 무렵 독일 라우 대통

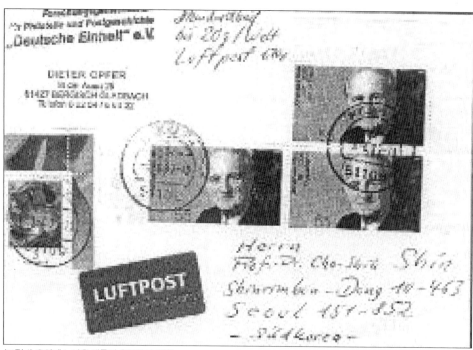

(그림 1) 요하네스 라우 대통령 추모우표 발행

령이 국빈 방한한다는 소식을 접했다. 한때는 우리나라에서도 외국 대통령이 방한하면 기념우표와 기념첩이 발행되었으나 오늘날 그런 제도가 없으므로 필자는 우취인으로 '나만의 우표'를 활용하여 두 종의 우표를 제작하였다(그림 2).

라우 대통령이 방한하던 2002년 7월 27일 필자는 독일 여행이 예정되어 있었다. 그래서 방한기념 리프 2매에 우표를 붙이고 방한 초일의 일부인을 서울중앙우체국에서 날인하였다. 출국을 앞둔 바쁜 시간이었으나 최선을 다하여 필자는 라우 대통령께 편지를 써서 리프 2장을 독일대사관에 전하고 항공편으로 독일로 향했다.

편지 내용은 첫째로 필자가 1960년대 어려웠던 시절 독일 장학금으로 유학하여 오늘날 교수로 활동할 수 있기 때문에 감사 인사를 드렸고, 둘째는 독일인 우취동호인들과 교류하면서 1999년 괴테 탄생 250주년을 맞아 한국과의 기념우표를 공동으로 발행하는 데 아이디어를 제공하여 수년간 준비한 끝에 마침내 기념우표 발행이 성사된 점을 알려드렸고, 셋째는 방한 일정을 마치고 무사히 돌아가시라는 인사를 담은 것으로 기억한다.

그림 2에 들어가는 독일어 텍스트:

**Zur Erinnerung an den Staatsbesuch des
Präsidenten der Bundesrepublik Deutschland,
Johannes Rau
in Korea vom 27. – 30. Juni 2002**

(그림 2) 라우 대통령 방문을 기념하여 제작한 나만의 우표 기념리프

그 후 같은 해 8월 2일자 라우 대통령의 친서를 받았는데 방한 기념 리프에 친필 사인
이 들어 있었다. 편지 내용은 필자의 편지와 우표에 감사하고 자기도 열렬한 우취동호
인이기에 선물로 보낸 괴테 우표와 라우 대통령의 방한 기념 '나만의 우표'에 대하여
매우 기뻤다는 것이었다. 동봉했던 기념 리프에 사인하여 보낸다는 인사말과 친필 사인
으로 끝을 맺고 있다(그림 3).

국무가 바쁜 중에도 몇차례 친서를 보내주신 데 대하여 그의 고매한 인격을 다시 한
번 느꼈다. 그러나 2004년 2월 18일자 친서가 라우 대통령의 마지막 편지라는 것에 아쉬
운 마음 금할 수 없다. 라우 대통령 재직 중인 2004년 어느 날 가이어(Geier) 주한대사
집무실에서 라우 대통령 사진을 사이에 두고 기념촬영을 했다(그림 4). 임기가 끝난 후

Der Präsident
der
Bundesrepublik Deutschland

Berlin, den *f.* August 2002

Herrn
Professor Dr. Cha-Shik Shin
Shinrimbon-Dong 10-463
Kwanak-Ku
Seoul 151-852
Korea

Sehr geehrter Herr Professor Shin,

für Ihren Brief vom 27. Juni 2002 und die Briefmarken, die Sie mir über die deutsche Botschaft in Seoul haben zukommen lassen, danke ich Ihnen.

Wie Sie wissen, bin ich auch ein begeisterter Philatelist, so dass ich Ihr Geschenk der Goethe-Marken sehr zu schätzen weiß.

Über Ihren Entwurf einer Sondermarke anlässlich meines Besuches in Korea habe ich mich sehr gefreut. Anliegend übersende ich Ihnen den Bogen, wie von Ihnen gewünscht, signiert zurück.

Ich wünsche Ihrer Initiative Erfolg und verbleibe

mit freundlichen Grüßen

Ihr

독일 연방공화국 대통령으로부터 온 편지 내용

2002년 6월 27일자 귀하의 편지와 주한 독일 대사관을 통하여 받은 우표를 선물해 주셔서 감사를 드립니다. 귀하가 주지하는 바와 같이 본인도 열렬한 우취인이므로 귀하의 괴테우표 선물은 아주 값진 것으로 알고 있습니다. 본인의 한국 방문에 즈음하여 나만의 우표를 주문 발행하여 주신 데 대하여 본인은 대단히 기뻤으며 본인의 사인을 요청하신 대지를 사인 후 동봉합니다.

귀하의 뜻하시는 일에 좋은 성과 있기를 기원하면서.

베를린 2002. 8. 8.
요하네스 라우 독일 연방공화국 대통령

(그림 3) 라우 대통령 방한 기념 필자의 '나만의 우표' 발행에 대한 라우 대통령의 친서

(그림 4) 가이어 주한 독일 대사의 집무실에서 라우 대통령 영정을 사이에 두고 기념 촬영

(그림 5) 라우 대통령 연고지 우체국에서 발행된 기념우표

서울대학교는 방한중인 라우 대통령에게 명예 박사 학위를 수여했다.(2002년 6월)

필자의 희망에 따라 대사가 필자에게 사진을 선물하여 간직하고 있다.

독일에서는 대통령 취임 우표 발행제도는 없다. 독일 우정청(Deutsche Post)은 기념우표 발행시에는 대체로 수도인 베를린(Berlin)과 우정당국이 위치한 본(Bonn) 두 곳에서 발행되며 때로는 기념대상 혹은 대상자의 연고지 우체국에서도 발행된다(그림 5). 라우 대통령은 부퍼탈(Wuppertal)에서 출생하여 자기 고향에서 주로 직장생활을 하였고, 그곳 시장을 역임했고, 1999년 대통령 당선 직전까지는 주총리 후 사민당(SPD) 후보로 대통령에 당선됐었다.

다음에 방독할 수 있는 기회가 주어진다면 그의 묘지에 찾아가 고인의 명복을 빌고 싶다. 일찍이 독일이 낳은 세계적인 문호 괴테(Goethe, 1749~1832)는 "수집가는 행복한 사람이다(Sammler sind gluckliche Menschen)"라고 말한 바 있다.

이 글을 쓰는 데 라우 대통령 추모 우취자료를 제공해 준 독일 우취인 오퍼(Oper) 씨에게 고마운 마음을 전하고 싶다. 끝으로 라우 대통령이 독일의 한 『우표』지와의 인터뷰에서 말한 글을 아래와 같이 옮기고자 한다.

"Die Briefmarke hat etwas von einer ehrwürdigen Urkunde, sie ist ein Kleinkunstwerk. Das fasziniert und regt zum Sammeln an."

Johannes Rau (1921~2006)

우표는 고상한 서류의 하나이며 작은 예술품이다. 우표는 매력적이고 수집을 하도록 자극한다.

라우 대통령 명언

Johann Wolfgang von Goethe

Entwurf :   Ursula Maria Kahrl, Köln

Druck: Mehrfarben Offsetdruck der
                Bundesdruckerei GmbH, Berlin

Größe: 35 × 35 mm

Papier: gestrichenes weißes fluoreszierendes
                Postwertzeichenpapier DP 2

Ausgabetag: 12. August 1999

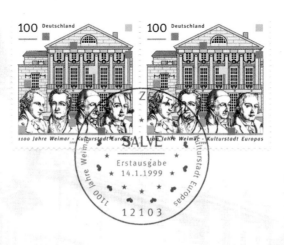

„1100 Jahre Weimar – Kulturstadt Europas"

Entwurf :	Vera Braesecke-Kaul und Hilmar Kaul, Eckernförde
Druck:	Mehrfarben-Offsetdruck der Bundesdruckerei GmbH, Berlin
Größe:	35×35 mm
Papier:	gestrichenes weißes fluoreszierendes Postwertzeichenpapier DP 2
Ausgabetag:	14. Januar 1999

Vol. XIII. No. 3 Whole No. 38, 1988

Korean Stamp Review

The Philatelic Quarterly

"Korean Stamp Review," a cultural magazine for philatelists, was published for the purpose of promoting exchange of philatelic culture among nations, reviewing the Korean philatelic history and seeking better ways to lead the Korean philatelic culture in future.

Published by:
KOREAN PHILATELIC CENTER

President:
Jae-Keon Yoon

Publisher & Editor:
Jae-Keon Yoon

Senior Editors:
Chul-Sung Lee

Managing Editor:
Hyun-Sam Kim

Reporter:
Hyun-Joo Lee

Office Address:
— 5fl, Central Post Office Bld. Chung-Ku Seoul 100 Korea
— C.P.O. Box 5122 Seoul 100, Korea
Telex: K32530 CPOSEL/Tel: (02) 779-0667

Price : US $ 2.50
2.000won

We are soliciting from our readers articles regarding philately to be published in this magazine. Your article should be accompanied by your own picture, mailing address and other photos to be inserted in the article.

CONTENTS

FOR THE WORLD PEACE

Korea's first Olympic gold medalist, Sohn Kee-Chung, won the marathon in Berlin in 1936.

marathon
K. SON
KOREAN
1936
14-8

Mr. Son's sign that exactly expresses the sorrowness of loosing his mother country then.

I t really is a good news that the long-lasting war between Iran and Iraq is coming to an end and peaceful mood builds up over the Persian Gulf thanks to UN's arbitration.

The long-awaited 1988 Seoul Olympic Games are now close at hand. It is very meaningful and honorable that such a great festival of peace is to be held in the Korean Peninsula for all five billion people in the world beyond religion, race and ideology. As the slogan "The World to Seoul" expresses it, peoples are coming to Seoul from around the world. Recently, I wake up to a realization of the fact that the Seoul Olympics have already begun when I am frequently requested by foreign philatelists via telephone or mail to obtain Olympic commemorative stamps for them. As a fellow philatelist, I will comply with their request with a good grace because I think it is the time of all times for "Korea to launch into the World". As both IOC and Seoul Olympic Organizing Committee (SLOOC) have flawlessly completed all preparations, the Seoul Olympics are expected to be the most successful ones in history, in which almost all 160 member nations taking part in them. Korea has displayed its potential power by successfully holding the 10th Asian Games in Seoul in 1986 and by taking the 10th place in the 23rd Olympics held in Los Angeles in 1984.

Realizing the ideal of the Olympics, peace in the world, is our historical will. Accordingly, the motto of the Seoul Olympic Games is "Harmony and Progress".

With our wisdom and sincerity, we should successfully hold this honorable event to give a "new hope" to the Olympic movement, to encourage other nations to make efforts for development, and to glorify the history of Korea.

The decision that the 24th Olympic Games be held in Seoul was made at Baden Baden, West Germany, in 1981 when the IOC chairman *Samaranchi* announced "Seoul!" Koreans will never forget that impressive moment when they shouted for joy. Germany was divided into two for political reasons

THROUGH PHILATELY

after World War II. Both Germany and Korea suffer from the same fate as a divided nation: the former into East and West and the latter into North and South.

Berlin, once the capital city of *Deutsches Reich*, was also divided into east and west parts by the Berlin Wall and the *Brandenburger Gate* located at the center of the city became the boundary between them, as a symbol of division.

Last summer, when I was invited by the German government to attend a seminar, I had opportunity to visit many European countries including Germany and the Berlin city. Berlin citizens suffered from so-called the *Berlin blockade* from June, 1948 to May, 1949, and from limited passage when the government of the East Germany built the Berlind Wall on Aug. 13, 1961. In 1972, the Berlin Agreement was made between the Allied Powers, the US, England, France and Russia, thereby providing a moment for security and easing tensions.

In *Kurfuersten-Damm*, downtown in the West Berlin, *Kaiser-Wilhelms-Memorial Church* draws itself up to its full height in a severly ruined state during World War II, at the side of its newly built, ultra-modern bell tower.

Berlin citizens restored other buildings in the city but determined to preserve the ruined church in commemoration of the past war. It witnesses the tragedy of the war not only to visitors to the city but also to all human beings, and calls their attention to keep (or realize) peace. I, who experienced the Korean War in 1950, could feel even more close to myself the lesson the building teaches us. As good luck would have it, I visited Berlin in the meaningful year of the 750th anniversary of the foundation of Berlin. Commemorative events were held and commemorative stamps were issued by both the East and West Germany and Berlin.

As a citizen of a nation where the 24th Olympic Games are to be held, I visited the main stadium for the Berlin Olympics. In the Olympics, a Korean, *Son Kijong* by name, surprised the world by capturing the marathon championship. His name will be long noted in the history of Olympics.

I was sorry that *Son Kijong* was recorded to be a Japanese on the board erected in the stadium because Korea was then (1936) under the rule of Japan. After 48 years, in 1984, his signature clarifying that he was a Korean was displayed at a Sports Philately Exhibition held in the 23rd Los Angeles Olympics. This fact was revealed by a German philatelist who owned the signature. It is really interesting

because it is an evidence that, although there was a Japanese flag on his shirts at that time (1936), he clearly though himself to be a Korean. It is ironical that he will see the Seoul Olympics at the senile age of 80. Germany was a united nation when he took part in the Berlin Olympics but is now a divided one just like Korea.

The glory he had at Berlin will shine brighter in the Seoul Olympic Games.

During my stay in Berlin, I traveled to the East Berlin and visited *Humboldt* University, museum, art gallery, city hall and book stores. Looking down the whole landscape of Berlin at the top of the Berlin Tower located at the famous *Alexander Place*, I though as a citizen of a divided nation that the division of a nation is the "greatest tragedy of the 20th century".

Before returning to the West Berlin, I went to the church that had been a cathedral before Berlin was divided and prayed God that Germany might be united so that peoples could come and go freely without barrier and that world peace might be realized soon in Christ's arms. As a citizen of the host nation for the Olympic Games, a Catholic and a philatelist, I had an audience with the *Pope John Paul II*, the "Apostle for Peace", in the Vatican City. I presented to the Pope a melody card containing a Korean folk song "*Arirang*" which was a souvenir sheet for the Korean World Philately Exhibition held in Seoul in 1984.

I also solicited the Pope for praying God for the democratization of Korea and the successful completion of the Seoul Olympics. It is my belief that "the power of a prayer for peace is mightier than weapons". It is my unforgettable honor and pleasure that I had an audience with the Pope. The Pope used to visit many countries in the world as an "apostle for peace and love". I worked as a translator when he came to Korea in 1984. I also remember that the Pope once said in his message for peace that "Peace is possible,

Peace is better than war."

I wish the 24th Seoul Olympic Games will contribute domestically to the peaceful unification of Korea on the one hand and internationally to world peace on the other hand.

I also hope that the Olymphilex '88, International Exhibition of Olympic and Sport Philately will play the role of a bridge for friendship among all philatelists in the world, be of helpful to make philately popular in Korea and, further, contribute to world peace.

Finally, I eagerly hope that the Seoul Olympics will be held successfully so that doves, the symbol of peace, might fly high in the clear autumn sky of Korea. ✤

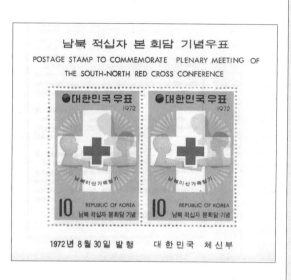

METER STAMPS

By **Shin Cha-shik** *Ph.D.*
Prof. , Department of German Language & Literature,
Dankook University

DIAMOND JUBILEE FOR BRILLIANT VICTORY OF MARATHONER SHON KEE-CHUNG IN BERLIN OLYMPIC GAMES

The year 1996 that is eventually going out, is very special, real significant and meaningful to us. It is particularly so, for the year was the centennial of the modern Olympic Games and we had the 26th Altanla Olympic Games in the U.S.A. On the other hand, it is exactly the sixtieth year the famed marathoner Shon(Son) Kee-chung won the top prize, the gold medal, in marathon on the occasion of the 11th Berlin Olympic Games in 1936. Meanwhile, Germany which hosted the 11th Olympics has published a 248 page documentary book; "The 1936 Olympic Games and National Socialism", and its capital, Berlin, has given an exhibition showing the public the materials related to the Berlin Olympics last August. The documentary

publication above is particularly special to us, because it shows the images of our marathoner, Shon Kee-chung here and there on its many pages. On the other hand, a private institute of Korea, the Korea Athletes' Association, has published a 150 page commemorative documentary book, *"Up with you, Marathoner Shon Kee-chung! All Korean People Are Running With You!"* on the occasion of the sixtieth year of his glory in the Berlin Olympics. The book explains quite in detail how the marathoner Shon, the national hero, had been badly off in his early days but overcome miscellaneous adversity, difficulties and plights to win laurels of the glory and the honor, the book notes as well the personal opinions and views about the champion expressed by

A miniature sheet issued by the German authority on the occasion of its Berlin Olympic Games in 1936

many athletic specialists. One thing that attracts our attention in their notes is that he had been asked by so many people for his signature right after the victory, and he gave them all his signatures written in Korean with the clear indication of "Korean" but not "Japanese".

[Note] Korea didn't exist in those days. It was merely a part of Japanese colonies and the Champion Shon had to participate in the Games as a member of the Japanese athletics. Writing and speaking in Korean had been strongly discouraged in those days. Therefore, Mr. Shon's signature in Korean letters especially on such important occasion displeased Japanese authority immensely.

"The ten year span is so long that it changes everything including mountains and rivers" goes an old Korean saying. As the saying implies, 60 years literally mean 6 time changes of mountains and rivers. The dictator Adolf Hitler was ruling the third Reich of Germany sixty years ago as its Führer, who was ultimately defeated at the end of World War II by the Allied Forces of USA, USSR, UK and France, resulting in the two divided Germanies, that is, into the East and the West, and again the division of Berlin into four sectors. The East Berlin was chosen for the capital of the East Germany, which had then been occupied by USSR, while Bonn which was the native place of the celebrated musician, Ludwig van Beethoven, was opted for the capital of the West Germany. In 1972, Germany has hosted the Olympic Games again but in Munich.

In 1988, Korea has successfully hosted the 24th Seoul Olympic Games for the first time in history. The notorious Berlin Wall has been demolished on November 9, 1989, which eventually led to the final unification of the East and the West into one Germany, with its capital in Berlin.

In 1936 when the Berlin Olympic Games was in progress, Korea had been under Japanese colonial rule. It was The Dong-A Daily News which intentionally blotted out the Japanese "Rising Sun" indication of their national flag on the shirt of our fabulous Champion Shon, in the course of printing the newspaper. The Japanese government flew into rage and the publication of the Newspaper was suspended for an indefinite period.

The incident sure served us for a momentum to arouse of our national prestige and Korea has been finally liberated from Japan on August 15, 1945. However, Korea had no time to rejoice over its freedom and it was soon tragically split into the South and the North. The peninsula of Korea remains yet a single example divided into two in the whole world up to the present.

In 1992, Korean Champion Young-cho Hwang won the top prize in marathon race of the 25th Barcelona Olympics in Spain, and in 1996, another Korean marathoner Bong-cho Lee won the 2nd top prize in 1996 Atlanta Olympic Games, both showing the whole world the latent potentiality of Korean marathoners in future, including the forthcoming 27th Sydney Olympics in the year of 2000. I'd keep my fingers crossed for their suc-

marathon
K. SON
KOREAN
1936
14-8

The signature of champion Shon, that was givin to a German right after his Olympic glory(Note:his nationality was handwritten as "Korean"

cess.

The author, during my school days in Germany, had a chance to call at the main stadium of Berlin Olymics where the Champion Shon won the marathon at and found there, on the record-board, the indications of Mr. Shon's nationality being Japan but not Korea and I felt an irresistible frustration. As one of the philatelists, the author had an occasion to issue my personal meter-stamps in order to commemorate the Diamond Jubilee of Mr. Shon's marathon victory in Berlin. Here, I still remember my great happiness then for having been able to put our own national flag "Taegukki" on the breast of our great champion, Mr. Shon. Such meter-stamps, I found out later, were welcome and pleased all my friends particularly those German philatelists, for, I guess, they may serve their purpose for an excellent philatelic material.

Before I wind up my contribution here, I'd like to congratulate Mr. Dieter Germann for his Grand Prix he got on the occasion of the last Olymphilex '96 International Stamp Exhibition, and at the same time, I pray God awarding our great champion Shon Kee-chung with ever sounder health and happier life.

1936년 베를린올림픽 마라톤 영웅 손기정 님과 함께 우표전시장에서

335

For the memory of Bach on the occasion of the 250th anniversary of his death

By Prof. **Shin, Chan-shik** *Ph.D*
Dankook University

When one studies German music, eventually he comes to know that the German-style opera has started for the first time in Hamburg during the baroque era (1600~1750), and "Heinrich Schutz" (1585~1672) has contributed a lot to the development of the religious music and the organ music.

▲ PICTURE 1

It was Bach (Johann Sebastian) and Handel (George Frederick), who enabled the German music to make a great step forward, that is, right into the center of the European music. Until then, the German music had considerably lagged behind, when compared, for example, with those of Italy and France. Aside from the opera, he composed many pieces of music, the cantatas, concertos, and symphonies, including the Well-Tempered Clavier, the Brandenburg Concertos, and many other kinds of music in his typical German way of weighty moderation, which ultimately led him to the top-master in the baroque music.

Those German-speaking countries, including Germany itself, have defined this year as the "Bachjahr 2000" on the occasion of the 250th anniversary of his death for the memory of him and hosted miscellaneous cultural events and activities to that effect.

Maestro Bach, the most renowned composer in the world, was born on March 21, 1685, in Eisenach, Thuringen of Germany, into a family that produced many prominent musicians over several generations.

In 1723, he became cantor of St. Thomas' Church, Leipzig. Thereafter, that is, for 27 years, Bach concentrated in his work as a composer especially for chapel music until he died on July 28,

1750, in Leipzig. He left behind him with many sparkling works, for example, the cantatas of more than 200 pieces, the Passion of St. Matthew, the Christmas Oratorio and many others.

[Note: Bach was more successful in achieving greater recognition as an organist than as a composer; he composed much organ music and was a skilled improviser on keyboard instruments]

The city of "Leipzig" where Bach led his life and spent much time for his works, hosted the "Bach Festival", on a large scale, for his memory. The Church of St. Nicholas in "Gewanthaus", from which the world famous "Leipzig Gewanthous Orchester" was originated, and the St. Thomas' Church in Leipzig, etc, have been provisionally used for the special players of Bach Music.

Korea was not an exception. A series of memorial concerts was held at the Seoul Arts Center and the Sejong Cultural Center respectively for the memory of the 250th anniversary of his death.

In the philatelic side, those European countries adjacent to German-speaking countries there, have issued the commemorative stamps for the memory

▲ PICTURE 2

▲ PICTURE 3

the metropolitan city of Berlin, has issued its special postmark showing his music scores, and "Arnstadt" its special postmark illustrating Bach in his younger days standing upright (Picture 3). In Korea, The philatelic club "Hanbot" has issued a commemorative meter stamp(Picture 4) on July 28th, to mark the 250th Anniversary of his death. Japan also has issued a meter stamp that was depicted with the Bach's portrait for the commemoration of a stamp exhibition hosted by those stamp collectors who specialized in their music series of postage stamps.

Maestro Bach is certainly a great master of music, not only for any particular country but for the people all over the world. This itself attests to the fact that music is an international language that is spoken and understood by all the people, irrespective of their nationalities.

on the occasion of the 250th anniversary of his death. Last July 13th, Germany, the home country of Bach, has issued a special postage stamp designed with his portrait. In Eisenach, the native place of Bach, they issued a special postmark designed with his signature (Picture 1). Munchen, the heart of German culture in its southern region, has again issued a special postmark illustrated with his portrait (Picture 2). The head post office in

Before I conclude my writing here, I'd like to express my hearty thanks to the precious contribution of Mr. Germann who kindly mailed to me the most essential philatelic materials for this writing from Germany. Lastly, I wish that the cultural exchange be further promoted and more developed than ever before between Korea and Germany in future through our dear philately.

▲ PICTURE 4

1936년 베를린 올림픽 영웅 손기정
― 우승 80주년

작년(2016년)은 베를린 올림픽의 마라톤에서 우승한 영웅 손기정 선수의 우승 80주년이 되던 해였다. 80년 전 베를린 올림픽의 폐막일인 1936년 8월 9일 일제의 억압과 차별을 뒤로한 채 통분의 질주로 마라톤 결승선을 통과한 위대한 손기정이 있었다.

일제강점기, 암울한 시기에 이룩했던 우리 한민족 최초의 세계적인 승리였고, 당시 식민지 그늘에서 신음하던 우리 민족에게 희망의 빛과 용기를 안겨다 준 일대 낭보였다. 하지만 승리의 환호와 감격이 실종된 시상대 위에서 고개 숙인 식민지 청년 손기정은 세계 기록을 5분이나 단축(2시간 29분 19초)하며 우승했다. 우승을 일본에 바쳤다는 슬픔을 참으며 일본 국가가 울려 퍼지는 베를린 주경기장에서 가슴 속 깊이 나라 잃은 민족으로서 통한의 눈물을 흘려야만 했다.

세계 최고의 자리에 올라서는 순간 손기정은 우승에 대한 어떤 기쁨도 나타내지 못한 굳은 표정으로 서 있었다. 가슴의 일장기를 부상으로 받은 월계관 화분으로 가리고 선 그의 얼굴엔 나라 잃은 우승자의 슬픔만이 고스란히 담겨져 있을 뿐이었다.

오늘 이 시간에도 손기정체육공원에 심겨 있는 월계수는 손기정 선수가 받았던 월계수와 같은 묘목인데 80년 전 그날의 슬픈 이야기를 들려주는 듯하다.

손기정체육공원은 그의 모교인 양정학교가 있던 터이고, 이제는 손기정기념관이 우승 70주년을 맞아 개관되어 많은 올림픽 자료를 갖춰 놓고 모든 이에게 개방하고 있다.

1992년엔 바르셀로나 올림픽에서 황영조 선수가 우승한 후 올림픽 대회 마라톤 제패 기념 우표가 발행되었을 때 손기정 선수와 나란히 우승의 순간을 디자인하여 인쇄되었다. 손기정 선수는 황영조 선수가 우승했을 때 직접 현장에서 축하해 주시기도 했다.

지난 12월 초 독일의 베를린 주경기장에서 머지않은 곳, 80년 전 옛 마라톤 코스에 손기정 선수의 마라톤 우승 당시 모습을 형상화한 동상이 설치됐다. 일장기가 아닌 자랑스러운 태극기가 새겨진 것으로 제작 후 6년간 주독 한국대사관에 보관돼 있던 동상이다. 또한 개막식과 함께 기념 사진전(Great Step)도 열렸다.

우리나라에서는 지난 12월 20일 손기정체육공원에서 동상 개막식과 함께 손기정기념관 조명 점등식도 열렸다. 동상 앞면 가슴엔 태극기를 양손엔 1936년 마라톤 우승 상품인 그리스 투구를 받쳐 든 모습이고 신발도 당시의 것을 형상화하였다. 1936년에는 우승 60주년을 맞아 계기 일부인(미터스탬프)을 제작할 때 일장기 대신 한국의 상징인 태극 마크로 디자인하였다.

이때 필자가 미력이나마 아이디어를 제안하여 성사시켰던 일은 영원한 보람으로 남을 것이다. 필자는 반세기 전인 60년대 초에 독일 정부 장학생으로 선발되어 유학하던 중에 베를린 올림픽 경기장에 손기정 선수의 출신이 일본(Japan)으로 표기되어 있던 것이 너무도 안쓰러웠다. 그러나 손기정 선수는 그의 우승 80주년을 계기로 한국을 빛낸 위대한 마라토너로 길이 빛날 것이다. 그리고 1989년 서울에서 개최된 세계성체대회 기념 우표 전시회 테이프 커팅에 참여하셨을 때 올림픽 후일담도 넉넉히 들려주셨다. 베를린 올림픽에서 우승한 후 많은 독일인들이 사인을 부탁했을 때는 Korean으로 적고 손기정으로 써 줬던 일은 눈시울이 뜨거웠다고 뒷말을 남기시기도 했다. 생전엔 자주 만날 수가 있었고, 1988년 서울올림픽 때는 독일인 우표수집가 게르만(Germann)이 방한하여 손기정 선수를 뵙도록 주선해 주기도 했다.

그 뒤 게르만 씨는 손기정 선수의 자료를 활용하여 워싱턴 우표 전시회에 출품하여 금상까지 수상했던 것이다. 더욱이 손기정 선수는 올림픽 마라톤에서 우승한 것뿐만이 아니라 우표수집가로서도 전문가였음을 꼭 남겨 두고 싶은 이면사이기도 하다.

이제는 손기정 선수를 주제로 한 우취작(郵趣作)이 선호되고 있기도 하다. 참고로 손기정 선수의 프로필을 적어 둔다.

손기정
• 1912년 8월 29일 평안북도 신의주 생
• 1932년 양정고보 입학
• 1935년 제8회 메이지신궁 체육대회 세계 공인 최고 기록 (2시간 26분 42초)
• 1936년 베를린 올림픽대회 마라톤 우승
• 1947년 보스톤 마라톤대회 한국 대표팀 감독(서윤복 1위)
• 1950년 보스톤 마라톤대회 한국팀 감독 (함기용 1위, 송길윤 2위, 최윤칠 3위)
• 1963년 대한육상경기연맹 회장
• 1979년 대한올림픽위원회 상임위원(~1985)
• 1986년 마라톤 우승 기념품(청동 투구) 반환 받음
• 1988년 서울올림픽 성화 봉송
• 2002년 타계(향년 90세)
• 국민훈장 모란장 수훈, 체육훈장 청룡장 추서
• 저서 《나의 조국, 나의 마라톤》《아, 월계관의 눈물》

괴테와 실러 우표 수집가에서 문학인으로

나의 생애는 독일 유학시절을 제외하고는 강단생활이 모두였다.

그러면서도 평생을 우표수집과 관련하여 독일을 여러 차례 다녀왔지만 문학과는 거리가 멀었다. 그러다가 우취가이자 시인인 여해룡 씨와는 거의 반세기 이상을 우표 수집가로서 괴테와 실러를 전문으로 다루어 왔던 터였다. 끝내는 문단에 발을 들여 놓게 된 것 같다. 특히 민족 정통지나 다름없는 월간 『한맥문학』을 통해 신인상에 당선되어 수필가로 활동하게 됨을 기쁘게 여기면서 심사위원들께 고마운 인사를 드린다.

뽑고 나서

감동적인 관계를 조명하는 수필

수필은 말 그대로 '붓 가는 대로' 쓰는 글로서, 인생과 자연의 모습이나 시대상을 자유롭게 표현한 산문문학으로 소재는 다양하고, 형식의 제한을 받지 않지만, 무엇보다 삶을 관조하고 통찰해 내는 프리즘 같은 분석의 혜안이 없이는 좋은 수필을 펼칠 수가 없다. 그래서 자조(自照)의 문학으로 수필을 일컬어 심적(心的) 나상(裸像)이라고 하지 않는가?

이번 월간 『한맥문학』 수필 부문 신인상에 응모해 온 신차식 님의 〈1936년 베를린 올림픽 영웅 손기정〉은 자조(自照)의 문학인 수필로서 구성의 무리가 없을 뿐만 아니라 감동적인 관계를 조명하여 읽는 사람의 마음을 움직여 내는 힘이 돋보여 당선작으로 뽑았다.

무엇보다 무엇을 나타내고자 하는 역사 의식, 주제의 형상화, 기본기를 갖춘 문장, 독특하고 깊이 있는 관찰과 해석 등 누가 보더라도 자신의 관계에서 무한한 발전 가능성과 문학적 자질이 엿보일 정도로 수필로서 완성도를 지녔다.

앞으로 수필가로서의 겸허하고 진솔한 미덕을 꾸준히 연마하여 더욱 빛을 발할 수 있기를 진심으로 염원하는 바이며, 신인상 당선을 축하한다.

심사위원 : 김진희, 여해룡

GOETH

Supplement

부록/Anhang

東亞日報

THE DONG-A ILBO

목요일
3월 25일
1999년
단기4332년 음력 2월 8일

서울시 종로구 사

신차식교수 "괴테우표 韓-獨 공동발행 결정돼 기뻐요"

신차식 교수

괴테탄생 기념우표
도안

한국과 독일정부가 괴테탄생 2백50주년 기념우표를 괴테 탄생달인 8월 같은 디자인으로 공동발행한다.

독문학자 신차식(申碓混·61·단국대) 교수가 양국 정부를 설득한 덕택이다.

"한국 우정(郵政)역사상 다른 나라 문인을 넣어 양국 공동우표를 발행하기는 처음이지요. 세계 우표수집가들 사이에서도 화제가 될 겁니다."

이 우표에는 괴테 당대의 화가 요셉 칼 스틸러가 그린 괴테의 초상화와 괴테 사인이 실린다. 수집가용 시트에는 파우스트의 마지막 문장, '영원히 여성적인 것이 우리를 구원한다'가 괴테의 친필로 수록된다. 발행량은 3백만장.

북한도 괴테 사망 1백50주기인 지난 82년 '괴테와 여인들'이라는 주제로 소장

가를 겨냥한 기념우표를 발행해 국제사회로부터 큰 호응을 얻었다.

신교수의 괴테사랑은 독특하다. 57년부터 우표를 수집해온 그는 최근 10년 동안 전 세계에서 발행된 괴테 기념우표만 모아왔다.

이렇게 모은 4백여종의 괴테우표가 26일부터 4월11일까지 예술의전당 토월극장 로비에 전시된다.

괴테 탄생 2백50주년을 맞아 예술의전당이 벌이는 '괴테페스티벌' 행사의 하나.

"지금까지 전세계에서 발행된 괴테우표의 90%는 갖고 있다고 자신합니다. 1899년 독일에서 발행된 최초의 괴테우표도 전시되지요." 〈정은령기자〉

ryung@donga.com

ERSTTAGSBLATT
DER DEUTSCHEN BUNDESPOST

Sonderpostwertzeichen

1200 Jahre
Frankfurt am Main

Postdienst
Deutsche Bundespost

6/1994

Nähere Angaben zu dieser Postwertzeichen-Ausgabe auf der Rückseite

당대 신문이 만난 사람 ㉖

■ '괴테 우표 전시회' 갖은
신차식 교수(서양어문학부·교수)

우리나라 우편사업이 120년 가까운 역사를 지니고 있다면 그 120년 세월의 1/3을 우표수집에만 전념하고 있는 사람도 있다. 다름아닌 천안캠퍼스 서양어문학부 신차식 교수.

신교수가 우표와 평생인연(?)을 맺은건 1957년 대학 1학년시절.

고향 집 근처 성당에서 선교활동을 하는 독일인 신부가 자국 우표를 하나 건네준것이 계기가 되었다고 한다.

그 후 신부로부터 독일인 펜팔 친구를 소개받았고 그 친구와 편지를 교환하면서부터 자연히 우표수집에 취미를 붙이게 됐다고 한다.

'나중엔 편지 교환보다 봉투에 붙어오는 우표가 더 기다려 지더라고요.'

펜팔을 한지 칠년이 가까워질 무

'이 보다 더 좋을 순 없다'

렵 독일인 친구는 독일 유학을 권했고, 졸업 후 유학을 계획했던 신교수는 그 친구의 도움으로 독일행 비행기에 오를 수 있었다고 한다. '유학의 기대도 컸지만, 무엇보다 독일 우표를 본격적으로 수집할 수 있게된 점이 한편으론 더 기뻤습니다.'

그는 독일 문화에 관심이 많다고 한다. 독일 문화 가운데 특히 괴테사랑은 유난스럽다.

'괴테는 창작을 통해 인간과 자연, 신이 함께 공존할 수 있는 구심점을 찾고자 했죠. 그러한 노력은 시대와 공간을 초월하여 모든 이로부터 공감을 얻을 수 있는 토대를 마련했고요.'

93년에는 괴테에 매료되어 괴테의 발자취를 빠짐없이 찾아 보기도 했다. 괴테의 생가부터, 박물관, 습작실 등 괴테의 흔적과 체취가 묻어있는 곳은 다 돌아보았다. 그런 그가 괴테기념 우표에 관심을 갖는 건 당연한 일.

요즘은 괴테탄생 2백 50주년 기념 우표 전시회를 지난달 27일부터 오는 11일까지 예술의 전당에서 열고 있다.

'지금까지 전세계에서 발행된 괴테우표의 90%는 갖고 있다고 자신합니다. 이번 전시회에서도 10년 동안 모은 4백여종의 괴테우표를 전시중이고요.'

단지 아쉬운 점이 있다면 1899년 독일에서 발행된 최초의 괴테우표를 경제적 문제로 수집하지 못한것이라며 아쉬워하는 신교수.

'우표 수집가로서 시가를 따져 모은다는건 부끄러운일이지만 현실적으로 우표 한장 사는데 엄청난 돈을 투자하기는 쉽지않습니다.' 그래도 가까운 시일 내 반드시 구입할거라는 의지를 숨기지 않는다.

신교수가 우표수집을 취미로 선택한 이유는 대략 이렇다.

먼저 각국의 종교, 철학, 예술, 문화 및 과학 등에 관한 여러 가지 사실과 위인들이 모두 등장하고 있어 문화적 지성을 높여주고, 우표 자체가 색채 및 도안 작가의 이미지를 갖춘 하나의 예술품으로써 심미안을 갖게 한다는 점이라고.

'우표수집은 세계 공통의 취미입니다. 어느 나라든지 우취(우표수집 취미)가가 많이 있어 서로 자신이 소장한 우표를 교환해 가며 친구를 만들어 가기도 하죠.'

우표수집도 하나의 문화임을 강조하는 신교수는 이번에 문화로 인정받아 전시회를 열게 되었다고 반가워한다.

신교수의 앞으로의 계획은 국제 무대에서 본인의 소장품들을 인정받는 거라고 한다. 또한 이보다도 괴테 우표 한장을 얻는 일이 더 급하다는 말도 잊지 않는다.

'이번 전시회를 통해 한국 독일간의 우호가 더욱 돈독해지고 괴테를 통하여 독일 문화를 이해하는데 작으나마 도움이 되었으면 하는 마음입니다.'

〈노민선기자〉

Korean **Stamp Review**

Vol. XXVI. No.3
Whole No.82

3TH

1999

The Philatelic Quarterly

PHILATELIC COLUMN
Upon Learning Heart Warming News about Miss
Han, Hey-kyoung

The 2000 International Postage Stamp
Design Contest

WATER IS LIFE

The 250th Anniversary of Johann
Wolfgang von Goethe's Birth

Architecture of Korea(III)
Construction of stupas in Korea

ISSN 1227-2388

Ehren 상장
수여 *Urkunde*

Verliehen

für die erfolgreiche
Teilnahme an der

**Deutsch-
Koreanische
Freundschafts-
Ausstellung**

한국 - 독일
우정의 전시회

zum
„Tag der Briefmarke"
zum
„Tag der deutschen
Einheit 2016"

01. bis 03. Okt. 2015

aus Anlass des
**105-jährigen
Vereinsjubiläum**

Vereinigung
Frankfurter
Briefmarkensammler

„MOENUS 1911"
e.V.

Unterzeichnet auf der
Veranstaltung
„Deutsch-Koreanischen"
Freundschaftsausstellung
Frankfurt am Main
am 03. Oktober 2016

Gold금

*Johann Wolfgang
von Goethe
„Leben, Werke
und
Wirkung"*

Prof. Dr. Cha Shik SHIN
Seoul/Südkorea

Bodo A. v. Kutzleben
Veranstaltungsleiter
VFB „MOENUS 1911" e.V.

Heidi Astl
1. Vorsitzende
VFB „MOENUS 1911" e.V.

Wilfried Weil
Ausstellungsleiter
VFB „MOENUS 1911" e.V.

344

tions

form, are capable of tru-
ıging) nature.

ne idea for his work. a
bilical cord to the belly
nce he had while riding
nessmen, well-dressed,
ivilized, started a major
argument turned into a
ty binds us to observe
ur true animal instincts.

s provide us with ways
g Keun-hyung explores
e of two potted flowers
ther in a multi-leveled
:age represents the rules
ne flowers must observe
s humans are bound by

with individual limita-
obsessed with the differ-
d the ideal. Education is
nity strives to overcome
ore one learns, the more
e knowledge is unattain-
chair and study table,
of the cafe, are riddled
f LOOP are invited to sit
der their drinks.

xhibits by Shin Seung-
ittle sculptures that re-
:ted during his life, and
es a projector and floor
up but not completely

r been to LOOP will find
: a refreshing departure
galleries located in other
ise who are grabbed by
od from its packaging
supermarkets are espe-
go to the "Vacuum

Planet Hollywood voluntarily to file for bankruptcy protection

ORLANDO, Florida (AP).—
Theme-restaurant chain Planet
Hollywood International Inc., par-
tially owned by film stars such as
Sylvester Stallone, plans to file vol-
untarily for Chapter 11 bankruptcy
protection while it attempts to re-
structure its operations.

As part of the planned reorgani-
zation, the company's two largest
shareholders and a trust for the
children of the company's CEO
have agreed to provide a $30 mil-
lion cash infusion to help keep the
international chain of glitzy restau-
rants going.

The bankruptcy filing is the lat-
est setback for the operator of near-
ly 80 movie-themed Planet
Hollywood restaurants. Former
president William Baumhauer re-
signed in June, just three months
after the company's cofounder re-
signed his board position.

Keith Barish left the company in
March, resigning as a board mem-
ber after selling nearly half of his
stock. Barish started the venture in
1991 with Earl and actors Stallone,
Demi Moore, Arnold
Schwarzenegger and Bruce Willis.

The company has been trying to
cut costs, but analysts have said ag-
gressive expansion and increased
competition have hurt the compa-
ny.

The number of customers drawn
to the trendy restaurants have de-
clined and merchandise sales —
which account for about one-third
of the company's revenue — have
dropped 31 percent.

AFP-Yonhap

GOETHE STAMP — South Korea's ambassador to Germany
Lee Ki-choo presents a special issue stamp showing famous
German writer Johann Wolfgang von Goethe in Weimar
Tuesday. The stamp will be published in South Korea on the
occasion of Goethe's 250th anniversary.

humor

with flutes after seeing
Pie.' but they may have

Prince Edward's TV company still a loss-maker

Do movie ratings need to be reconsidered?

By Amy Wallace

in Littleton, Colo., and the subse-

아름다운 나라, 독일

울창한 숲으로 둘러싸인 땅, 푸른 초원의 나라
산들과 어우러진 맑은 호수의 땅
형형색색 피어있는 꽃들의 나라
아름다운 도시와 목가적인 마을들이 자리한 땅
예술미 넘치는 교회와 성당들이 서 있는 나라
변화무쌍한 역사와 찬란한 문화를 간직한 나라
위대한 철학자, 시인과 사상가들이 태어난 나라
창작력 있는 예술가와 유명한 학자들이 살던 나라

사람들은 부지런하고 시간을 엄수하며 질서도 잘 지키고 있는
국민성을 지니고 있고
참으로 아름다운 라인강변에는 아직도 고성들이 우둑 서있네
라인강물 속에는 온갖 수많은 생명들이 노닌단다
세계 여러 나라에서 온 손님들은 로렐라이 언덕을 바라보면서
낭만과 전설에 얽힌 노래를 부르고
푸르다고 말을 하던 도나우강이 오늘날은 푸르지는 않지만, 민요 속엔
그래도 언제나 아름답고 푸르단다
통일 후에 엘베강은 평화로이 넓고 넓은 바다로 흐른다
그래도 브란덴부르크 문은 오늘날 분단의 쓰라림을
극복코자 통일의 환희로 우둑 서 있네
독일이여! 그대는 참으로 멋진 대자연의 경치를 간직하고 있구나
아! 참으로 아름답고 사랑스런 독일이여

※ 독일 통일 25주년을 축하하고 우리의 한반도 통일도 기원하면서 머리 숙여 봅니다.

Schönes Deutschland

Land der grünen Wiesen, dichten Wälder und roten Dächer,
Land der schönen Städte und idyllischen Dörfer,
Land der kunstvollen Kirchen und prächtigen Schlösser,
Land der wechselvollen Geschichte und reichen Kultur,
Land der grossen Dichter und berühmten Komponisten.

Die Menschen sind fleissig, pünktlich und bescheiden.
Noch stehen die alten Burgen am wunderschönen Rhein,
Zum Glück schwimmen wieder viele Fische im Vater Rhein.
Fröhliche Gäste auis aller Welt schauen hinauf zur Loreley
und singen leise das romantische Lied der alten Sage dabei.

Die Mutter Donau ist wieder wie im Lied schön und blau.
Frankfurt ist die Vaterstadt von Goethe und das neue Tor zur Welt.
Nach der EIN[HEIT fliesst die Elbe friedlich, grenzenlos, ins Meer.
Das Brandenburger Tor, Symbol der Teilung, Symbol der EINHEIT.
Wie landschaftlich schön liegst Du in herrlicher Natur!
Oh, Du schönes und geliebtes Deutschland!

Aus Dankbarkeit der Bundesregierung Deutschland gewidmet,
Goethe-Stipendiat,
Die koreanische Wiedervereinigung in Frieden und Freiheit wiinschend,

SHIN Cha Shik aus Korea

Schönes Deutschland
아름다운 나라, 독일

Land der grünen Wiesen und der dichten Wälder,
Land der schönen Städte und idyllischen Dörfer,
Land der kunstvollen Kirchen und prächtigen Schlösser,
Land der wechselvollen Geschichte und reichen Kultur,
Land der großen Dichter und berühmten Komponisten.

Die Menschen sind fleißig, pünktlich und bescheiden.
Noch stehen die alten Burgen am wunderschönen Rhein,
Zum Glück schwimmen wieder viele Fische im Vater Rhein,
Fröhliche Gäste aus aller Welt schauen hinauf zur Loreley
und singen leise das romantische Lied der alten Sage dabei.

Die Mutter Donau ist wieder wie im Lied schön und blau.
Frankfurt ist die Vaterstadt von Goethe und das neue Tor zur Welt.
Nach der EINHEIT fließt die Elbe friedlich, grenzenlos, ins weite Meer.
Das Brandenburger Tor, Symbol der Teilung, Symbol der EINHEIT.
Wie landschaftlich schön liegst Du in herrlicher Natur!
Oh, Du schönes und geliebtes Deutschland!

Aus Dankbarkeit der Bundesregierung Deutschland gewidmet,
Goethe-Stipendiat,
die koreanische Wiedervereinigung in Frieden und Freiheit wünschend,

SHIN Cha Shik (Berno) aus Korea

Stipendiat des Goethe-Instituts München
(Deutschlehrer-Seminar1963-65, Fortbildungskurs 1976, 1987)

URKUNDE

Prof. Dr. C. Shin

wird für die Präsentation des Exponates

„Korea stellt sich vor
Goethe und Schiller
Deutsch-Koreanische Beziehungen"
(Gastexponate)

zur Briefmarkenausstellung

111. Deutscher Philatelistentag 2010

Dank und Anerkennung ausgesprochen.

Suhl, 10. September 2010

Schneider
Leiter der Ausstellung

URKUNDE

Für das
gezeigte Exponat

„Korea gratuliert zum
25. Jahr des Mauerfalls"

von Herrn
Prof. Dr. Chashik Shin

beim Symposium
des Consilium Philatelicum
am 09. November 2014
danken wir herzlich.

Philatelisten-Verband
Berlin-Brandenburg e.V.

Franz H. Walter
Vorsitzender

München, den 10. April 1960
Palmsonntag (Palmarum)

Werter Herr Cha-shik Shin !

Anfang März habe ich Ihnen einen Brief an Ihre Heimatanschrift
geschrieben und ich hoffe, daß er Sie dort während Ihrer Ferien
erreicht hat. Ich versprach noch einen Brief nach Seoul zu schreiben;
jetzt erst komme ich dazu. Seit gestern habe ich Ferien. Es sind
unsere Osterferien, die zwei Wochen dauern.

Kurz will ich von mir berichten. Ich bin Lehrer für Mathematik
und Physik an einem Gymnasium hier in München und werde heuer 50
Jahre alt; meine Frau ist einige Jahre jünger als ich. Wir haben
zwei Kinder: einen Buben, Helmut, 12 Jahre alt, der jetzt die zweite
Klasse eines Gymnasiums besucht, und ein Mädel, Elisabeth, die
im Sommer 9 Jahre alt wird. Wir sind katholisch.

Gerne schreibe ich Ihnen ab und zu und würde mich freuen, von
Ihnen gelegentlich Nachricht zu erhalten. Aber sparen Sie sich, bitte,
das teuere Porto für Luftpost, wenn Sie mir schreiben: meine Freude
ist nicht kleiner, wenn Ihr Brief mich einige Wochen später er-
reicht. Ich habe Sie inzwischen lange warten lassen und Sie wünschen
doch bald einige Adresen zu erhalten. Wie ich in meinem letzten
Brief schon mitteilte, habe ich einige Schüler gefunden, die Ihnen
gerne schreiben würden, doch nicht alle interessieren sich für Brief-
marken - das macht ja nichts. Sie sind allerdings viel jünger als
Sie. Ich schreibe noch einmal die Anschriften:

Rainer Dedek   (13 b) München 19   Donnersbergerstr. 73 a
Buchner Klaus   (13 b) München 19   Löffzstr. 6
Bernhard Putz   (13 b) Solln bei München   Ascholdingerstr. 11 a
Diese sind 18 oder 19 Jahre alt. dazu kommt noch ein Neffe von mir,
Sohn des Bruders meiner Frau, etwa 17 Jahre alt:
Bernhard Winterstetter (13 b) München 23   Kaulbachstr. 95/IV
Er hat noch zwei ältere Brüder, die gerade wenig Zeit haben (Examen!).
Wenn im Sommer die Studenten wieder an die Universität kommen, ver-
suche ich von meinen Bekannten auch einige zu finden, die gerne
schreiben würden.
Vermutlich haben Sie schon viele deutsche Marken und ich kann Ihnen
nur wenig dazu bieten. Was interessiert Sie?
Haben Sie nochmal herzlichen Dank für Ihren schönen Brief von 11.2.60.
Ich wünsche Ihnen und Ihrer Familie alles Gute und viel Segen Gottes,
besonders jetzt ein recht gnadenreiches Osterfest und grüße
    Sie herzlichst   Ihr   Fritz Wesler mit Familie 355

Braunschweig, den 16. Nov. 2006

Lieber Herr Shin,

Ihr Brief war eine große Überraschung und so gehaltvoll für meine
Sammlungen. Alles passt hervorragend.

Die Ganzsachenkarte trägt komplexe Informationen für meine
Motivsammlung... Berliner Platz in Seoul und Prof. Kindermann... Das
Südtor in Seoul kombiniere ich mit dem Brandenburger Tor. DieFußball-
WM in meinem Album hat eine schöne Ergänzung bekommen., und die
„Top-Ten" der koreanischen Wirtschaft sind auf einer Briefe-Seite
„Korea" usw. Sie sehen, wie differenzierte Sammlungen von den Belegen
profitieren.

Kann ich Ihnen gezielt Wünsche erfüllen? Bitte um Bescheid.

In einiger Zeit erscheint von mir eine philatelistische Studie über das
Brandenburger Tor, komplex angelegt und stellenweise in Kontroverse zum
Bund Deutscher Philatelisten e.V. Ich werde Sie bei Erscheinen gerne
bedenken. Eine Erstfassung der Studie ist auf meiner Home-Page.

Für heute verbleibe ich mit herzlichen Grüßen,
zugleich an Ihre Frau Gemahlin,

Ihr

Prof. Dr. Dieter Hoof
Äckernkamp 11
38112 Braunschweig
Telefon 0531/513289
E-mail: hoofbraunschweig@t-online.de
Internet:
www.dieterhoof-paedagogik-kultur.de
http://tu-braunschweig.de/schulpaedagogik/mitarbeiter/emeriti/hoof

Obere Reihe von links: Kerstin mit Martin, Joschua und Frieda, Rumi mit Niki und Anja
Untere Reihe: Klaus, Rosemarie, Harald mit Rita und Elisa, Hanna

Lieber Berno,

Frohe, gesegnete Weihnachten und ein glückliches Neues Jahr!

Wir wünschen Dir von Herzen, dass alle wichtigen Wünsche in Erfüllung gehen.

Bei uns war das Jahr turbulent. Rosemarie ist weiterhin mit ihrem Jugendstadt-Projekt voll beschäftigt. Ich habe mich noch einmal als ÖDP-Landesvorsitzender von Berlin wählen lassen. So pendeln Rosemarie und ich häufig zwischen München und Berlin hin und her. Daneben arbeite ich nach wie vor gegen die übermäßige Funkbelastung, vor allem gegen den neuen Behördenfunk, der auch nach jahrelanger Erprobung immer noch nicht richtig funktioniert, aber eine unnötig große Strahlenbelastung mit sich bringt. – Zusammen mit einem Parteifreund, dem Dekan der Juristischen Fakultät der FU Berlin, habe ich meine erste juristische Veröffentlichung über die Grenzwerte beim Funk geschrieben.

Meinen ganzen Frust habe ich in einem kleinen Buch „Unser Land unterm Hammer – Wer regiert uns wirklich?" zusammen geschrieben. Es ist vor kurzem erschienen.

Rumi hat im November und Dezember zusammen mit einer Pianistin viele Konzerte mit Liedern aus der Spätromantik gegeben. Obwohl sie ein unerwarteter Erfolg wurden, ist doch klar, dass sie davon nicht leben kann. So wird sie weiterhin viele Musikstunden geben. Ihre Kinder Niki (15) und Anja (14) machen uns große Freude. Frieda, das jüngere Kind von Kerstin und Martin, kam heuer in die Schule. Ihr Bruder Joschua ist schon in der vierten Klasse. Das Haus von Rita und Harald in Buchloe ist samt Solaranlage und Grundwasser-Wärmepumpe fertig. Jetzt stört sie keine Preiserhöhung bei Öl oder Gas mehr. – Hanna musste ihre Arbeit bei mehrfach behinderten Kindern aufgeben, weil sie die Kinder wegen ihres kaputten Knies nicht mehr heben konnte. Jetzt begleitet sie ein schwer gestörtes autistisches Mädchen.

Wir sind also mit allem sehr zufrieden. Wir wünschen, dass es auch Dir so gut geht.

Herzliche Grüße und vielen Dank für Deine sehr schönen Sendungen mit den Briefmarken! Respekt für Deine Arbeit! Rosemarie & Klaus

DEUTSCHE EINHEIT

Forschungsgemeinschaft für
Philatelie und Postgeschichte
„Deutsche Einheit" e.V.

Helmut Miertzsch • Lindener Straße 9a • 38300 Wolfenbüttel • Tel.: 05331-32497

Herrn Prof. (em.)　　　　　　　　Wolfenbüttel den 10. November 2016
Dr. SHIN cha shik
I-Park Apt. 108-2201 133-15
Gaebong-ro 2gil, Guro-gu
Seoul 152700
South Korea

Lieber Berno, lieber Sammlerfreund,

ich hatte erfahren, dass Du Anfang Oktober in Frankfurt warst, leider konnte ich nicht zu der Veranstaltung kommen. Meiner Mutter geht es nicht gut, da wollte ich hier in ihrer Nähe bleiben. Sie ist immerhin auch schon 95 Jahre alt.

Für Dich habe ich wieder einen Stapel Belege zum Thema Deutsche Einheit zusammengestellt, die ich Dir in den nächsten Tagen zusenden werde. Eine Ergänzung für Deine Einheits-Sammlung.

Brauchst Du noch die Sammlung, die ich Dir letztes Jahr für Deine geplante Ausstellung zugesandt hatte? Ich bin gerade dabei, meine Einheits-Sammlung zur Deutschen Einheit abschließend zu bearbeiten, dafür benötige ich die Belege dieser Zusammenstellung.

Ich hoffe, dass Du einen ruhigen Rückflug hattest und wieder gut zuhause angekommen bist. Ich wünsche Dir weiterhin ein erfolgreiches Sammlerleben und für die Zukunft Koreas alles Gute.

Viele Grüße aus Wolfenbüttel

Helmut Miertzsch

Helmut Miertzsch

한 · 독 친선 우표전시회 작품 목록

Liste der Sammlungen von der Koreanisch-Deutschen Briefmarken-Ausstellung

순번	작 품 명 / TITEL DER AUSSTELLUNG
1	경축 한 · 독 친선 우표전시회 / Herzlichen Glueckwunsch !
2	한 · 독 관계 120년 / 120 Jahre Beziehungen zwischen Korea und Deutschland
3	한국의 미, 한국의 풍속 / Koreanische Schoenheit, Koreanische Sitten und Gebreuche
4	한반도의 염원 평화통일 / Korea ersehnt Wiedervereinigung
5	독일, 동 · 서의 분단에서 통일까지 / Deutschland von der Teilung bis zur Einheit
6	쉴러의 생애와 작품활동 / Friedrich Schiller, Leben und Werk
7	쉴러와 괴테와의 우정 / Schiller und Freundschaft mit Goethe
8	괴테의 생애와 작품세계 / Goethe, Leben und Werk
9	헷세 탄생 125주년 / 125. Geburtstag von Hermann Hesse
10	한국의 세계문화유산 / Koreanische Kulturerbe der UNESCO
11	우표의 날 / Tag der Briefmarke
12	유명 음악가와 악기 / Beruehmte Komponisten und Musikinstrumente
13	저명한 인물중에서 / Beruehmte Personen
14	자연 및 환경보호 / Natur – und Umweltschutz
15	청소년을 위하여 / Fuer die Jugend
16	복지 증진 / Wohlfahrtsmarken
17	스포츠 진흥 / Fuer den Sport
18	88 서울올림픽 / Seouler Olympiade 1988
19	2002 월드컵 한국/ 일본 / FIFA World Cup 2002 Korea/Japan
20	세계평화 / Fuer den Weltfrieden
21	미리보는 독일의 월드컵 / FIFA World Cup Germany 2006
22	베를린 올림픽 1936 – 마라토너 손기정 이야기 / Berliner Olympiade 1936, Marathoner Son
23	독일엽서의 시대적 분류 / Deutsche Postkarten
24	구한국시대의 독일행 엽서 / Alte Koreanische Postkarten nach Deutschland
25	통일수도의 베를린 모습 / Kennen Sie Berlin ?
26	독도는 우리땅 / Die Dokdo-Insel gehoert Korea.
	찬조 출품 / LEIHGABEN
27	한국의 문화 / Koreanische Kultur
28	한국의 자연 / Koreanische Natur
29	한국우정 120년 / 120 Jahre Postgeschichte
30	북한우표 / Briefmarken von Nord-Korea

한국괴테학회 • Koreanische Goethe-Gesellschaft

학회지 20집 출간 및 2008 봄철 학술대회 기념

□주제: 21세기와 괴테 □일시: 2008년 3월 22일(토) □장소: 이화여자대학교 인문관 111호

Ueschrieben in hochpeinlig-persönlicher Kunde,
dankbar für belehrende Gespräche — auch über
den west-östlichen Goethe. Jochen Götz

Um Garten Goethes sitzen und arbeiten wir
zusammen, ost-westlich wie west-östlich.
und bilden so eine Tradition der Wissenschaft
und Kunst.
Young-Ae Chon

'Es ist eine Goethe'
propaganda in Seoul, Pahong-Dae Kim

"Sofort und fort an!" Choe, Min Suk

Dso Hwan Choi, Hyejung Shin

Für die gute Zusammenarbeit zwischen Weimar u. Seoul
SO, ...

Viel gesundes Glück Oh. by Kyu
Philatelie bildet und verbindet. Shin, Chashik
Berno

괴테 탄생 250주년 기념 우표 발행시 남궁석 정통부 장관과 독일 대사와 함께

한국외국어대학교 개교 50주년 기념 우표전시회에서

괴테 탄생 250주년 기념 우표 발행시 독일 주간 행사장에서

지인수(에른스트) 신부님과 보은의 만남

한독 친선 우표전시회장에서

한독 친선 우표전시회장에서

독일 쾰러 전 대통령과 주한 독일 대사와 함께(독일대사관저)

지 에른스트 신부님과 보은의 만남

세계성체대회 개막식을 마치고

독일 통일 전 동서 베를린의 경계에서

괴테학회 골츠(Golz) 회장과 함께

세계성체대회에서 손기정(1936 올림픽 마라톤 금메달 리스트)과 함께

앨범 중에서　363

이 도서의 국립중앙도서관 출판예정도서목록(CIP)은 서지정보유통지원시스템 홈페이지
(http://seoji.nl.go.kr)와 국가자료종합목록 구축시스템(http://kolis-net.nl.go.kr)에서 이용하실 수 있습
니다.
(CIP제어번호 : CIP2019033672)

우표에 담긴 괴테 이야기

●

지은이 / 신차식
발행인 / 김영란
발행처 / **한누리미디어**
디자인 / 지선숙

08303, 서울시 구로구 구로중앙로18길 40, 2층(구로동)
전화 / (02)379-4514
Fax / (02)379-4516
E-mail/hannury2003@hanmail.net

●

신고번호 / 제 25100-2016-000025호
신고연월일 / 2016. 4. 11
등록일 / 1993. 11. 4

●

초판발행일 / 2019년 8월 28일

●

ⓒ 2019 신차식 Printed in KOREA

값 30,000원

ISBN 978-89-7969-807-7 03810